LOVE GAME 2

EMMA CHASE

Titre de l'édition originale : *Twisted*

Pour la traduction française :
Photo de couverture : Ocean/Corbis
Graphisme : Raphaëlle Faguer

Ouvrage dirigé par Sophie Le Flour
Collection dirigée par Hugues de Saint Vincent

Département de Hugo et Cie
38, rue La Condamine, 75017 Paris
www.hugoetcie.fr

ISBN : 9782755617061
Dépôt légal : novembre 2014
Imprimé en France par Corlet

NEW ROMANCE

[Twisted]
LOVE GAME 2

EMMA CHASE

Roman

Traduit de l'anglais (États-Unis)
par Anne Confuron

Hugo Roman

Les fans parlent d'Emma Chase et de son best-seller encensé par le *New York Times* :

Love Game

Dans la délicieuse continuité de *Love Game 1*, ce roman a été élu comme une des meilleures lectures de l'année par le site Goodreads.

« Emma Chase vous tient en haleine tout au long de ce récit captivant. Une lecture 5 étoiles ! »

(Neda, The Subclub Books)

« Une des meilleures lectures de l'année ! »

(Tessa, Books Wine Food)

« J'ai été éblouie. Drew Evans est définitivement un jeune premier joueur et attachant. Un sexy-héro de premier ordre. »

(Lucia, Reading is my breathing)

« Un récit audacieux et des personnages sexy au service d'une romance à l'humour hilarant. À lire d'une traite. »

(Angie, Smut book club)

« Une alternance de points de vue homme-femme sur une même histoire, un brillant exercice de style. Vous ne lâcherez pas ce livre des mains. »

(Stephanie, Romance Addict blog)

Tomber amoureux c'est facile, se faire confiance c'est plus difficile…

Ce livre est dédicacé
à tous les couples
qui s'accrochent à l'amour.

REMERCIEMENTS

À Amy Tannenbaum, le meilleur agent littéraire dont un écrivain puisse rêver, ainsi que toute l'équipe de l'agence Jane Rotrosen : je ne pourrai jamais assez vous remercier pour vos encouragements et votre soutien indéfectible ; un grand merci mon éditeur, Micki Nuding, et toute l'équipe de Gallery Books pour leur travail fabuleux – une pensée particulière pour Kristin et Jules pour leur dévouement sans bornes.

Merci à la sémillante Enn Bocci, pour ses conseils avisés et son tempérament optimiste, toujours prête à relever les défis.

Mille mercis à tous ceux qui ont cru en moi sur Internet, aux bloggeurs qui se sont fait l'écho des aventures de Drew Evans et de Kate Brooks sur la Toile. Votre enthousiasme a permis à un large public de les découvrir et de tomber sous leur charme.

À mes lecteurs, vous qui avez adoré mes histoires autant que j'ai eu de plaisir à les écrire : votre estime me va droit au cœur.

Je suis particulièrement reconnaissante envers mon mari et mes deux magnifiques enfants : merci pour votre soutien, votre patience et votre amour. Vous êtes ma raison de vivre et me permettez d'aborder chaque jour avec le sourire.

E. C.

PROLOGUE

PROLOGUE

Les femmes marchent sur un fil.

Tour à tour prudes, coquines, salopes, fragiles.

Définir celle que vous êtes face au monde extérieur est un exercice d'équilibre permanent. C'est épuisant. Mais pour certaines femmes, c'est un prétexte qui leur permet de dire ce qu'elles ont vraiment en tête, de pardonner même si elles savent qu'elles ne devraient pas… et qui les pousse à s'adonner à tous ces mauvais petits fantasmes – sans en rougir.

L'alcool.

Cela peut donner le courage de parler en termes cochons et l'autorisation de rentrer chez soi avec le barman. C'est l'alibi, la couverture. Ce n'était pas vraiment vous – vous étiez obsédée par le Bacardi et l'Absolut Vodka.

Malheureusement, je supporte très bien l'alcool. Je me déteste quand je suis comme ça.

Pendant toutes ces années que nous avons passées ensemble, Billy n'a jamais pu me faire rouler sous la table. Pas une fois. C'est peut-être parce que j'ai commencé à boire lorsque j'étais jeune. Je suis peut-être même née comme ça.

Peu importe, il en faut beaucoup pour me faire tourner la tête et encore davantage pour me soûler.

C'est la raison pour laquelle, pour en revenir à cette époque-là, je préférais l'herbe. Tellement plus efficace...

Oui, vous avez bien entendu. Kate Brooks, une extraordinaire fumeuse de marijuana. Moi et le pétard ? Nous aurions pu être les meilleurs amis du monde. C'est l'herbe qui m'a rendue suffisamment courageuse pour que je me fasse tatouer.

Mais, malheureusement, ces jours-là sont révolus. Lorsque j'ai intégré mon école de commerce, j'ai compris que me faire contrôler positive aurait des conséquences trop graves.

Alors maintenant, je m'en tiens strictement aux drogues qui sont légalement autorisées. Essentiellement le vin.

Drew et moi en buvons le soir, simplement pour nous détendre. Et une fois par semaine, nous nous organisons notre soirée en tête-à-tête – une soirée bien à nous. Nous cuisinons ensemble. Drew adore les fajitas. Nous buvons, nous bavardons et nous buvons encore.

Ce soir, nous avons bu un peu plus que d'habitude. Alors, même si je ne suis pas lessivée au sens littéral du terme, j'ai les jambes en compote. Détendues. Tout comme mes inhibitions.

Bon, vous m'écoutez ? Parfait, parce que ça va être torride...

***

Nous sommes au lit. Je suis allongée sur le dos. Drew s'est installé entre mes jambes.

Bon, en tous les cas, son visage l'est.

– J'adore ta chatte.

Je gémis et il poursuit pour bien confirmer ce qu'il vient de dire. Drew est un véritable homme d'action… Des actions torrides et humides.

– Je pourrais passer ma vie à baiser ici.

Il prend son rythme, et avant qu'il puisse dire *frappe-moi avec une cravache*, je lui tire les cheveux en criant son nom.

Quelques instants plus tard, Drew affiche un sourire et se glisse sur mon corps. Après tout le vin que nous avons bu… et mon orgasme, bien sûr, j'ai les jambes qui flageolent. Autour de nous, un voile agréable nous enveloppe, une sorte de torpeur qui donne l'impression de vivre un rêve.

***

Et puis, nous nous embrassons. Et la chaleur se répand dans tout mon corps comme un courant électrique pour me ramener au moment présent et qui me fait sentir combien tout cela est bien réel.

Je m'éloigne de sa bouche et je murmure – l'alcool me donne du courage – Drew… Drew, je voudrais essayer quelque chose.

Cela éveille son attention.

– Que veux-tu essayer ?

Sa langue glisse sur mon téton.

Je souris et me mords la lèvre.

– Quelque chose de nouveau.

Il lève la tête et me regarde tendrement. Ses paupières sont adorablement lourdes.

– J'aime ce qui est nouveau.

Je ris et l'éloigne de moi, je me lève et me dirige vers l'armoire en me cognant contre la table de chevet.

– Désolée.

J'ouvre le tiroir du haut et j'en sors deux paires de menottes. Delores les avait eues pour son enterrement de vie de jeune fille mais elle en avait déjà une paire.

Ne posez pas de questions.

J'en fais tournoyer une autour de mon doigt. Ma démarche sexy pour revenir vers le lit est presque fichue tandis que je trébuche sur mes hauts talons, et je me mets à rire nerveusement.

Drew se redresse sur les genoux. Il semble affamé, tel un lion qui lorgnerait sur un steak hors de sa portée.

Il s'approche pour prendre les menottes mais je le repousse.

– Et maintenant mon grand, tu t'allonges sur le dos !

Je sais ce à quoi il pense. Vous ne l'entendez pas ?

« Mmm… Kate veut mener la danse ? Intéressant. »

Il recule et approche ses poignets vers la tête du lit. J'encercle ses poignets et je verrouille les menottes.

Click. Click.

Il donne un coup sec de chaque côté pour vérifier qu'elles sont bien attachées. Tandis que je m'assieds sur les talons à côté de lui, mes yeux glissent sur la perfection du corps nu de Drew Evans.

Magnifique.

– Tu prévois de faire quelque chose ? Ou tu as juste l'intention de me regarder toute la nuit ?

Je lève les yeux. Son regard est impatient, il me défie.

Oh, je peux le faire, n'en doutez pas. Je lève fièrement

le menton et je pose les mains entre ses cuisses. Je caresse lentement ses couilles. Je glisse la main vers son sexe déjà dur, je le serre – comme il aime – avant d'effectuer quelques pompes fermes.

Le torse de Drew commence à se soulever plus vite.

Vraiment intéressant.

Et avant que vous ne posiez la question, et bien non, je n'ai pas toujours été comme cela. Aussi aventureuse et intrépide.

Toute ma relation sexuelle avec Billy impliquait deux niveaux : timide et banale. Hésitante et mécanique. Et cela en restait là. Ce n'est qu'avec Drew que j'ai réalisé combien Billy et moi nous nous retenions. Dans notre vie sexuelle et dans la vie tout court.

Dans le regard de l'un et l'autre, nous serions toujours Katie et Billy. Immatures, dépendants. Éternellement jeunes – comme ce film, *Everlasting Tuck*, sur la fontaine de jouvence.

Et puis Drew Evans est entré dans ma vie et la femme franche, exigeante et oui, excitée, qui avait grandi en moi pendant des années s'est retrouvée libérée. En tous les cas au lit.

Son lit.

Je me penche vers sa taille, le cul en l'air, et je le prends dans ma bouche. Il sursaute au contact. L'alcool doit avoir engourdi mon réflexe nauséeux car je peux le prendre jusqu'au fond de ma gorge.

Et je ne m'en prive pas. Quatre, cinq, six fois. Puis je le regarde dans les yeux. Pendant une fellation ? Oui, les mecs adorent le contact visuel. Ne me demandez pas pourquoi – je n'en ai aucune idée.

– Tu aimes quand je te suce, Drew ?

Il aime aussi les paroles salaces. En réalité, il y a peu de choses que Drew *n'aime pas*.

Son regard chavire.

– Putain, oui.

Ma langue se remet au travail.

Sa voix est rauque, haletante.

– Oh bébé, tu es la meilleure. Tu pourrais donner des leçons.

Ah – trop drôle ! Hashtag #superpipe !

Après presque deux années passées ensemble, je suis devenue une experte pour lire le langage du corps de Drew. Lorsque ses lèvres commencent à s'entrouvrir et que ses mains s'agitent, je sais qu'il est tout prêt. Ses grognements et ses gémissements de plaisir me font presque abandonner mon plan.

Mais pas question.

Au tout dernier moment, juste avant qu'il n'explose, je m'éloigne. Et je me redresse. Drew garde les yeux fermés, il attend l'explosion qui ne vient pas.

Il les ouvre et me regarde, perplexe.

Je souris, je me sens surpuissante.

Et vilaine.

Je bâille sans retenue.

– Tu sais, ce vin m'a vraiment pris toute mon énergie, je suis fatiguée.

– Qu… quoi ? Sa voix est haletante.

– Je crois que j'ai besoin d'un moment de répit. Cela ne t'ennuie pas, hein ?

Drew grogne :

– Kate…

Je fais glisser ma jambe sur lui pour faire passer son membre tout dur entre mes cuisses. Je m'assieds dessus mais sans le laisser pour autant entrer en moi.

– J'ai aussi un peu soif. Je vais me chercher un verre d'eau. Tu en veux ?

– Ce n'est pas drôle du tout, Kate.

Oooh, il est furieux.

Il a *peur*.

Je fais glisser mon doigt le long de sa cage thoracique.

– Qui est en train de rire ?

Il tire sur les menottes – plus fort cette fois. Je ris nerveusement. Qui aurait su que pousser un lion avec un bâton pourrait être aussi amusant ?

– Tranquille, Drew. Reste bien sage comme un grand garçon et je vais revenir…

Je hausse les épaules.

– Éventuellement.

Je l'embrasse vite sur le nez, je descends du lit et je me précipite pour sortir de la chambre tandis qu'il m'appelle.

Ne me regardez pas comme cela : je le taquine juste un peu. Vous savez qu'il le mérite. Il n'y a aucun mal à cela, non ?

***

Je me précipite dans la cuisine, fière de moi. Lorsque je pose le pied sur le carrelage froid, la chair de poule envahit mes jambes, puis mes bras. J'ai vraiment soif, alors je prends un verre dans le placard et je le remplis d'eau fraîche.

Debout devant l'évier, j'avale une gorgée et je ferme les yeux tandis que le liquide froid apaise ma gorge sèche. Une goutte s'échappe sur mon menton, glisse le long de ma clavicule et descend sur mon sein.

Soudain, je sens une pression dans mon dos qui me bloque. Je laisse échapper un cri et le verre tombe en se brisant dans l'évier.

J'ignore comment il a réussi à se libérer mais les menottes pendent de ses poignets. Ses mains puissantes m'attirent et me font prisonnière.

Je frissonne tandis qu'un souffle chaud et envoûtant vient caresser mon oreille.

– Ce n'était pas gentil, Kate. Je peux aussi être comme ça.

Sa voix est basse – pas en colère mais ferme. C'est incroyablement excitant.

Une main attrape mes cheveux au niveau de la nuque et les tire ; mon dos se cambre et j'appuie mon bassin contre le rebord de l'évier.

Il pousse ma tête sur le côté et m'embrasse – il plonge sa langue dans ma bouche tandis que je me bats pour maintenir le rythme.

Son baiser est possessif. Dominant.

Quelques secondes plus tard, il s'introduit facilement en moi et adopte un rythme marqué, son bas-ventre claquant contre mes fesses à chaque coup de hanche.

C'est grisant.

Je m'entends gémir. Je ressens comme une morsure au contact du rebord contre mon ventre, mais je m'en moque. Je ne sens que lui. Il me contrôle, me conduit, me possède.

Sa main libre attrape la mienne et l'amène devant, vers mon clitoris. Il presse sur mes doigts vers le bas pour mieux me convaincre de me faire plaisir.

Les mecs ont un truc avec la masturbation. Je me rends compte que c'est très excitant – comme jeter une allumette dans un baril d'essence.

Il libère ma main mais je continue à me caresser comme il le veut. Comme si j'étais une marionnette et lui le marionnettiste. Puis, il se recule et la chaleur de sa poitrine s'éloigne.

Il ralentit le rythme et je sens sa main glisser le long de ma colonne vertébrale. Entre nous. Vers mon cul.

Sa main va et vient et puis ses doigts glissent autour de ma chair. D'avant en arrière sur mon trou, hypersensible au milieu.

Et je me tends.

C'est un nouveau territoire pour nous. Enfin – pour moi. Je n'ai aucun doute sur le fait que Drew, à un moment ou à un autre, a pénétré chaque orifice disponible du corps féminin.

Mais pour moi, c'est l'inconnu. Et j'avoue, c'est un peu angoissant.

Ses doigts font plusieurs passages inoffensifs jusqu'à ce que je me détende, jusqu'à ce que la tension s'évacue de mes épaules, et je suis distraite une fois encore par l'intense plaisir que le rythme de ses hanches invoque.

Et puis il glisse un doigt à l'intérieur.

Aucune douleur. Aucune gêne. La double pénétration, c'est comme le parachutisme. Pour vraiment l'apprécier, il faut en faire l'expérience. Les mots ne lui rendent pas vraiment justice.

Mais c'est délicieux. Dans le genre interdit et cochon.

Lentement, Drew commence son va-et-vient avec le doigt, et l'accorde avec le rythme de sa bite.

Et je gémis profondément, sans retenue. Mes doigts oscillent, plus fort. Puis je me mets à haleter tandis que je m'ouvre davantage et laisse la place à son second doigt.

Ses mouvements sont lents, tortueux et taquins.

Et je veux ouvrir la bouche et lui en demander plus encore.

Plus de frottement, plus de chaleur.

Plus vite. Encore. *S'il te plaît.*

Drew me pousse doucement vers l'avant. Je me penche tandis que mes cheveux balaient le fond de l'évier. Et puis il sort – hors de mon corps.

Cela me fait mal de l'avoir perdu.

Jusqu'à ce que je sente la pointe de son gland, humide de mes propres sécrétions, caressant d'avant en arrière l'ouverture que ses doigts viennent d'occuper.

– Drew…

C'est un gémissement, mi-plaisir, mi-douleur.

Je supplie.

– Dis oui, Kate, putain… s'il te plaît, dis oui.

Sa voix est rauque, brute. Elle a besoin de moi. Et tout à coup, je me sens puissante.

Étrange, compte tenu de notre position actuelle, mais tout de même – j'ai le contrôle. Il peut tout aussi bien me supplier à genoux. Attendant et espérant mes ordres.

Je ne pense pas. Je ne pèse pas les options et je n'envisage pas les conséquences. Je ne fais que ressentir, submergée par ces sensations extatiques.

Je me laisse aller et j'ai confiance.

– Oui…

Très lentement, Drew me rabaisse davantage. Il y a un mouvement de douleur – une brûlure qui s'étend – et je prends une profonde inspiration. Il fait une pause jusqu'à ce que je reprenne mon souffle.

Puis, doucement, il continue vers l'avant, jusqu'à ce que nos chairs se mêlent intimement. Puis il demeure complètement immobile. Il laisse mon corps s'adapter à l'intrusion.

Je sens sa main glisser sur ma hanche et le long de ma cuisse, pour venir s'arrêter vers mon ventre. Sa main se pose sous la mienne, ses doigts adoptent un mouvement circulaire. De cette façon sensuelle et magnifique avant de plonger en moi. Encore et encore.

J'ai toujours pensé que le sexe anal était le signe ultime de la domination, puissant, peut-être humiliant.

Mais cela n'a rien à voir. C'est primaire... inexploré... mais beau aussi. Sacré. Comme si je venais de lui offrir ma virginité. Et d'une certaine façon, c'est ce qui s'est passé.

Je bouge la première, je le fais reculer.

Je donne l'autorisation à Drew – voulant découvrir ces nouvelles sensations. Ayant besoin de traverser la ligne d'arrivée. Avec lui.

C'est plus qu'érotique. Au-delà de l'intime.

Les lèvres de Drew se pressent sur ma peau, dans le dos. Embrassant, maudissant et murmurant mon nom. Et puis il bouge.

Il reprend le contrôle. Glissant dans un va-et-vient – tendre mais régulier. C'est divin.

Ma main attrape la sienne et l'attire vers mon clitoris. Mes jambes tremblent et je sais que je ne suis pas loin. *Si proche*. Comme gravir une montagne et réaliser que le sommet n'est plus qu'à quelques pas de là.

Notre souffle se fait profond, haletant à chaque mouvement des hanches de Drew.

– Oui… oui… oui…

Chez les hommes, les orgasmes sont physiques à quatre-vingt-dix pour cent. C'est facile pour eux de se libérer, quelles que soient leurs pensées à ce moment-là. Pour les femmes, c'est plus difficile. Nos orgasmes dépendent généralement de notre état d'esprit. Qu'est-ce que cela signifie donc si vous les mecs vous voulez nous emmener là-haut ? Nous ne devons pas penser à la pile de linge qui nous attend ni aux papiers qui s'entassent sur notre bureau.

C'est pour cela que ce n'est pas la main de Drew, ni sa queue, qui me font décoller. C'est sa voix.

Le front appuyé contre mon omoplate, il psalmodie : « Oh mon Dieu, Oh mon Dieu… »

Cela ne lui ressemble tellement pas.

Il donne l'impression d'être ouvert, exposé. Vulnérable.

Cet homme exaspérant qui veut toujours se charger de tout, mener la barque. Qui ne fait pas un geste sans l'examiner sous tous les angles, sans le décortiquer – les avantages, les conséquences.

Cet homme est en train de s'effondrer derrière moi.

Et tandis qu'il murmure une litanie d'injures et de prières – je tombe en extase.

Je redresse brusquement la tête et je ferme les yeux. Les étoiles éclatent derrière mes paupières tandis que je me tends et que je crie, que des vagues vertigineuses de plaisir se succèdent à travers mon corps.

Les mouvements de Drew deviennent irréguliers et saccadés, plus énergiques et incontrôlés.

Un moment plus tard, il tire mes hanches contre lui, me maintient et tandis qu'un long et ultime gémissement guttural s'échappe de ses lèvres.

Puis nous reprenons notre souffle. Toujours liés l'un à l'autre et tremblant encore. Ses mains remontent le long de mes bras tandis qu'il se glisse hors de moi.

Il me tourne pour que je me retrouve face à lui. Ses mains caressent mes joues et puis il m'embrasse. C'est très doux. Gentil et affectueux. Cela contraste avec la brutalité de nos gestes primitifs, quelques instants plus tôt.

Je ne sais pas pourquoi mais les larmes me montent aux yeux.

Aussitôt, le regard de Drew devient inquiet.

– Tu vas bien ? Est-ce que… est-ce que je t'ai fait mal ?

Je souris à travers les larmes parce que ce sont des larmes de bonheur. Parce que, de façon étrange et inexplicable, je ne me suis jamais sentie aussi proche de lui qu'à cet instant présent.

– Non, je me sens très bien. N'hésite pas à te montrer méchant avec moi, quand tu veux.

Alors, il sourit aussi. Soulagé et satisfait.

– Bien noté.

Drew me soulève et me porte jusqu'à la douche. Nous restons debout sous le jet d'eau brûlante et nous nous lavons l'un l'autre. Puis il nous enveloppe dans des serviettes épaisses et chaudes et il me porte jusqu'au lit. Il nous recouvre avec la couverture et me tient serrée contre lui.

Et je me sens aimée, précieuse. C'est ce qu'*il* me fait ressentir. Toujours.

Chérie. Adorée.

***

Est-ce que c'était douloureux le lendemain ? Oui, mais ce n'était pas si terrible.

Ça fait trop d'informations ? Désolée. J'essaie simplement d'être utile.

En tous les cas, les douleurs du lendemain matin valaient vraiment la peine, en ce qui me concernait.

Mais quel est l'intérêt de tout cela, me direz-vous ? Pourquoi est-ce que je vous en parle ?

Parce que la relation sexuelle est bonne ? Vraiment, vraiment bonne ?

Nul besoin d'alcool. Et il ne s'agit pas de compatibilité ou de pratique, ou même encore le fait d'être amoureux.

C'est une question de confiance. Baisser la garde. Vous mettre entre les mains d'une autre personne et la laisser vous conduire dans des endroits inconnus.

Et je lui ai fait confiance. Avec mon esprit, mon cœur et mon corps. J'ai fait confiance à Drew pour tout.

C'est ce que j'ai fait à ce moment-là.

LOVE GAME

Tome 2

CHAPITRE 1

Au lycée, la biologie était ma matière préférée. Ce qui me fascinait le plus, c'était les espèces qui se transforment en un être entièrement nouveau. Comme les têtards ou les papillons. Ils commencent en étant une chose précise puis ils finissent par devenir quelque chose de complètement différent.

Méconnaissable.

Nous regardons toujours les papillons en pensant : « Comme ils sont beaux ». Mais personne ne pense jamais à ce qu'ils ont dû traverser avant de devenir ce qu'ils sont. Lorsque la chenille fabrique son cocon, elle ne sait pas ce qui se passe. Elle ne comprend pas qu'elle change. Elle pense qu'elle va mourir. Que c'est la fin du monde. La métamorphose est douloureuse, terrifiante et inconnue. C'est seulement après que la chenille réalise que cela en valait la peine. Parce que maintenant, elle arrive à voler.

Et c'est ce que je ressens maintenant. Je ne suis plus que celle que j'étais avant. Plus forte.

Vous pensiez réellement que j'étais dure avant ? Vous vous trompiez. Il s'agissait simplement de bravade, d'une façade.

Avoir une relation avec Drew Evans, c'est comme nager dans la mer et prendre l'une de ces puissantes vagues qui vous projettent sur la plage. Drew est écrasant. Et soit vous donnez un bon coup pour suivre, soit il se jette sur vous et vous laisse derrière, le visage plein de sable.

J'ai donc dû me faire passer pour une dure à cuire. Je n'ai plus besoin de faire semblant car aujourd'hui, je suis en granit. Impénétrable de bout en bout.

Posez la question à quelqu'un qui a survécu à un tremblement de terre ou à l'incendie de sa maison qui a ravagé tout ce qui comptait. Une destruction inattendue vous change. Je pleure l'ancien moi et ma vie d'avant. Celle que j'avais prévu de partager pour toujours avec Drew.

Vous semblez perdu, désolée – je recommence.

Vous voyez cette femme, là ? Sur la balançoire, dans ce terrain de jeux vide ?

C'est moi – Kate Brooks.

Enfin, pas exactement. Pas la Kate dont vous vous souvenez en tout cas. Comme je l'ai dit, je ne suis plus la même aujourd'hui.

Vous vous demandez sans doute pourquoi je suis ici, de retour à Greenville, dans l'Ohio, toute seule. D'un point de vue technique, je ne suis pas seule. Mais nous y reviendrons plus tard.

La raison de ma présence à Greenville est simple. Je ne pouvais pas supporter de rester à New York. Pas un jour de plus. Pas après tout ça.

Drew ? Il est toujours à New York. Soignant sans doute une méchante gueule de bois. À moins qu'il ne soit encore ivre. Qui sait ? Ne nous inquiétons pas trop pour lui. Il a une séduisante strip-teaseuse pour prendre soin de lui.

Oui, j'ai parlé d'une strip-teaseuse. J'espère au moins que c'en était une. Elle aurait pu être une prostituée.

Vous pensiez que Drew et moi allions vivre heureux pour toujours ? Bienvenue au club. Apparemment, cela ne dure que deux ans.

Ne vérifiez pas le titre. Vous êtes au bon endroit. Il s'agit bien de l'histoire de Drew et de Kate. Tout c'est emmêlé, tout est foutu. Bienvenue à Oz, Toto, c'est un putain d'endroit.

Qu'est-ce que cela veut dire ? Vous pensez que je parle comme Drew ? C'est ce que dit Delores – qu'il m'a contaminée avec ses jurons. Elle dit que c'est le genre de discours à la Drew. J'imagine qu'après deux ans de vie commune, il a déteint sur moi.

Je vois bien que vous vous demandez ce qui s'est passé. *Vous étiez si amoureux, vous étiez faits l'un pour l'autre.* Venez donc me le dire en face, ou mieux encore, dites-le à la strip-teaseuse.

Bon – croyez-le ou non – le vrai problème, ce n'était pas une autre femme. Pas au début. Drew ne mentait pas lorsqu'il disait qu'il avait toujours voulu que je sois à lui. Il me l'a montré. Et il continue de le faire. Il ne veut simplement pas de nous.

Vous ne comprenez toujours pas ? C'est sans doute que je ne suis pas suffisamment claire. Je vais reprendre depuis le début. Alors, la semaine dernière, j'ai découvert…

non, attendez. Cela ne va pas non plus. Pour que vous compreniez, il faut que je remonte plus loin dans le temps.

Notre fin a commencé il y a environ un mois. Je commencerai par là.

Cinq semaines plus tôt

– Eh bien, il semble que nous ayons trouvé un accord ! Le type au chapeau de cow-boy ? Celui qui signe ce tas de papiers en face de moi à la table de conférence ? Il s'agit de Jackson Howard Sr. Et la version plus jeune au chapeau noir, assis à côté de lui ? C'est son fils, Jack Jr. Ils sont éleveurs de bétail. Propriétaires de la plus grande ferme d'élevage en Amérique du Nord et ils viennent tout juste d'acquérir le développeur de logiciels de localisation GPS le plus innovant du pays. Maintenant, vous pouvez vous demander pourquoi deux hommes d'affaires déjà riches traverseraient le pays pour étendre leur empire ?

Parce qu'ils veulent ce qui se fait de mieux. Et je suis la meilleure. Ou devrais-je plutôt dire nous sommes les meilleurs.

Drew récupère le contrat.

– Bien sûr, Jack. Si j'étais vous, je commencerais à regarder les yachts pour les voyages d'affaires. Lorsque les rapports bénéficiaires vont affluer, votre conseiller fiscal va vouloir quelque chose de gros pour amortir.

Kate et Drew, la *dream team* de Evans, Reinhart et Fisher. John Evans, le père de Drew, savait absolument ce qu'il faisait lorsqu'il nous a demandé de travailler ensemble. Et il est toujours aussi fier de nous le rappeler…

À l'entendre parler, il savait que Drew et moi ferions une équipe incroyable – à moins que nous ne finissions par nous entretuer. Apparemment, c'était une chance que John était prêt à saisir. Évidemment, il ne savait pas que nous finirions par être ensemble mais… il s'en attribue le mérite aussi. Vous commencez à comprendre de qui tient Drew, non ?

Erin arrive avec les manteaux de nos clients. Elle cherche le regard de Drew et tapote sur sa montre. Il hoche discrètement la tête.

– Sortons et fêtons dignement cela ! Voyons si vous autres de la ville vous pouvez suivre quelqu'un comme moi, ajoute Jackson Howard.

Même s'il approche les soixante-dix ans, il a l'énergie d'un homme de vingt ans. Et je le soupçonne d'avoir plus d'une histoire de cow-boys dans sa manche à raconter.

J'ouvre la bouche pour accepter son invitation mais Drew me coupe la parole.

– Nous adorerions, Jack, mais malheureusement, Kate et moi avons un rendez-vous déjà prévu. Une voiture vous attend en bas pour vous conduire dans les meilleurs endroits de la ville. Profitez-en. Et bien sûr, vous êtes nos invités.

Ils se lèvent et Jack incline son chapeau vers Drew.

– C'est vraiment délicat de ta part, fils.

– C'est la moindre des choses.

Tandis que nous nous dirigeons vers la porte, Jack Jr se tourne vers moi et me tend sa carte.

– C’était un réel plaisir de travailler avec vous, Miss Brooks. La prochaine fois que vous passez dans ma région, je serai honoré de vous servir de guide. J’ai le sentiment que le Texas vous plairait. Peut-être déciderez-vous même de vous y installer.

Bien sûr, il me cherche. Vous pensez peut-être que c’est minable. Il y a deux ans, j’aurais accepté l’invitation. Mais comme Drew me l’avait dit, cela arrive tout le temps. Les hommes d’affaires sont arrogants et dragueurs. C’est comme s’ils étaient obligés de l’être et aussi l’une des raisons pour lesquelles ce domaine d’activité présente le troisième taux le plus élevé en matière d’infidélité – tout de suite après les camionneurs et les policiers. Les longues heures travaillées, les réunions interminables et les voyages fréquents font que l’adultère devient presque inévitable. Une fatalité. D’ailleurs, c’est comme cela que tout a commencé entre Drew et moi, vous vous souvenez ?

Mais Jack Jr n’est pas comme les autres mecs qui m’ont fait des avances. Il paraît sincère. Doux. Alors je souris et je tends la main pour prendre sa carte, par politesse.

Mais Drew est plus rapide que moi.

– Nous adorerions. Nous n’avons pas beaucoup d’affaires dans le Sud mais la prochaine fois que cela se produit, nous nous souviendrons de votre invitation.

Il essaie d’être professionnel, impassible. Mais sa mâchoire se crispe. Bien sûr, il sourit, mais vous n’avez jamais vu *Le Seigneur des Anneaux* ? Gollum sourit aussi… Juste avant qu’il arrache d’un coup de dents la main du type qui tenait son « précieux ». Drew tient à son territoire et il est possessif. Il est comme ça.

Matthew m'a raconté une histoire un jour : pour son premier jour à la maternelle, la mère de Drew lui avait acheté une boîte à l'effigie de Yoda pour y mettre son déjeuner. Dans la cour de récréation, Drew ne l'avait pas posée parce qu'elle était à lui et il avait peur que quelqu'un ne la lui casse ou ne la lui vole. Il a fallu une semaine à Matthew pour le convaincre que personne ne ferait ça, ou qu'au pire des cas, ensemble, ils feraient vivre un enfer à celui qui y toucherait.

Dans des moments comme celui-ci, je sais ce que pouvait ressentir cette boîte.

Je souris gentiment à Jack Jr et il effleure son chapeau. Puis ils sortent. Dès que la porte se referme derrière eux, Drew déchire la carte de John Jr en deux.

« Connard ! »

Je le repousse.

– Arrête, il était gentil.

Drew me fixe du regard. Il fait un pas en avant et sa voix prend un accent du Sud exagéré.

– Je devrais peut-être m'acheter un pantalon et un putain de chapeau de cow-boy.

Puis il laisse tomber l'accent.

– Oohh – mieux encore, nous t'en achèterons un, à toi. Je peux être ton étalon sauvage et tu peux être la cow-girl effrontée qui me monte.

Et le plus drôle dans tout cela ? Il ne plaisante vraiment pas. Je hoche la tête en souriant.

– Alors, qu'est-ce que cette mystérieuse réunion que nous avons ? Je n'ai rien noté dans mon agenda.

Il m'offre son plus beau sourire.

– Nous avons un rendez-vous à l'aéroport.

Il sort deux billets d'avion de la poche de sa veste. Première classe pour Cabo San Lucas.

J'inspire profondément.

– Cabo ?

Ses yeux pétillent.

– Surprise.

Ces deux dernières années, j'ai voyagé plus que je ne l'avais fait auparavant : les cerisiers en fleur au Japon, les eaux cristallines du Portugal... Toutes ces choses que Drew avait déjà vues, ces lieux où il était déjà allé et qu'il voulait partager avec moi.

Je regarde les billets de plus près et je fronce les sourcils.

– Drew, ce vol part dans trois heures. Je n'aurai jamais le temps de préparer ma valise.

Il sort deux sacs du placard.

– Alors c'est une bonne chose que je m'en sois déjà occupé.

Je pose mes bras autour de son cou et je le serre contre moi.

– Tu es le meilleur petit ami que j'aie jamais eu.

Il m'adresse un sourire narquois qui me donne envie de l'embrasser et de le gifler en même temps.

– Ouais, je sais.

***

L'hôtel est époustouflant. Il offre un panorama magnifique, comme ceux que l'on voit sur les cartes postales. Nous sommes installés au dernier étage – dans le penthouse. Comme Richard Gere dans *Pretty Woman*,

Drew est un adepte de l'excellence, il veut toujours ce qu'il se fait de mieux.

Il est tard lorsque nous arrivons, mais après une sieste dans l'avion, nous débordons d'énergie. Et nous sommes affamés. Toutes les compagnies aériennes réduisent leurs dépenses aujourd'hui, même en première classe. Leurs sandwichs peuvent être offerts mais cela ne veut pas dire qu'ils sont comestibles.

Tandis que Drew passe sous la douche, je commence à défaire mon sac. Pourquoi ne prenons-nous pas notre douche ensemble ? Je n'ai pas vraiment besoin de répondre à cela, non ?

Je pose les sacs sur le lit et je les ouvre. La plupart des hommes regardent une valise vide comme s'il s'agissait d'une sorte d'équation impossible à résoudre, ils peuvent la fixer pendant des heures mais sans avoir pour autant la moindre idée de ce qu'ils sont supposés en faire.

Mais Drew n'est pas de ceux-là. Il est Monsieur Je-pense-à-tout. Il a pris tous les accessoires auxquels la plupart des hommes ne penseraient pas. Tout ce dont je pourrais avoir besoin pour que mes vacances soient confortables et agréables.

À l'exception des sous-vêtements. Il n'y en a pas la moindre trace dans le sac, mais il ne s'agit pas d'une erreur... Il se trouve que mon fiancé éprouve une sérieuse rancune à l'encontre des sous-vêtements, à part peut-être les petites culottes Implicite. S'il avait le choix, nous nous promènerions tous les deux comme Adam et Ève – les feuilles de vigne en moins, bien sûr.

Mais il a pris tout le reste. Déodorant, mousse à raser, rasoir, maquillage, pilules contraceptives, lait hydratant, crème pour les yeux, le reste de mes antibiotiques pour traiter mon infection à l'oreille survenue la semaine dernière, etc.

À propos de médicaments et avant de continuer, nous devrions faire un bref communiqué d'intérêt public.

J'ai quelques clients qui sont dans le secteur pharmaceutique. Et ces entreprises ont des départements entiers dont l'unique travail consiste à écrire. Écrire quoi, me demandez-vous ? Vous savez ces notices que vous trouvez dans les boîtes de médicaments ? Celles qui répertorient tous les effets secondaires possibles et ce que vous devriez faire si l'un d'eux se produit ? Peut provoquer une somnolence, ne pas conduire de grosses machines, contacter immédiatement son médecin, etc.

La plupart d'entre nous se contentent d'ouvrir la boîte, de sortir les pilules et de jeter la notice. La plupart d'entre nous le font… mais nous ne devrions pas. Je ne vais pas vous ennuyer avec un cours. Tout ce que j'ai à dire c'est : lisez la notice. Vous serez bien content de l'avoir fait. Et maintenant – reprenons là où nous nous étions arrêtés, au Mexique.

Drew sort de la salle de bains, une serviette nouée autour de la taille, et j'oublie tout du sac de voyage. Vous savez bien que certains hommes préfèrent une jolie poitrine et d'autres une belle paire de fesses ? Eh bien c'est la même chose pour les femmes. Je suis moi-même attirée par les avant-bras. Il y a dans les avant-bras d'un homme un je-ne-sais-quoi que je trouve sexy et viril.

Drew a les plus beaux attributs que j'aie jamais vus. Affûtés et toniques – ni trop gros ni trop minces – avec juste la bonne quantité de poils.

Il détache la serviette de ses hanches et la frotte contre ses épaules. Et je suis presque certaine que je commence à saliver.

Je suis peut-être une femme complètement obsédée…

– Tu sais que ce n'est pas poli de dévisager ?

Je lève les yeux pour le regarder. Il sourit. Et je fais un pas de plus vers lui – comme un puma qui se rapproche de sa proie.

– Ça l'est, maintenant ?

Drew passe sa langue sur ses lèvres.

– Absolument.

Une goutte d'eau ruisselle le long de son torse. *Quelqu'un a soif ?*

– Bon, je ne veux pas être impolie.

– Dieu nous en préserve.

Juste au moment où je m'apprête à me pencher et à lécher la goutte d'eau, mon estomac grogne, fort.

Grrrrrr.

Il se met à rire.

– Je devrais peut-être te nourrir d'abord. Pour ce que j'ai prévu, tu vas avoir besoin d'énergie.

Je me mords la lèvre, excitée par ce qui m'attend.

– Tu as quelque chose de prévu ?

– Pour toi ? Toujours.

Il me fait me retourner et me donne une petite tape sur le derrière.

– Maintenant, va mettre ce beau cul sous la douche afin que nous puissions partir. Plus tôt nous mangerons, plus vite nous pourrons revenir ici pour baiser jusqu'au lever du jour.

Il ne veut pas être aussi grossier qu'il en donne l'impression. Bon d'accord – vous avez raison –, il le veut probablement. Une heure plus tard, nous partons dîner. Drew m'a fait la surprise d'une nouvelle robe – œillet blanc et sans bretelles avec un ourlet qui s'évase juste au-dessus des genoux. Mes cheveux longs légèrement bouclés, comme je sais qu'il les aime.

En ce qui concerne mon fiancé – je n'arrive pas à détacher mon regard de lui. Pantalon beige et chemise blanche, les premiers boutons laissés ouverts, les manches retroussées à mi-bras. Splendide.

Nous arrivons au restaurant.

J'ai toujours pensé que la culture latino était intéressante. La musique. Les gens. Ils sont pleins de vie, explosifs et passionnés.

Des adjectifs qui décrivent l'endroit où nous dînons ce soir. Il fait sombre – le seul éclairage vient des bougies qui sont posées sur les tables et des lumières scintillantes au plafond. Un rythme trépidant nous parvient d'un petit groupe de musiciens installé dans un coin.

Drew demande une table pour deux en espagnol. Oui, il parle espagnol. Et français. Il travaille aussi en japonais. Vous pensiez qu'il avait une voix sexy ? Faites-moi confiance – tant que vous ne l'avez pas entendu susurrer des phrases à vous faire rougir dans une langue étrangère, vous ne savez rien de la signification de l'adjectif sexy.

Nous suivons l'hôtesse brune bien charpentée jusqu'à une table dans un coin.

Maintenant, prenez le temps de regarder autour de vous. Vous voyez toute l'attention que Drew suscite chez les femmes simplement en traversant la salle ? Ces regards admiratifs, engageants ?

Je le remarque – toujours. Mais il faut le dire : Drew ne le voit pas. Parce qu'il ne regarde pas. Rien ni personne. Vous autres, les hommes, vous pensez que regarder ne fait pas de mal ? Vous vous trompez. Parce que nous autres femmes, nous ne pensons pas que vous profitez simplement de la vue. Nous pensons que vous faites des comparaisons, que vous nous trouvez des défauts. Et ça irrite. Comme un grain de sable dans l'œil.

Je suis pleinement consciente que Drew pourrait avoir toutes les femmes qu'il veut – la top-model à Beverly Hills, l'héritière sur Park Avenue. Mais il est venu me chercher, il s'est battu pour moi. Alors quand nous sortons, c'est un bon coup de pouce à la confiance que j'ai en moi.

Parce que je suis la seule femme qu'il regarde.

Nous nous asseyons et parcourons le menu.

– Alors, explique-moi encore comment tu as fait pour passer tes années à l'université et à ton école de commerce sans jamais boire de tequila ?

Je ris et je me souviens : eh bien, au lycée, nous faisions des feux de joie, du camping.

Vous n'avez jamais dormi avec une bouteille vide de soda de deux litres en guise d'oreiller ? C'est pas drôle.

– Un soir, Billy et les garçons étaient en train de boire de la tequila et Billy a avalé la chenille. Et il a commencé à avoir des hallucinations. En biologie, à ce moment-là, nous étions en train d'étudier l'anatomie des amphibiens et comme il était complètement dans les vapes – il était convaincu d'être une grenouille – et que Delores essayait de le disséquer… il est parti tout seul dans les bois et il nous a fallu trois heures pour le retrouver – la langue dans la poussière. Depuis, j'évite la tequila.

Drew hoche la tête.

– Cela confirme, encore une fois, ce que je sais depuis longtemps. Billy Warren est, et a toujours été, un type complètement idiot.

Je suis habituée aux remarques acerbes de Drew à l'encontre de Billy. Et dans ce cas précis ? Il n'a pas tout à fait tort.

Alors je lui dis :

– Tant que tu ne me fais pas avaler la chenille, je veux bien essayer.

Ses yeux s'illuminent comme ceux d'un gamin dans un magasin de vélos.

– Tu sais ce que cela signifie ?

– Quoi ?

Il fronce un peu les sourcils.

Que tu es prête pour que je t'apprenne à enchaîner des body shot[1].

***

Même si je ne pense pas que vous ayez besoin de boire pour avoir de bons rapports sexuels, avoir la tête qui tourne ne peut certainement pas faire de mal.

Drew et moi sommes dans l'ascenseur pour regagner notre chambre, tous les deux bien éméchés après toute

1 Façon sexy de boire des shots de tequila sur le corps de son partenaire.

cette tequila. Je la sens sur la langue de Drew – amère avec une touche d'agrumes. Il m'a plaquée contre la paroi, ma jupe est retroussée autour de mes hanches et nous nous poussons, nous frottons l'un contre l'autre.

Je suis contente qu'il n'y ait personne d'autre dans l'ascenseur – même à ce stade-là ? Au point où j'en suis, je m'en moque éperdument.

Nous trébuchons dans la chambre. Nous avançons à tâtons tout en nous embrassant.

Drew claque la porte et me fait tourner. Dans un mouvement rapide, il fait tomber ma robe et arrache ma culotte Implicite. Je suis nue à l'exception de mes chaussures à talons. Je me penche sur le bureau, appuyée sur les coudes. Je le sens, glissant sa queue entre mes lèvres – testant mon humidité – pour s'assurer que je suis prête.

Je suis toujours prête pour lui. Je gémis :

– Ne joue pas.

Entre la tequila et l'ascenseur, je suis au comble de l'excitation. Je le veux en moi. Il pousse lentement mais jusqu'à la garde. Et je soupire d'extase.

Nous connaissons tous l'expression qui dit que « plus c'est gros, plus c'est bon ». Et Drew en a une grosse – non que j'aie beaucoup d'éléments de comparaison mais elle fait deux fois la taille de Billy.

Je ne vous mets pas mal à l'aise, les garçons ? Flash info : c'est comme cela qu'une femme parle. En tout cas quand vous n'êtes pas là pour écouter.

De toute façon, ce n'est pas réellement la taille qui fait l'homme. C'est le rythme – savoir comment atteindre tous ces endroits délicieux avec juste la bonne pression. Donc la prochaine fois que vous voyez une annonce publicitaire à propos d'un produit miracle qui fait grossir le sexe ? Économisez votre argent. Achetez plutôt le Kâmasûtra.

Drew attrape mes cheveux, tire ma tête en arrière et accélère le rythme. Dur et vite. J'attrape le bord du bureau pour garder l'équilibre.

Il m'embrasse sur l'épaule et murmure à mon oreille :

– Tu aimes ça, bébé ? Je gémis.

– Oui… oui… beaucoup.

Il s'enfonce encore plus fort en secouant le bureau. Et là, je ne contrôle plus rien. Je flotte, en apesanteur. Et c'est sublime.

Drew ralentit la cadence de ses hanches tandis que je redescends et que je fais durer le plaisir. Il m'attire de nouveau vers lui et ses doigts se promènent sur mon ventre et mes seins, il les prend dans ses mains et les pétrit.

J'enroule mes bras autour de son cou, je tourne la tête et je l'embrasse. J'adore sa bouche, ses lèvres, sa langue. Le baiser est une forme d'art et Drew Evans est Michel-Ange.

Il se retire et je me retourne pour lui faire face. Je le pousse vers le lit. Drew s'assied au bord et je grimpe sur lui, j'entoure mes jambes autour de sa taille.

Mon Dieu, oui.

C'est comme ça que je préfère – poitrine contre poitrine, bouche contre bouche, pas un espace libre entre nous. Je le prends dans la main et je glisse sur lui. Mon ventre s'étire de bonheur et Drew geint. Je me lève lentement et redescends brutalement. Je teste la résistance des ressorts du sommier.

Je bouge plus vite. Plus profondément. La chaleur mexicaine fait briller nos corps.

Drew prend mon visage entre ses mains, ses pouces vont et viennent sur ma peau. Soudain tendre, adorable. Nos fronts sont appuyés l'un contre l'autre et dans la pénombre, je peux voir son regard penché vers le bas, en train de regarder comment il va-et-vient en moi.

Et je regarde aussi. C'est érotique, sensuel. Je repousse les cheveux de son front.

Et ma voix implore :

– Dis-moi que tu m'aimes.

Il ne le dit pas souvent. Il préfère me le montrer. Mais je ne me lasse jamais de l'entendre. Car à chaque fois qu'il prononce ces mots-là, je ressens le même émerveillement qu'au premier jour.

– Je t'aime, Kate.

Ses mains soutiennent toujours mon visage. Tous les deux haletant – bougeant plus vite, plus près. Cela devient spirituel. Une sainte communion.

La voix de Drew est étouffée, à bout de souffle.

– Dis-moi que tu ne me quitteras jamais.

Son regard est tendre. Implorant d'être rassuré. Car avec toute son audace et sa confiance excessive, je pense qu'il y a toujours en lui une partie qui reste hantée par la semaine au cours de laquelle il a pensé que j'avais choisi Billy. Je pense que c'est la raison pour laquelle il travaille si dur pour prouver combien il me veut. Pour me montrer que j'ai fait le bon choix.

Je souris doucement et je plante mon regard droit dans les yeux.

– Jamais, je ne te quitterai jamais, Drew. Les mots sonnent comme un vœu.

Ses mains saisissent mes hanches, il me soulève, m'aide à bouger.

– Oh oui, Kate… il ferme les yeux.

Et nos bouches s'ouvrent, nos souffles se mêlent l'un à l'autre. Il s'étend en moi, palpitant, tandis que je me serre davantage autour de lui. Et nous jouissons ensemble, à l'unisson. Divin.

Un moment plus tard, les bras de Drew se serrent autour de moi. Je touche son visage et l'embrasse doucement. Il tombe à la renverse sur le lit, m'emportant avec lui en me maintenant sur son ventre. Nous demeurons ainsi pendant un moment tandis que nos rythmes cardiaques diminuent et que nos respirations ralentissent.

Puis Drew me fait rouler sous lui. Et nous recommençons.

CHAPITRE 2

Sur le dance-floor du club, à New York.

Une musique qui vous martèle le crâne et qui ne permet de discuter que si vous savez lire sur les lèvres. Des branleurs en sueur dans leur chemise de soie genre « Je suis trop sexy » qui pensent que le fait de respirer signifie que vous êtes intéressée. Des files d'attente incroyablement longues au bar et des prix excessivement élevés pour des boissons édulcorées.

Pas vraiment mon endroit préféré.

Je suis plus bière en bouteille, juke-box et table de billard – je peux être un requin de billard si besoin est.

Non que je n'aie pas apprécié un ou deux bonnes *raves* à mon époque.

Comment ? Vous pensiez que l'herbe était la seule substance illégale que j'ai pu consommer ? Je crains que non. Ecstasy, acide, champignons – j'ai tout essayé.

Vous semblez un peu choqué. Vous ne devriez pas.

Toute la culture de la drogue a été lancée par des intellectuels dans des établissements d'enseignement supérieur. N'essayez pas de me faire croire que Bill Gates a lancé Windows – un labyrinthe de voies multicolores reliées entre elles – sans une sérieuse assistance psychédélique.

De toute façon, en dépit de mes préférences, quatre semaines après Cabo, Drew et moi nous nous retrouvons dans le club le plus chaud du moment. Avec nos meilleurs amis, Matthew et Delores, pour fêter leur premier anniversaire.

Vous ne saviez pas qu'ils s'étaient mariés ? C'était formidable. Vegas. Je dois vous en dire plus ?

Delores aime les clubs où l'on danse. Elle apprécie toutes sortes de stimulations sensorielles. Lorsque nous avions dix ans, sa mère, Amelia, lui avait acheté une lampe stroboscopique pour sa chambre. Delores s'asseyait et la fixait pendant des heures, comme s'il agissait d'une boule de cristal ou d'une peinture de Jackson Pollock.

Maintenant que j'y pense, cela explique beaucoup de choses.

Bref, peu importe, vous nous voyez ? Delores et Matthew quittent la piste de danse pour se diriger là où je suis assise, vers des chaises de couleur rouge, bien rembourrées. Drew est allé nous chercher une nouvelle tournée.

Je suis trop épuisée pour danser ce soir. Delores se laisse tomber sur la chaise à côté de moi et se met à rire.

Je bâille.

– Chérie, tu as vraiment une mine affreuse !

Une bonne amie devrait pouvoir tout vous dire : qu'il est possible que votre fiancé aille voir ailleurs ou que votre robe fasse pendre vos poignées d'amour comme la peau d'un shar-Peï ! Dans les deux cas, si elle n'est pas assez courageuse pour dire les choses telles qu'elles sont, elle n'est pas votre meilleure amie.

– Merci, Dee Dee. Je t'aime aussi.

Elle repousse ses longs cheveux blonds en arrière, illuminnés pour la soirée de milliers de paillettes.

– Je dis juste que tu pourrais passer une journée au spa.

Elle n'a pas tort. J'ai été épuisée toute la semaine – une fatigue qui a envahi mon corps tout entier, qui me leste les chevilles et qui m'oppresse la poitrine. Hier, je me suis endormie sur mon bureau.

Je suis sans doute en train de couver une grippe.

Delores s'évente avec la main.

– Où diable est passé Drew avec ces verres ? Je meurs de soif.

Il est parti depuis quelques minutes, ce qui n'a rien d'inhabituel dans un endroit comme celui-ci.

Mon regard parcourt la salle et je le vois. Au bar, les verres dans la main, en train de parler à une femme. Une belle blonde avec des jambes aussi longues que mon corps tout entier. Elle porte des talons aiguilles argentés et une mini-robe à paillettes. Elle a l'air… amusante. Vous savez ce type de femmes – l'une de ces filles sympas avec lesquelles les garçons aiment bien sortir parce qu'elles rotent et regardent le sport. Elle sourit. Plus important encore, Drew sourit à son tour.

Et vous voyez la façon dont elle se penche vers lui ? L'inclinaison de sa tête ? Le frottement subtil de ses cuisses ? Ils ont eu des rapports sexuels. Aucun doute là-dessus.

Fils de pute.

Ce n'est pas la première fois que je me retrouve face à l'une des dernières conquêtes d'un soir de Drew. En fait, c'est à peu près un événement quotidien – la serveuse au Nobu, la barmaid du Bar & Grill de McCarthy, plusieurs clientes choisies au hasard chez Starbucks. Drew est poli mais brusque, ne leur accordant pas plus d'attention qu'à une vieille copine de lycée dont vous ne vous souvenez plus du nom.

Donc en temps normal, cela ne me dérange pas.

Mais comme je l'ai dit, ce n'est pas une semaine normale. La fatigue m'a rendue irritable. Trop sensible. Énervée.

Et merde, il continue de lui parler.

Elle pose sa main sur son bras et la femme des cavernes qui est en moi martèle sa poitrine comme King Kong. Il y a un verre vide devant moi. Vous vous souvenez lorsque Marcia reçoit un ballon de football américain en plein nez[2] ? Vous pensez que je pourrais les atteindre depuis ici ?

Vous avez remarqué que les tueurs en série sont presque toujours des hommes ? C'est parce que les hommes aiment semer la souffrance autour d'eux. Nous les femmes, en revanche, nous gardons notre douleur en nous… nous la laissons couver.

Oui, j'ai pris *Introduction à la psychologie* à l'université.

Mais le fait est qu'au lieu d'aller vers eux et d'arracher les extensions de cheveux de Blondie comme j'ai envie de le faire, je me lève.

– Je rentre à la maison.

Delores cligne des yeux.

---

2 Fait référence à une scène bien connue de la série américaine *The Brady Bunch.*

– Comment ? Mais pourquoi ?

Puis elle voit mon visage.

– Qu'est-ce que ce crétin a fait ?

Un conseil – lorsque vous êtes fâché avec votre moitié, essayez de ne pas le dire à vos amis. Parce qu'ensuite, quand vous lui aurez pardonné, eux n'oublieront jamais.

Je recommande plutôt de se plaindre auprès de sa famille. Ils ont déjà vu tous ses traits négatifs, égoïstes et immatures en plein essor – donc ce n'est pas comme si vous leur dévoiliez un secret.

Je secoue la tête.

– Rien. Je suis simplement… fatiguée.

Elle n'en croit rien. Et son regard reste fixé sur ce que je suis en train d'observer. La fille aux jambes interminables jette la tête en arrière et rit. Ses dents sont d'un blanc nacré et parfaites. Apparemment, la boulimie n'a pas abîmé l'émail. Jusque-là.

Delores se tourne vers son mari.

– Matthew, va chercher ton pote. Avant que je n'y aille, parce qu'après tu devras le ramasser à la petite cuillère.

Je lève le menton avec entêtement.

– Non, Matthew, n'y va pas. Drew est à l'évidence heureux là où il est. Pourquoi le traîner ailleurs ?

Immature ? Peut-être. Et alors ?

Le regard de Matthew passe de l'un à l'autre. Puis il se précipite dans la direction de Drew.

Dee Dee l'a vraiment bien dressé.

Je l'embrasse pour lui dire au revoir.

– Je t'appelle demain.

Et je me dirige vers la porte sans regarder derrière moi.

***

Je n'ai jamais vécu seule.

À dix-huit ans, je suis partie de chez mes parents pour m'installer dans une chambre d'étudiante. En seconde année, Billy nous a rejointes, Delores et moi, en Pennsylvanie, et nous avons loué une grande maison délabrée à l'extérieur du campus avec quatre autres étudiants. Le toit fuyait et la chaleur était insoutenable mais le loyer était raisonnable.

Lorsque Delores est partie pour New York, j'étais toujours à Wharton et Billy et moi avons emménagé ensemble. Ensuite nous avons aussi rejoint New York – et vous connaissez la suite de l'histoire.

Pourquoi je vous raconte tout cela ?

Parce que je ne suis pas aussi indépendante que cela. Je suis une de *ces* femmes. Du genre de celles qui allument toutes les lumières dans la maison lorsqu'elle est toute seule. Du genre à dormir chez une copine lorsque son fiancé n'est pas là.

Je n'ai jamais été seule. J'ai toujours eu un petit ami. C'est l'une des raisons pour lesquelles la relation entre Billy et moi a duré si longtemps – parce que je préférais entretenir une relation, même vouée à l'échec, que pas de relation du tout.

Lorsque je rentre à l'appartement, je me dirige vers la chambre et j'enfile un débardeur et un pantalon de pyjama couleur cerise. Tandis que je finis de me démaquiller, j'entends la porte de l'entrée s'ouvrir et se refermer.

– Kate ?

Je ne réponds pas.

Drew traverse le couloir, puis il arrive devant la porte de la salle de bains.

– Eh, pourquoi tu es partie ? Je suis revenu avec les verres et Delores a commencé à me balancer des glaçons à la gueule en me traitant de connard.

Je ne le regarde pas. Ma voix est rude, dédaigneuse.

– J'étais fatiguée.

Pourquoi est-ce que je ne lui dis pas simplement ce qui me dérange ? Parce que c'est le jeu auquel jouent les femmes. Nous voulons que ce soit vous qui nous tiriez les vers du nez. Pour nous montrer que vous êtes intéressés. C'est un test – pour voir combien vous vous sentez concerné.

Drew me suit vers la chambre. J'ai le visage fermé, le corps tendu, prête à me battre.

– Tu étais occupé ailleurs, de toute façon.

Il baisse les yeux en les fermant à moitié. Il essaie de décoder ce que je viens de dire.

Puis il abandonne.

– De quoi tu parles ?

Je lui mets les points sur les i.

– La blonde, Drew. Au bar ?

Il me dévisage avec curiosité.

– Et ?

– Dis-moi Drew, tu l'as baisée ?

Il répond en se moquant de moi.

– Bien sûr que non. Je suis parti deux minutes après toi. Nous savons tous les deux que je tiens beaucoup plus longtemps que ça. Ou tu veux que je te le rappelle ?

Non, il n'est pas aussi borné qu'il en a l'air. Il est plutôt du genre brillant, en fait. Il essaie d'être malin. Sexy. Il essaie de me distraire.

C'est ce qu'il fait. Et habituellement, ça marche. Mais pas ce soir.

– Ok, est-ce que tu l'as *déjà* baisée ?

Drew se frotte la nuque.

– Tu veux vraiment que je réponde ?

Ça, c'est un bon gros oui, au cas où vous vous poseriez la question.

Je lève les mains.

– Bien sûr ! Évidemment que tu l'as baisée – parce qu'il ne se passe pas une journée sans que nous croisions une fille que ta queue n'a pas connue de façon intime ! Mais tu ne t'en souviens même pas, la plupart du temps.

Drew ferme à demi les yeux.

– Alors, tu choisis quoi ? Tu es énervée lorsque je m'en souviens ou bien lorsque je ne m'en souviens pas ? Donne-moi un indice, Kate, pour que je puisse livrer le combat dont, à l'évidence tu as envie.

Je prends ma lotion pour le corps et je la passe rapidement sur les bras.

– Je ne veux pas me battre, je veux juste savoir pourquoi tu te souviens d'elle.

Drew hausse les épaules et répond d'un ton neutre :

– Elle est mannequin. Son affiche est au beau milieu de Times Square. C'est un peu difficile d'oublier quelqu'un lorsque tu vois sa photo tous les jours.

Je ne me sens *pas beaucoup mieux* pour autant.

– Et tu trouves ça charmant. Pourquoi tu n'y es pas, alors ? Pourquoi tu ne retournes pas là-bas pour retrouver ta bonnasse mannequin si elle signifie tellement pour toi ?

Quelque part en moi, je réalise que je me montre irrationnelle mais je déverse ma colère sans parvenir à me retenir.

Drew me regarde comme si j'étais devenue folle et il tend la main.

– Elle ne signifie rien pour moi. Tu le sais. Où tu vas chercher tout ça ?

Et puis quelque chose lui passe par la tête.

Il fait un pas en arrière avant de demander :

– Tu as tes règles en ce moment ? Ne t'énerve pas, je pose simplement la question parce que la manière dont tu t'es comportée ces derniers temps, me laisse penser qu'Alexandra est sur le point de perdre son titre de Garce.

Il pourrait marquer un point. Au lycée, il y avait ce couloir, en L, qui était toujours bondé entre les cours. Et je savais que j'allais avoir mes règles lorsque je passais dans le couloir et que je voulais planter mon crayon dans le cou de la personne qui était devant moi.

Cela étant – petit conseil pour vous les mecs : même si la tirade de votre petite amie est due au syndrome prémenstruel ne lui dites jamais ça, ou cela finira mal pour vous.

Je ramasse ma chaussure et je la jette pile entre les deux yeux bleus de Drew.

Drew se passe la main sur le front.

– Mais c'est quoi le problème ? Je t'avais dit que tu ne devais pas t'énerver.

Dans chaque relation, il y a celui qui hurle et celui qui lance. Celui qui remet les choses en question.

Dans notre cas, ce serait moi. Mais ce n'est pas ma faute. Vous ne pouvez pas rendre responsable un missile nucléaire d'être tiré après que tous les boutons ont été pressés.

Je ramasse l'autre chaussure et je la lance aussi. Drew prend un oreiller et s'en sert comme bouclier. Je me rapproche du placard pour prendre d'autres munitions mais il me saisit par le bras avant que j'y parvienne.

– Tu vas t'arrêter, oui ! Pourquoi tu fais ça ?

Je lui jette un regard noir.

– Parce que tu t'en fous pas mal ! Je suis vraiment furieuse – et tu n'en as rien à faire !

Il ouvre grand les yeux, incrédule.

– Bien sûr que si ! Je suis celui qui reçoit les godasses sur la tête comme des étoiles filantes !

– Si tu t'en soucies tellement, pourquoi tu ne t'excuses pas ?

– Parce que je n'ai rien fait, merde ! Je n'ai aucun problème à me mettre à genoux et ramper lorsque je bousille quelque chose, mais si tu penses que je vais supplier parce que tu es possédée par le démon des hormones, tu perds la tête ma chérie.

Je me libère de son étreinte et je le repousse des deux mains.

– Parfait, c'est parfait, Drew. Je me moque de ce que tu fais.

J'attrape une couverture et un oreiller et je les lui donne.

– Mais il est certain que tu ne dormiras pas à côté de moi. Sors d'ici !

Il baisse la tête vers le drap puis me regarde. Et son visage se détend, devient calme.

Trop calme – du genre calme avant la tempête.

– Je ne vais nulle part.

Il se jette sur le lit, écartant les bras et les jambes comme un enfant qui ferait une figure d'ange dans la neige fraîche.

– Il se trouve que j'aime ce lit. Il est confortable. Agréable. J'ai de fantastiques souvenirs ici. Et c'est le *seul* endroit où je dors.

Il n'y a pas à discuter lorsque Drew est comme ça – obstiné et enfantin. Parfois je m'attends effectivement à ce qu'il retienne sa respiration jusqu'à ce qu'il arrive à ses fins.

J'empoigne l'oreiller sous sa tête, il reste allongé à plat sur le lit en levant les yeux vers moi.

Il fronce les sourcils.

– Qu'est-ce que tu fais ?

Je hausse les épaules.

– J'ai dit que je ne dormais pas avec toi. Donc si tu ne prends pas le canapé, je le prendrai.

Il s'assied.

– C'est de la folie, Kate, dis-moi que tu réalises ça. Nous nous battons pour rien !

Ma voix s'élève.

– Alors maintenant, mes sentiments ne représentent rien ?

– Je n'ai pas dit ça !

Je le pointe du doigt.

– Tu as dis que nous nous battions pour rien et nous nous battons sur ce que tu m'as fait ressentir – donc cela veut dire logiquement que tu penses que mes sentiments ne signifient rien !

Il ouvre la bouche tel un poisson qui chercherait de l'oxygène.

– Je suis complètement perdu, je ne comprends pas un traître mot de ce que tu viens de dire.

Je ferme les yeux. Et comme ça, tout d'un coup, ma colère se dégonfle.

La douleur prend sa place.

– Oublie, Drew.

Tandis que je m'éloigne dans le couloir, sa voix me suit.

– Merde, mais qu'est-ce ce qui se passe ?

Je suis trop fatiguée pour essayer et tout réexpliquer. Habituellement, lorsque nous nous disputons, j'ai du mal à m'endormir. J'ai trop d'adrénaline et trop de passion en moi.

Mais ce soir, ce n'est pas un problème. Je tombe comme une mouche dès que ma tête touche l'oreiller.

***

Un moment après – cela pourrait être trois minutes comme trois heures –, je sens dans mon dos son torse chaud et musclé et je me réveille. Je sens sa main sur mon ventre. Il presse son visage dans mes cheveux et prend une inspiration.

– Je suis désolé.

Vous voyez, les garçons, c'est tout ce que vous devez faire. Ce sont réellement les mots magiques – capables de surmonter tous les obstacles.

Même le syndrome prémenstruel.

Je me tourne dans ses bras et je le regarde dans les yeux.

– Tu es désolé de quoi ?

Drew reste muet, à la recherche d'une réponse appropriée. Puis il sourit d'un air satisfait.

– Tout ce que tu voudras.

Je ris mais mes paroles sont sincères.

– Non. Je suis désolée. Tu avais raison – je me suis comportée comme un garce. Tu n'as rien fait de mal. Je suis définitivement prémenstruelle.

Il dépose un baiser sur mon front.

– Ce n'est pas ta faute, mais j'en veux à Ève.

J'embrasse tendrement ses lèvres, puis son cou. Je laisse glisser mon doigt sur son torse, le long de ses pectoraux, soudainement réveillée avec l'envie de lui faire plaisir. Je le regarde.

– Tu as envie que je te le fasse ?

Ses doigts suivent ce que je sais être des cernes sous mes yeux.

– Tu es épuisée. Qu'est-ce que tu en dis de faire cela demain matin ?

Je m'avance plus près et je pose ma joue sur sa peau. Je ferme les yeux, prête à me rendormir.

Jusqu'à ce que la voix de Drew ne vienne rompre le silence.

– À moins que… tu sais… tu *veuilles* vraiment le faire tout de suite. Parce que si tu le fais, loin de moi l'idée de…

Je ris à voix haute, je lui coupe la parole tandis que je plonge sous les couvertures en descendant lentement pour m'occuper de lui.

Comme il aime.

CHAPITRE 3

Deux jours plus tard, nous prenons notre petit déjeuner à la table de la cuisine. Drew aime faire du sport le soir après le travail, pour décompresser et évacuer le stress de la journée. Moi, en revanche, je fais partie de ces gens très ennuyeux qui adorent aller courir à cinq heures du matin. Nous nous retrouvons donc entre deux séances, pour le petit déjeuner. Après cela, Drew va au bureau et moi je prends une douche.

– Tu sais ce que j'adore dans les céréales Cookie Crisp ?

Il fixe sa cuillère.

Je n'ai jamais vu quelqu'un ingérer autant de céréales. Je parie que si je ne cuisinais pas, ce serait tout ce qu'il mangerait.

J'avale une cuillère de yaourt allégé – Danio. Les publicités ne mentent pas, c'est vraiment délicieux.

– C'est quoi ?

– Elles ont la forme de cookies. Donc, non seulement c'est génial, mais je sens que je suis en train de me venger de mes parents qui m'ont fait manger des putains de flocons d'avoine pendant la première moitié de ma vie.

Un poète et un philosophe. Drew est vraiment un homme de la Renaissance.

J'ouvre la bouche pour le taquiner mais je la referme tandis qu'une vague de nausées survient brutalement. Je me racle la gorge et je porte le dos de ma main vers mes lèvres.

– Kate ? Ça va ?

Tandis que j'essaie de répondre, mon estomac fait un salto qui rendrait jalouse Nadia Comăneci.

Je vais vomir. Je déteste vomir. Cela me rend claustrophobe. J'étouffe.

Encore aujourd'hui, lorsque j'ai une grippe intestinale, je m'assieds avec le téléphone pour être avec à ma mère tandis qu'elle me parle entre deux haut-le-cœur.

Je ne vais pas arriver jusqu'à la salle de bains alors je me précipite vers l'évier de la cuisine. Tandis que je renvoie mon petit déjeuner, Drew retient les mèches de cheveux qui se sont échappées de ma queue-de-cheval.

Je veux lui dire de sortir mais une autre vague de nausées survient.

Certaines femmes n'ont pas de problème pour aller aux toilettes, émettre des gaz ou vomir devant leur petit ami.

Je ne suis pas comme ça.

C'est peut-être idiot mais si je mourais soudainement, je ne veux pas que la dernière image que Drew ait de moi soit celle où je suis assise sur les toilettes.

Ou, dans le cas présent, en train de vomir dans l'évier.

Sa voix est gentille, apaisante.

– Bon… ça va aller.

Lorsqu'il semble que le pire soit passé, Drew me tend une serviette en papier humide. Puis il regarde le fond de l'évier.

– Bon, c'est coloré.

Je rétorque la voix rauque :

– Je savais bien que je couvais une grippe.

– On dirait bien.

Je hoche la tête.

– Je n'ai pas le temps d'être malade. J'ai rendez-vous avec Robinson aujourd'hui.

Anne Robinson est une cliente importante que je courtise depuis des mois. Elle fait partie de ces vielles fortunes – et j'insiste sur l'adjectif *vieille*. Elle a quatre-vingt-cinq ans. Si je ne signe pas aujourd'hui, il pourrait être littéralement trop tard pour signer quoi que ce soit.

– Tu es malade, bébé. Et je ne pense pas que Madame Robinson sera impressionnée si tu te répands sur sa broche ancienne. Heureusement pour toi, tu as un petit ami génial qui s'en sort extrêmement bien dans les situations de crise. Donne-moi le dossier – je vais aller à la réunion.

Il me prend dans ses bras.

– Drew, non…

Il me coupe la parole.

– Non. Pas de récriminations. Je ne veux rien entendre. Je te mets au lit.

Je souris faiblement.

Drew me borde et laisse un verre de soda au gingembre sur la table de nuit.

Je pense qu'il m'embrasse sur le front mais je n'en suis pas sûre. Parce que je suis déjà en train de plonger dans le sommeil.

***

Trois heures plus tard j'arrive au bureau et je sors de l'ascenseur au quarantième étage.

J'ai l'estomac vide mais, après une bonne sieste, je me suis réveillée en me sentant mieux. Reposée. Prête à conquérir le monde et Anne Robinson. Je me dirige vers la petite salle de conférence et je regarde à travers la vitre.

Vous voyez Drew ? Assis à côté de la petite dame aux cheveux gris dans le fauteuil roulant ? Tandis qu'il parle aux juristes assis autour de la table, les mains de Madame Robinson disparaissent en dessous.

Et une seconde plus tard, Drew sursaute comme s'il avait reçu une décharge électrique.

Les vieilles dames ont un faible pour Drew.

C'est totalement hilarant.

Il jette un regard sévère à Madame Robinson. Elle remue juste les sourcils. Puis il lève les yeux au ciel avant de regarder ailleurs, me repérant au passage.

Drew s'excuse et sort dans le couloir, le soulagement brillant sur son visage comme un phare.

– Merci mon Dieu, tu es là !

Mes lèvres laissent échapper un sourire.

– Je ne sais pas... Madame Robinson semble apprécier ta compagnie.

– Ouais, si elle essaie encore de l'apprécier, je vais lui agrafer les mains sur la table de conférence.

Puis il me regarde, préoccupé.

– Ne pense pas que je ne sois pas super content de te voir, parce que je le suis. Mais qu'est-ce que tu fais là ? Tu es supposée être au lit.

Je hausse les épaules.

– Ça doit être un bug de trois heures. Je me sens bien maintenant.

Drew pose sa main sur ma joue et sa paume de main sur mon front pour vérifier si j'ai de la fièvre.

– Tu es sûre ?

– Ouais, sûre et certaine.

– Tant mieux.

Il hoche la tête mais son regard reste méfiant, pas totalement convaincu.

– Très bien. Au fait, nous sommes supposés dîner chez mes parents ce soir. Tu penses que ça ira ou tu préfères que j'annule ?

Dîner chez les Evans est toujours une aventure intéressante.

– Ça devrait aller.

Il me tend le dossier Robinson.

– Parfait. Tes stratégies d'investissement les ont émoustillés. Ils sont chauds comme la braise, tu n'as plus qu'à conclure.

Son image est légèrement troublante.

– C'est grossier, Drew.

Il reste imperturbable.

– Grossier ? Laisse tomber, on pense la même chose, mais moi je l'exprime différemment.

Puis il m'embrasse rapidement.

– Vas-y, ils sont à toi, tueuse.

Il s'éloigne et j'entre dans la salle de conférence pour sceller l'affaire.

***

Donc vous commencez à comprendre, maintenant ? Vous avez une vue d'ensemble ? Je sais que cela prend un certain temps mais nous y arrivons.

Profitez des bons moments autant que vous le pouvez – ils ne dureront pas encore très longtemps.

La raison pour laquelle je vous montre tout cela, c'est pour que vous compreniez pourquoi j'étais si choquée. Combien tout cela était accidentel, involontaire.

Je suppose que c'est la vie. Vous pensez que vous avez tout sous contrôle, que votre chemin est parfaitement tracé. Et puis un jour, vous roulez et *boum* ! Vous êtes percuté par-derrière sur l'autoroute.

Et vous n'avez jamais rien vu venir. Les gens sont comme ça aussi. Imprévisibles.

Peu importe que vous pensiez bien connaître quelqu'un, la confiance que vous avez en ses sentiments et ses réactions car il peut encore vous surprendre.

Et de la manière la plus dévastatrice qui soit.

CHAPITRE 4

Rendre visite à la famille de Drew n'est jamais ennuyeux. Venant d'une famille où j'étais la seule enfant, j'ai trouvé les réunions de famille un peu étouffantes au départ mais à présent, je m'y suis habituée.

Drew et moi arrivons les derniers. Frank Fisher – le père de Matthew – et John Evans se tiennent à côté du bar, dans le coin, échangeant des cotations boursières. Delores est perchée sur le bras du fauteuil à côté de Matthew, elle regarde le match de football tandis que la sœur de Drew, Alexandra, alias « la Garce », et son mari, Steven, sont assis sur le canapé.

La nièce de Drew, Mackenzie, est assise par terre. Elle a bien changé depuis la dernière fois que vous l'avez vue. Elle a maintenant six ans, ses cheveux ont poussé et son visage est un peu plus mince – plus petite fille, moins bambine mais toujours adorable. Elle est en train de jouer avec une tripotée de poupées et des accessoires miniatures.

Anne, la mère de Drew, et Estelle la mère de Matthew, restent essentiellement dans la cuisine. Et si vous vous demandez où se trouve George Reinhart, le père veuf de Steven, nous ne le verrons que plus tard. Tandis que nous entrons dans le salon, Steven nous souhaite la bienvenue et nous offre un verre à tous les deux.

Nous nous installons sur la banquette, verre à la main, et nous regardons le match.

Mackenzie presse un bouton sur l'une de ses poupées et une voix mécanique remplit la pièce :

– Non, non, non ! Non, non, non !

Mackenzie penche la tête tandis qu'elle dévisage la poupée agaçante.

– Je pense que tu te trompes, papa. Ma poupée Nancy non-non ne ressemble pas du tout à maman.

Le commentaire attire l'attention d'Alexandra.

– Qu'est-ce que tu veux dire, Mackenzie ?

Derrière l'épaule de sa femme, Steven fait un signe de la tête à sa fille mais, malheureusement pour lui, elle ne reçoit pas le message.

Elle explique :

– L'autre jour, lorsque tu étais sortie, papa a dit que Nancy non-non te ressemblait. Mais au lieu de non, tu râles.

Toutes les têtes se tournent vers Alexandra, qui la regarde comme une bombe à retardement.

Steven tente vaillamment de désamorcer la situation. Il sourit et plaisante :

– Tu dois reconnaître mon cœur que la ressemblance est troublante…

Alexandra le frappe sur le bras. Mais il tend le biceps avant qu'elle ne le touche et encaisse le coup. Elle le frappe encore, moins joyeusement.

Steven se contente de plaisanter :

– Tu ne peux pas cabosser de l'acier, bébé. Fais attention, ne te blesse pas la main sur l'arme.

Plus rapide qu'une balle lancée à toute vitesse, les doigts d'Alexandra se déchaînent et pincent la chair tendre à l'arrière de son triceps, l'amenant à genoux.

Drew fait la grimace et se frotte l'arrière du bras.

– Je vais avoir une marque.

La voix d'Alexandra est ferme et définitive.

– Je ne râle pas. Je suis une femme gentille et pleine d'attention et si tu faisais ce que tu es censé faire, je n'aurais jamais besoin de dire quoi que ce soit !

Il laisse échapper un cri.

– Oui, chérie.

Elle relâche son bras et se met debout.

– Je vais aider ma mère dans la cuisine.

Après son départ, Mackenzie regarde pensivement la poupée punie puis lève les yeux vers son père.

– En fait, tu as raison, papa. Maman ressemble vraiment à Nancy.

Steven met les doigts sur ses lèvres.

– Chuuut…

***

Un moment plus tard, Drew, Matthew, Delores et moi sommes dans le boudoir pour la leçon de guitare de Mackenzie.

Je lui apprends à en jouer. J'avais cinq ans lorsque mon père m'a appris mes premiers accords. Il me disait que la musique, c'était comme un code secret, un langage magique qui serait toujours là pour moi.

Pour me consoler quand je serais triste, pour m'accompagner lorsque je serais heureuse. Et il avait raison.

C'est une leçon que j'ai conservée précieusement pendant toute ma vie. Un petit morceau de lui que je pouvais conserver après qu'il fut parti. Et je suis ravie de pouvoir transmettre ces connaissances à Mackenzie.

Elle est en train de jouer « Twinkle, Twinkle, Little Star ».

Elle se débrouille bien, non ? Concentrée, déterminée. Je ne suis pas surprise – elle est la nièce de Drew, après tout. Elle termine le morceau et nous applaudissons tous.

Puis je me tourne vers Delores.

– Billy m'a appelée hier soir. Il a quelques semaines de vacances. Il vient New York la semaine prochaine et il veut qu'on se voie pour un dîner.

Drew ne peut pas s'empêcher de laisser s'échapper un sarcasme :

– Cet abruti vient en ville ? Oh, chouette, ce sera comme à Noël.

Delores regarde Drew.

– Eh, abruti, c'est le surnom que j'ai pour lui. Trouve-toi le tien.

Drew hoche la tête.

– Tu as raison. Crétin lui va beaucoup mieux.

Vous vous demandez où en est le pot aux gros mots ? Pour ceux d'entre vous qui ne savent pas, le pot aux gros mots a été mis en place par Alexandra pour sanctionner financièrement ceux – généralement Drew – qui jurent devant sa fille. À l'origine, chaque gros mot coûtait un dollar mais, lorsque Drew et moi avions des problèmes, j'ai convaincu Mackenzie de remonter le prix jusqu'à dix. Vous me trouvez vindicative ?

Mais aujourd'hui, le pot n'est plus utilisé. Mackenzie a maintenant un compte courant. Et puisqu'elle est assez grande pour écrire, elle fait les comptes pour savoir qui doit quoi dans son carnet bleu là-bas. Celui dans lequel elle est en train de griffonner.

Nous devons tous payer nos amendes avant de partir. Ou bien nous courons le risque d'un dix pour cent de frais de retard.

J'ai le sentiment que Mackenzie sera un jour une brillante banquière.

Elle pose son cahier et retourne gratter sur sa guitare. Puis elle se tourne vers Drew.

– Oncle Drew ?

– Oui mon cœur ?

– D'où viennent les bébés ?

– Dieu, lui répond Drew sans hésiter.

J'ai appris les bases lorsque j'avais onze ans. Ma mère a adopté l'approche « reste pour toujours ma petite fille et n'aie jamais de relations sexuelles ». Amelia Warren, en revanche, était plus que disposée à combler ses lacunes. Elle a voulu que sa fille Delores et moi soyons informées. Et préparées. Lorsque nous avons eu treize ans, nous pouvions mettre un préservatif sur une banane plus vite que n'importe quelle prostituée.

Quoi que vous fassiez, ne laissez pas vos enfants savoir ce qu'est la procréation à partir d'un documentaire animalier. Se renseigner sur les oiseaux et les abeilles cela ressemble beaucoup au fait de découvrir que le Père Noël n'existe pas – les enfants le sauront par la suite mais les choses seront beaucoup plus faciles si cela vient de vous.

Mackenzie hoche la tête et retourne à sa guitare. Jusqu'à ce que…

– Oncle Drew ?

– Oui, Mackenzie ?

– Le bébé grandit dans le ventre de la maman, hein ?

– Plus ou moins.

– Comment est-ce que cela se passe… exactement ?

Drew se passe les doigts sur les lèvres en réfléchissant.

Et je retiens mon souffle.

– Bien, tu sais lorsque tu peins ? Que tu mélanges le bleu et le rouge ? Tu obtiens…

– Le violet !

– Excellent, oui, tu obtiens du violet. Les bébés c'est un peu comme ça. Un peu de peinture bleue du papa, du rouge de la maman, tu mélanges tout et voilà, tu as une personne toute nouvelle. Pas violette, j'espère, mais si tante Delores est impliquée, tout est possible.

Delores fait un doigt d'honneur à Drew derrière Mackenzie.

Mackenzie hoche la tête et retourne gratter sa guitare. Pendant une minute entière.

– Oncle Drew ?

– Oui ?

– Comment la peinture bleue du papa va vers la peinture rouge de la maman ?

Drew lève les sourcils.

– Comment… comment elle… va là-bas ?

Mackenzie fait des gestes avec la main.

– Eh bien, oui. Est-ce que le docteur lui donne un coup de peinture bleue ? Est-ce que la maman avale la peinture bleue ?

Matthew ricane.

– Seulement si le papa est un homme très chanceux.

Delores lui donne une tape sur la tête. Mais les yeux bleus et ronds de Mackenzie restent fixés sur Drew et attendent une réponse.

Il ouvre la bouche.

Puis il la referme.

Il recommence.

Et puis s'arrête.

Finalement, tel un boulet de canon dans une piscine le premier jour du printemps, il fait le grand saut.

– Eh bien… la maman et le papa ont une relation sexuelle.

C'est officiel. Alexandra va le tuer. Pour de vrai cette fois. Je vais devenir veuve avant même d'être une épouse.

La confusion envahit le visage de Mackenzie.

– C'est quoi une relation sexuelle ?

– Une relation sexuelle, c'est la façon dont sont faits les bébés.

Elle réfléchit pendant un moment et puis elle hoche la tête.

– Oh, O.K.

Ouah.

Et je croyais que les examens de fin d'étude à l'école de commerce étaient difficiles.

Drew s'en est très bien sorti, vous ne trouvez pas ? Il est super avec les enfants. Ce qui est logique, car à bien des égards… c'en est toujours un.

Alexandra entre dans la pièce. Elle semble heureuse, désormais – maintenant qu'elle a montré à Steven que ses armes en acier peuvent, en fait, être cabossées.

Elle rayonne.

– Vous faites quoi ?

Drew sourit innocemment.

– Nous parlons des couleurs et de peinture.

Alexandra sourit et caresse les cheveux de sa fille.

Lorsque Mackenzie ajoute : et de sexe.

La main d'Alexandra s'arrête.

– Attends… quoi ?

Drew se penche et murmure à mon oreille :

– Nous devrions probablement quitter cette pièce maintenant.

Tandis que la porte se referme derrière nous, nous entendons « Drew ! ». Et Alexandra ne semble plus aussi heureuse.

***

Enfin, le dîner est servi. Le repas se déroule sans histoire mais, pendant le dessert, Alexandra tape sur son verre avec une cuillère.

– Attention, s'il vous plaît, vous pouvez m'écouter ?

Elle sourit à Steven puis continue.

– Mackenzie voudrait vous annoncer quelque chose.

Mackenzie se lève sur sa chaise et déclare :

– Ma maman et mon papa ont eu une relation sexuelle !

Toute la table reste silencieuse.

Jusqu'à ce que Matthew lève son verre.

– Félicitations, Steven. Alors c'est comme la comète de Halley ? Tu n'y arrives que tous les soixante-quinze ans ?

Delores rit.

Et John s'éclaircit la gorge. Maladroitement.

– C'est… ah… c'est… adorable, ma chérie.

Puis Frank décide de prendre part.

– La relation sexuelle, c'est bon. Cela vous aide à être régulier. Je m'assure d'avoir une relation sexuelle au moins trois fois par semaine. Non pas que mon Estelle soit adepte de trucs bizarres, mais en quarante ans de mariage, elle n'a jamais eu la migraine.

Estelle sourit fièrement à côté de lui.

Et Matthew se couvre le visage avec ses mains.

Nous nous contentons de les regarder fixement. Les yeux grands ouverts, bouche bée.

Jusqu'à ce que Drew rejette la tête en arrière et se mette à rire.

– C'est tellement chouette.

Il s'essuie les yeux, presque en pleurs.

Alexandra secoue la tête.

– Attendez, il y a autre chose. Vas-y, Mackenzie.

Mackenzie lève les yeux au ciel.

– Eh bien cela veut dire qu'ils vont avoir un bébé, bien sûr. Je vais être une grande sœur !

Les félicitations fusent de partout. Anne se met à pleurer lorsqu'elle embrasse sa fille.

– Je suis si heureuse pour vous, ma chérie.

Drew se lève et embrasse gentiment sa sœur.

– Félicitations, Alex.

Puis il tapote le dos de Steven.

– Je te réserve la chambre d'amis, mec. Et Kate te fera un peu de place dans le dressing où elle range toute sa lingerie Implicite.

Je suis perdue.

– La chambre d'amis ?

Drew explique :

– La dernière fois qu'Alexandra était enceinte, elle a jeté Steven dehors – pas une fois, ni deux mais *quatre* putain de fois.

Matthew ajoute :

– Et c'est sans compter la fois où elle l'a laissé rester, mais elle a jeté toutes ses merdes par la fenêtre.

Drew se met à rire.

– Cela ressemblait à un camion de livraison de chez Barneys qui aurait explosé sur Park Avenue. Les sans-abri n'ont jamais été aussi bien habillés.

Alexandra lève les yeux au ciel et se tourne vers moi.

– Les hormones de grossesse peuvent provoquer d'importantes sautes d'humeur. J'ai tendance à être un peu… vache… lorsque je suis enceinte.

Drew sourit.

– Par rapport au reste du temps, lorsque tu es si agréable ?

Vous savez comment certains chiens continuent de mordiller vos chaussures – peu importe le nombre de fois où vous les chassez avec un journal ? Ils ne peuvent pas résister ?

Drew est l'un de ces chiens.

Alexandra se tourne vers son frère comme un chat aux poils hérissés.

– Tu sais, Drew, avoir un enfant, c'est un peu comme une carte « sortir de prison ». Il n'y a pas un jury dans le pays qui me condamnerait.

Il recule lentement.

Je secoue la tête dans sa direction puis je demande à Alexandra :

– Cela étant, comment tu te sens ?

Elle hausse les épaules.

– Fatiguée, la plupart du temps, et les vomissements n'aident pas. La plupart des femmes ont des nausées le matin mais moi, c'est le soir, ce qui n'est vraiment pas terrible.

Euh

Des vomissements.

Fatiguée.

De mauvaise humeur.

Cela me semble familier.

Quoi ? Pourquoi me regardez-vous comme cela ?

Non, non – tout le monde sait que le signe le plus sûr de la grossesse, c'est l'absence des règles. Et les miennes ne sont pas là depuis… un… deux… quatre…

Cinq…

Mes règles auraient dû arriver il y a cinq jours.

Oh.

Mon.

Dieu.

CHAPITRE 5

Je maîtrisais déjà l'art du déni lorsque j'étais très jeune. On n'y pense pas, on n'en parle pas. On ravale tout.

Je n'ai pas pleuré le soir où mon père est mort.

Je n'ai pas pleuré non plus lorsque le shérif Mitchell est venu chez nous pour nous emmener à l'hôpital ou lorsque le docteur nous a dit qu'ils l'avaient perdu. Je n'ai pas versé une larme après – ni au moment des funérailles.

Merci pour vos condoléances.

Oui, je serai forte pour ma mère.

Vous êtes si gentils.

Huit jours après qu'il eut été enterré, ma mère travaillait en bas dans le restaurant. J'étais dans notre cuisine, essayant d'ouvrir un bocal de cornichons.

Je suis allée dans la chambre de mes parents et j'ai appelé papa pour qu'il vienne m'aider. Et c'est là que j'ai réalisé – en fixant leur chambre vide. Il n'était pas là. Il n'y serait plus jamais. Je me suis effondrée et j'ai sangloté comme un bébé.

Sur un pot de cornichons.

C'est le même déni qui m'attend le reste de la soirée chez les Evans. Je souris. Je discute. J'embrasse Mackenzie pour lui dire au revoir. Drew et moi rentrons à la maison et nous faisons l'amour.

Et je ne lui dis rien.

Vous ne criez pas au feu dans un cinéma tant que vous n'êtes pas certain qu'il y a des flammes, non ?

Vous avez déjà vu *Autant en emporte le vent* ? Scarlett O'Hara est mon idole.

Je ne peux pas penser à cela maintenant. J'y penserai demain matin.

C'est mon programme, en tout cas pour l'instant.

***

Le lendemain arrive vite.

Et visiblement, Dieu a le sens de l'humour. Quel que soit l'endroit où je me trouve, je suis entourée de femmes enceintes.

Regardez plutôt :

La promeneuse de chien sur le trottoir, la femme agent de police qui règle la circulation, la couverture de *Voici* au kiosque à journaux, la collègue de la direction dans l'ascenseur exigu qui semble passer un ballon en contrebande sous son chemisier.

Je me couvre la bouche et je garde ma distance, comme un touriste qui essaie d'éviter la grippe porcine.

Finalement, j'arrive à mon bureau. Je m'assieds devant mon bureau et j'ouvre mon fidèle agenda quotidien.

Oui, je continue d'utiliser un agenda sur papier. Drew m'a offert un BlackBerry pour Noël – j'aurais préféré de la lingerie Implicite, mais bon ! – Bref il est resté dans la boîte d'emballage. Je ne fais pas confiance à un dispositif quelconque capable de bannir mon travail vers l'abîme inconnu par une simple touche.

J'aime le papier. C'est solide, réel. Pour le détruire, vous devez le brûler.

Habituellement, je suis assez psychorigide. Je note *tout*. Je suis une banquière – nous vivons et mourons avec notre planning. Mais dernièrement, je suis distraite, préoccupée par la fatigue et le sentiment général de folie. J'ai donc oublié le fait que je commençais une nouvelle plaquette de pilules mais sans avoir eu mes règles le mois précédent.

Et en parlant de pilules – quoi de neuf docteur ?

Efficaces à 99,9 %… mon œil.

C'est la même précision statistique que ces tests de grossesse où il faut uriner sur le petit bâtonnet, alors je ne vais pas les cautionner. Je décroche plutôt mon téléphone et j'appelle le cabinet du Dr Roberta Chang.

Vous vous souvenez de ces quatre autres étudiants avec lesquels Delores, Billy et moi vivions à l'extérieur du campus, en Pennsylvanie ? Bobbie était l'une d'elles. Daniel, son mari, était un autre étudiant.

Bobbie est une personne extraordinaire. Ses parents ont émigré de Corée lorsqu'elle n'était qu'un bébé. Elle est de petite taille – suffisamment pour s'habiller au rayon enfants chez GAP –, mais elle a la personnalité d'une amazone.

C'est aussi une brillante gynécologue-obstétricienne. Pour résumer simplement, pour vous les garçons, C'est le médecin des mamans et des bébés.

Bob et son mari se sont installés à New York il y a quelques mois seulement. Cela fait des années que je ne l'ai pas vue, mais notre amitié est l'une de celles qui peut durer une dizaine d'années sans le moindre contact. Puis, finalement, lorsque nous nous retrouvons, nous avons l'impression que nous nous sommes vues la veille.

Je prends un rendez-vous et je le note automatiquement sur mon agenda.

Bob – 19 heures.

Je ferme le carnet et le pose près du téléphone, sur mon bureau. Puis je jette un coup d'œil à ma montre et je réalise que je suis en retard pour une réunion.

Merde.

Je prends un dossier et je me dirige vers la porte.

Toujours sans y penser… au cas où vous vous poseriez la question.

***

Lorsque je reviens, deux heures plus tard, Drew est assis à mon bureau, faisant taper avec impatience un stylo sur le bois sombre. Nous déjeunons habituellement ensemble – nous commandons le repas – et nous le partageons dans l'un ou l'autre de nos bureaux.

– Salut.

Il lève les yeux.

– Salut.

– Tu as déjà commandé ou bien tu m'attendais ?

Il semble perdu.

– Quoi ?

Je m'assieds sur le bord du bureau.

– Déjeuner, Drew. C'est pour cela que tu es là, non ?

Il hoche la tête.

– En fait, un nouveau restaurant vient d'ouvrir dans Little Italy, et j'irais bien manger des pâtes. Je voulais réserver une table pour ce soir, à dix-neuf heures.

Je me glace.

Je n'ai pas une grande pratique des mensonges. Pas depuis le lycée, en tout cas. À cette époque, il n'y avait pas beaucoup de mensonges éhontés. Plus… d'omissions d'activités sur lesquelles ma mère aurait laissé couler. Lorsqu'il était nécessaire de mentir, Delores était mon alibi. Cela n'a pas changé.

– Ce soir, je ne peux pas. Delores veut que nous passions une soirée entre filles. Cela fait un moment que nous ne l'avons pas fait.

Arrêtons-nous un instant. C'est important.

Vous voyez son visage ? Regardez bien sinon vous ne verrez rien.

Pendant une seconde, c'est un éclair de surprise. Un soupçon de colère… peut-être blessé. Mais il se reprend et son expression s'adoucit pour redevenir neutre. J'ai raté ce regard la première fois. Vous devriez vous en souvenir. Cela aura beaucoup plus de sens dans dix heures.

La voix de Drew est sans expression. Comme un inspecteur qui essaie de faire trébucher un coupable.

– Tu as déjà vu Delores hier soir.

Mon estomac gargouille comme des Pop Rocks dans du soda.

– C'était différent, tout le monde était là. Ce soir, nous serons seulement toutes les deux. Nous boirons quelques verres, mangerons quelques amuse-gueules qui font grossir et puis je rentrerai.

Drew se lève, ses mouvements sont précipités, tendus.

– Très bien, Kate. Fais ce que tu veux.

Il essaie de passer devant moi mais je l'attrape par la ceinture.

– Eh, ne sois pas comme ça. Nous pouvons sortir dîner demain soir. Ne sois pas fâché.

Il se laisse tirer plus près mais il ne dit rien. Je lui fais un sourire affectueux.

– Allez, Drew. Déjeunons. Et ensuite, tu pourras t'occuper de moi.

Je passe ma main tendrement sur son torse, pour essayer de l'amadouer.

Mais il ne cède pas.

– Je ne peux pas. J'ai du travail à terminer. Je te verrai plus tard.

Il m'embrasse sur le front et ses lèvres semblent s'attarder un peu plus longtemps que la normale. Puis il recule et s'éloigne.

***

À New York, il y a une chose sur laquelle vous pouvez compter. Attendez. Ce n'est pas le courrier ou la gentillesse de votre semblable.

C'est l'heure de pointe. Cela ne rate jamais. À cet instant précis je suis coincée dans un embouteillage monstre, pare-chocs contre pare-chocs.

J'ai essayé d'appeler Delores trois fois pour lui donner des détails à propos de notre prétendue soirée mais elle n'a pas répondu. Les téléphones portables ne sont pas autorisés dans le laboratoire. Je n'ai pas vu Drew non plus depuis qu'il est sorti de mon bureau et c'est une bonne chose. Je ne veux vraiment pas lui parler jusqu'à ce que je sache où j'en suis.

Lorsque vous êtes seule dans un véhicule quasi immobile, il n'y a pas vraiment beaucoup de choses à faire.

Excepter penser.

Vous devinez ce à quoi je pense ? Même le barrage le plus fort finit par se fissurer.

Scarlett O'Hara a quitté les lieux.

Vous avez entendu l'histoire au sujet du père de Delores ? C'est unique, dans le genre.

Lorsque nous étions jeunes, Amelia a dit à Delores que son père ne pouvait pas vivre avec elles. Elle est restée simple, gentille. Mais lorsque elle est devenue plus grande, Delores a découvert toute l'histoire.

Amelia a grandi en Californie. Vous imaginez ? Amelia le bébé surfer – jeune et bronzée, mince et décontractée.

À dix-sept ans, elle a rencontré un type sur l'embarcadère à Santa Monica – cheveux noirs, bras bien musclés et les yeux couleur de jade. Il s'appelait Joey Martino. Le coup de foudre a été instantané et comme Juliette avant elle, Amelia est vite tombée dans ses bras.

Et puis le moment est venu pour Joey de partir et il a demandé à Amelia de l'accompagner. Sa mère lui a dit que si elle passait la porte, elle ne pourrait plus revenir.

Jamais.

Amelia a embrassé sa petite sœur pour lui dire au revoir et elle a sauté à l'arrière de la Harley de Joey. Environ six semaines plus tard, ils traversaient Greenville dans l'Ohio.

Et Amelia a réalisé qu'elle était enceinte.

Joey a pris la nouvelle avec joie et Amelia était ravie. Maintenant, ils allaient être une vraie famille.

Mais le lendemain matin, elle s'est réveillée avec une seule note à côté d'elle, qui disait :

C'était bien.
Désolé.

Amelia ne l'a plus jamais revu.

Certains enfants ont besoin de se brûler plusieurs fois avant d'arrêter de jouer avec des allumettes. Mais Amelia n'a jamais été ce genre d'enfant. Elle n'avait besoin que d'une seule leçon. À partir de là, elle n'est sortie qu'avec un certain type d'homme– humble et simple – ni séducteur, ni frimeur ou arrogant. Bref, des types qui n'étaient pas du tout comme Joey. Ou comme Drew.

C'est pour cela qu'elle ne l'aime pas.

Non, ce n'est pas tout à fait exact. C'est pour cela qu'Amelia ne lui fait pas confiance.

Elle m'avait prise à part ce premier Noël-là lorsqu'elle était venue me voir avec ma mère. Elle m'avait dit d'y aller doucement, de me protéger avec Drew.

Parce qu'elle avait connu ce genre-là avant.

De toute façon, les enfants, l'histoire est terminée.

Voilà où nous en sommes.

***

Le bureau de Bob est agréable – une maison « brownstone », en grès rouge, très accueillante et avec un vrai parking. Ceux-ci sont difficiles à trouver en ville, au cas où vous ne le sauriez pas. Il est bien occupé et est partagé avec l'immeuble d'à côté. Les voitures vont et viennent et les espaces se libèrent au fur et à mesure des allées et venues.

J'arrête le moteur et je serre le volant. Je prends une profonde inspiration.

Je peux le faire.

Je veux dire, vraiment – il ne s'agit seulement que des dix-huit prochaines années de ma vie, hein ?

Je sors de la voiture et je regarde la plaque sur la devanture du bâtiment.

ROBERTA CHANG
GYNÉCOLOGIE ET OBSTÉTRIQUE

Tandis que j'essaie de bouger mes pieds, deux grandes mains arrivent derrière moi et me recouvrent les yeux. Une voix familière murmure à mon oreille : « Qui c'est ? »

Je me retourne, prête à craquer. Vivre avec quelqu'un, surtout pendant les années qu'on passe à l'université, crée un lien né d'expériences partagées et de souvenirs précieux.

– Daniel ?

Daniel Walker est le genre d'homme qui a la taille d'un mammouth. Il pourrait être le frère d'Arnold Schwarzenegger. Mais ne vous laissez pas tromper. Il est comme un de ces bonbons Werther's – dur à l'extérieur, doux et onctueux à l'intérieur.

Il est affectueux. Généreux. Compatissant.

Pendant notre premier cycle universitaire, une souris avait décidé de s'installer dans notre maison délabrée. Nous avions tous voté pour la tuer – sauf Daniel. Il avait construit un piège avec de la ficelle, du carton et un bâton qui aurait rendu fiers les petits vauriens.

Et il a fini par attraper la petite bestiole. Nous l'avons gardée. Dans une cage, un peu comme une mascotte. Nous l'avons appelée Bud, en référence à notre bière préférée.

Daniel m'attire à lui dans une grosse étreinte, il me soulève et me fait tourner. Puis il me redépose doucement et m'embrasse sur la joue.

– C'est tellement bon de te voir, Kate. Tu es toujours aussi belle !

Je souris tellement fort que mon visage me fait mal.

– Merci, Daniel, toi aussi. Tu n'as pas changé. Comment ça va ?

– Je ne me plains pas. Les choses vont bien, je bosse. Je continue de faire des consultations dans les hôpitaux.

Daniel est médecin anesthésiste. Lorsqu'ils peuvent le faire, lui et Bob travaillent ensemble. Comme Drew et moi.

Il poursuit.

– Mais le travail de Bobbie est en plein essor alors je fais aussi office de coursier…

Il tient un sac de repas chinois à emporter.

Lorsque l'odeur arrive jusqu'à mon estomac, celui-ci se tord pour me faire savoir qu'il n'est pas content. J'avale ma salive.

Il pose un bras lourd sur mes épaules et nous discutons pendant quelques minutes. À propos de leur déménagement, à propos de Delores et de Billy. Je lui parle de Drew et de mon envie d'organiser un dîner ensemble, tous les quatre.

Et puis on entend un fort crissement de pneus.

Nous nous retournons et nous voyons les feux arrière d'une voiture qui sort à toute vitesse du parking.

Daniel hoche la tête.

– Et moi qui pensais que les conducteurs de Philadelphie étaient tous des chauffards.

Je ris.

– Oh non, les New-Yorkais ont le monopole de la mauvaise conduite. Et ce sont des amateurs fous de baseball. Ne porte pas ton maillot des Phillies ici, ça pourrait finir dans le sang.

Daniel se met à rire et nous nous dirigeons vers le bâtiment.

Eh bien, c'est officiel.

La vie telle que je la connais est finie.

Je suis enceinte. En cloque. Le petit pain est dans le four et ce vilain garçon est en train de cuire. Je n'étais pas vraiment surprise. J'espérais juste me tromper.

D'après Bobbie, mes antibiotiques sont les coupables. Ils réduisent l'efficacité de la pilule.

Alors vous voyez ce que je voulais dire à propos de ces notices médicales ? Lisez-les et apprenez-les.

Il est trop tôt pour faire une échographie, je dois donc revenir dans deux semaines. Et chaque jour, je dois aussi prendre des vitamines prénatales qui sont assez grosses pour étouffer un gros éléphant.

Quelle chance.

Je me gare dans le parking mais je ne monte pas directement à l'appartement. L'un des meilleurs avantages que présente la vie en ville, c'est qu'il y a toujours un lieu ouvert, un endroit avec des gens autour.

Je me dirige vers le trottoir et je traverse quelques rues pour essayer de m'éclaircir la tête. Pour essayer de comprendre ce que je suis censée faire maintenant.

Si vous vous demandez pourquoi je ne semble pas heureuse, c'est parce que je ne le suis pas. Vous devez comprendre – je n'ai jamais été *cette* fille. Je ne jouais pas avec des poupées, je jouais avec la caisse enregistreuse de mes parents. Lorsque les autres enfants voulaient aller chez Toys'R'Us, je voulais aller chez Staples[3].

Avant même que mon désir d'indépendance financière n'ait commencé, mes rêves tournaient autour de bureaux – pas question de berceaux et de landaus. Ce n'est pas que je ne veux pas d'enfant. Je n'en veux pas *maintenant*. C'est pas au programme, c'est tout.

Et puis il y a Drew. Il m'aime, je sais. Mais la grossesse change les choses. Cela signifie des vergetures, des seins affaissés et des nuits blanches. Plus de vacances décidées au dernier moment. Plus de marathons sexuels.

Il va paniquer. Sans aucun doute.

Je m'assieds sur un banc et je regarde passer les voitures.

Puis une voix sur ma droite attire mon attention.

– C'est qui le gentil garçon de maman ? Andrew ! Mon gentil garçon.

C'est une femme avec des boucles blondes et les yeux noirs, environ mon âge. Elle tient un adorable paquet qui bave.

---

3 Grand magasin de fournitures pour le bureau.

Vous croyez aux signes ? Moi non.

Mais ma grand-mère y croyait. C'était une femme incroyable, une archéologue respectée qui a mené des recherches approfondies sur les tribus amérindiennes du Sud. J'adorais ma grand-mère. Elle m'a dit une fois qu'il y avait des signes tout autour de nous. Des guides pour nous orienter dans la bonne direction, vers notre destin. Que tout ce que nous devions faire, c'était ouvrir nos yeux et notre cœur et nous trouverions notre route.

Alors je regarde la jeune mère et son enfant. Et puis un homme s'approche d'eux.

– Bonjour, désolé je suis en retard. Fichue réunion.

Je suppose que c'est son mari. Il l'embrasse. Puis il lui prend le paquet des bras et le tient au-dessus de sa tête.

– Voilà mon garçon ! Coucou, fils.

Et son sourire est si chaleureux, si beau qu'il me coupe littéralement le souffle. Ce couple en or se penche tendrement l'un vers l'autre, le bébé entre eux, qui les réunit comme un aimant.

J'ai le sentiment d'être une voyeuse mais le moment est si précieux que je ne peux en détacher mon regard.

Et c'est à ce moment-là que cela me heurte de plein fouet. Je ne suis pas simplement enceinte. J'ai un *bébé*. Drew et moi avons fait un *bébé*. Une personne complètement nouvelle.

Et une image me vient à l'esprit. Si claire. Si parfaite.

Un petit garçon aux cheveux noirs, avec le sourire malin de Drew et ma personnalité pétillante. Un morceau de chacun de nous. Les meilleurs.

Je pense à la façon dont Steven regardait Alexandra hier soir lorsqu'ils ont annoncé la grande nouvelle.

J'imagine la manière dont Drew me regarde lorsqu'il pense que je ne le vois pas. Et la façon dont il se blottit contre Mackenzie lorsqu'elle s'endort à côté de lui sur le canapé. Je me souviens combien c'est merveilleux de lui apprendre à jouer de la guitare.

Et comme ce serait incroyable d'apprendre à un bébé… tout. Drew adorerait avoir un petit être auquel il pourrait montrer beaucoup de choses – comme jouer aux échecs et au basket-ball.

Et comment dire des gros mots dans quatre langues différentes.

Drew n'est pas Joey Martino. Sa famille signifie tout pour lui.

Je veux dire tout pour lui.

Et j'ai ce bébé. *Oh mon Dieu.* Les hormones de grossesse doivent être en surcharge car les larmes me montent aux yeux et coulent sur mes joues. Des larmes de joie. Parce que cela va bien se passer.

J'aurais peut-être des vergetures mais c'est New York – la capitale mondiale de la chirurgie plastique. Et bien sûr, il y a des choses que je veux accomplir du point de vue professionnel. Et je le ferai. Parce que Drew sera là pour m'aider. Pour me soutenir. Comme il l'a fait depuis le jour où je l'ai rencontré.

Il va être heureux – comme un gamin qui reçoit un cadeau inattendu le matin de Noël. Ce sera un choc au début mais vous ne le voyez pas ? Ravi et fou de joie.

– Excusez-moi, mademoiselle, vous allez bien ?

Je dois pleurer plus fort que je ne pensais car le « Baby-Daddy » m'observe avec inquiétude.

Je m'essuie les joues, embarrassée.

– Oui, je vais bien. Je suis juste…

Je regarde leur enfant.

– Il est tellement beau. Vous êtes tellement beaux tous les trois.

Je m'effondre à nouveau en sanglotant et la mère fait un pas en arrière. Génial. Maintenant, je passe pour la folle assise sur un banc.

Elle me demande :

– Est-ce que vous avez besoin que nous appelions quelqu'un pour vous ?

Je prends une grande inspiration et je me ressaisis. Et puis je souris.

– Non, je vais bien. Vraiment. C'est simplement… Je vais avoir un bébé.

Voilà.

Je l'ai dit.

Évidemment, je l'ai dit à deux parfaits étrangers ce qui est un peu gâché, mais quand même. Est-ce que j'ai peur ? Bien sûr que oui. Mais je n'ai jamais fui devant un défi dans ma vie – pourquoi je commencerais maintenant ?

– Félicitations et bonne chance à vous, mademoiselle.

– Merci.

La famille se retourne et descend la rue. Tandis que je les regarde partir, l'affichage d'un magasin sur la droite attire mon regard. C'est une boutique de produits de l'équipe de baseball des Yankees et, dans la vitrine, on voit un tee-shirt minuscule sur lequel il est inscrit : « Futur lanceur des Yankees ». Et mon enthousiasme s'épanouit comme une fleur dans une forêt tropicale.

Parce que maintenant, je sais comment je vais le dire à Drew.

CHAPITRE 6

Que savez-vous de la perception extrasensorielle ? Vous savez, le fait d'avoir connaissance d'un incident avant qu'il n'ait lieu. Eh bien, nous possédons tous un peu cette faculté dans ces quatre-vingt-dix pour cent de notre cerveau que nous n'utilisons pas.

Ce sont ces moments dans la voiture où vous pensez à une chanson que vous n'avez pas entendue pendant des années et qui est justement diffusée à la radio. Ce sont ces matins où vous repensez à un vieil ami et le soir venu, le téléphone sonne, et c'est justement cet ami-là qui appelle.

Je n'ai jamais vraiment cru à ce genre de choses. Mais lorsque l'employé du magasin m'a rendu la monnaie pour le minuscule tee-shirt, une boule d'angoisse s'est installée en moi.

Et il ne s'agissait pas des papillons habituels. C'était insistant. Une inquiétude désespérée, comme lorsque vous réalisez que vous avez oublié de fermer le gaz.

Il fallait que j'aille voir Drew. Je devais lui parler – lui dire – et il fallait le faire tout de suite. En regagnant la rue, j'ai accéléré le pas. Bon… aussi vite que je pouvais avec mes talons de près de huit centimètres.

Tandis que je me rapprochais de notre immeuble, mon inquiétude n'a fait que croître.

En pensant à la nouvelle que je m'apprêtais à révéler. Mais en y repensant aujourd'hui, je pense qu'il s'agissait d'autre chose.

Une prémonition.

Au moment où je me suis retrouvée devant la porte de notre appartement, mes genoux tremblaient et mes mains étaient moites. Et puis j'ai saisi la poignée de la porte…

Si vous avez l'estomac fragile ? Vous ne devriez peut-être pas regarder.

Ce ne sera pas joli joli.

***

J'entre dans l'appartement. Les lumières sont éteintes. Je pose mes clefs sur la table et je retire mon manteau. Je frôle l'interrupteur sur le mur et la pièce se retrouve inondée de lumière.

Et c'est à ce moment-là que je le vois.

Que je *les* vois.

Drew se tient debout au milieu de notre salon, sa chemise déboutonnée, révélant ce torse sur lequel j'ai fait glisser mes doigts des milliers de fois. La peau chaude couleur bronze que j'aime toucher. Il tient dans la main une bouteille à moitié vide de Jack Daniel's. Et l'autre main est cachée. Enfouie. Dans une crinière de cheveux ondulés.

Elle est complètement différente de moi, sur tous les plans. Une chevelure rousse et épaisse, des seins de la taille d'une pastèque, arrogants dans leur contrefaçon.

Elle est grande – aussi grande que Drew – même sans les talons aiguilles. Elle a les lèvres rouges et pulpeuses, qui pourraient rendre Angelina Jolie jalouse.

Et ces lèvres se pressent contre la bouche de Drew.

Ceux qui embrassent bien, vraiment bien, ne se contentent pas d'utiliser leurs lèvres. Ils se servent de leur corps tout entier – leur langue, leurs mains et leurs hanches.

Drew embrasse bien.

Mais je n'ai jamais eu l'occasion de l'observer en pleine action. Je ne l'ai jamais vu embrasser personne. Parce que je me suis toujours trouvée dans la position de celle qui est embrassée.

Mais ce n'est pas le cas aujourd'hui.

Je reste là debout – assommée. Je regarde. Et bien que cela ne dure que quelques secondes, cela semble une éternité. En enfer.

Puis Drew fait un pas en arrière. Et presque comme s'il savait que j'étais là depuis le début, son regard rencontre immédiatement le mien. Ses yeux sont durs, impitoyables.

Et sa voix est aussi glaciale que l'acier d'un portail dans une tempête de neige.

– Regarde qui rentre à la maison.

Beaucoup de femmes imaginent leur réaction si elles surprenaient leur fiancé ou leur mari en train de les tromper. Ce qu'elles diraient. Combien elles seraient fortes.

Vertueuses et indignées.

Mais lorsque la situation est bien réelle ? Lorsqu'il ne s'agit pas de fausses prédictions ? Ces émotions sont particulièrement absentes.

Je suis paralysée.

Et ma voix n'est rien de plus qu'un bégaiement murmuré.

– Que… que fais-tu ?

Drew hausse les épaules.

– Je m'amuse un peu. J'ai pensé, pourquoi tu serais la seule à le faire ?

J'entends ce qu'il me dit mais je ne comprends rien. Mes yeux se ferment à demi et je baisse la tête comme un chien égaré.

Drew s'éloigne un peu de la rousse et prend une gorgée de la bouteille. Il tressaille en avalant.

– Tu sembles perdue, Kate. Je vais t'expliquer. La première règle lorsqu'on ment, c'est d'avoir toujours l'alibi qui va avec. Tu vois, à cet instant même, Matthew et Delores sont dans l'avion en direction de Vegas. Matthew a préparé le voyage depuis des semaines – une seconde lune de miel surprise. Je savais donc que tu étais dans la merde cet après-midi. Je voulais juste savoir si tu allais aller jusqu'au bout. Alors je t'ai suivie. Vive le GPS.

L'année dernière, une femme, Kasey Dunkin, a disparu après une sortie avec des amis en ville. L'information était diffusée dans tous les journaux télévisés. La police a pu retrouver la trace de son téléphone portable dans un entrepôt abandonné dans Brooklyn, et même si elle avait été poignardée à plusieurs reprises, elle a survécu. Drew et moi avons fait installer le même type de programme de géocalisation sur nos téléphones le jour suivant.

– Tu m'as suivie ?

Il m'a suivie jusqu'au bureau de Bob. Il sait où j'allais. Est-ce que cela signifie…

– Ouais, je sais où tu étais. Je sais tout. Je t'ai vue.

Il sait… Drew sait que je suis enceinte.

Et à l'évidence, il n'est pas content.

Ma voix s'élève tandis que je parle, elle reprend de l'assurance.

– Tu sais ?

Je désigne la femme qui nous observe comme si elle regardait son feuilleton télévisé.

– Et c'est comme *ça* que tu réagis ?

Drew semble troublé.

– Tu me connais vraiment ? Comment diable pensais-tu que j'allais réagir ?

J'ai déjà vu Drew contrarié avant.

Irréfléchi.

Frustré.

Mais là c'est différent.

Il est… cruel.

Il me demande :

– Tu ne vas même pas essayer de le nier ? Me faire croire que je délire ?

Pendant un instant, son visage se décompose. Et il semble… angoissé – comme une victime de torture sur le point de rompre son silence.

– Tu ne vas pas me dire que je me trompe, Kate ?

Il cligne des yeux et son regard angoissé disparaît. Et je suis presque certaine que je l'ai simplement imaginé.

Vœu pieux.

Je croise les bras.

– Je ne discuterai pas de cela devant une tierce personne.

Drew serre les dents obstinément.

– Tu veux en finir ?

Je recule brusquement.

Ma main se pose sur mon ventre, de manière protectrice.

– Quoi ?

Il répète, impatient de voir ma réaction.

– J'ai dit, est-ce que tu veux en finir ?

Sur le plan politique, Drew est en faveur de l'avortement. Malgré son éducation catholique, il respecte et aime beaucoup trop les femmes dans sa famille pour laisser un vieil homme du Congrès leur dicter ce qu'elles peuvent ou non faire de leur corps.

Mais émotionnellement – moralement – j'ai toujours pensé qu'il était contre l'avortement. Alors le fait qu'il soit là debout en train de me dire d'avorter, d'en finir avec *notre enfant*, c'est simplement... incompréhensible.

– Je n'ai pas eu... je n'ai pas eu le temps d'y penser.

Il rit amèrement.

– Alors, tu ferais mieux de commencer à réfléchir parce que jusqu'à ce que ta petite indiscrétion ait disparu de la scène, je ne veux même pas te regarder et encore moins discuter de *quoi que ce* soit avec toi.

Ses paroles me frappent comme une rafale de vent par journée glaciale. Le genre qui vous laisse à bout de souffle.

Drew n'est pas Joey Martino.

Il est pire.

Parce qu'il veut que je choisisse. Un ultimatum. Comme il l'a fait avec Billy.

Et de quoi parle-t-il – *mon* indiscrétion ? Comme si tout était arrivé par ma faute ?

Et puis je comprends. Je vois sa colère, son esprit de vengeance. Cela commence à avoir un sens.

– Tu penses que j'ai *programmé* cela ? Que je l'ai fait exprès ?

Il ricane et même une personne sourde serait en mesure d'entendre le sarcasme.

– Non, bien sûr que non. Ces choses-là arrivent comme ça parfois, d'accord ? Même si tu ne le veux pas.

Je m'apprête à argumenter, pour expliquer mais le petit rire de la strip-teaseuse m'interrompt. Je lui jette un regard noir.

– Sortez de ma maison avant que je vous jette dehors avec le reste des déchets.

C'est dans des situations comme celle-là que certaines femmes peuvent devenir hystériques et vouloir découper la fille en morceaux. Mais ce n'est pas parce les filles sont des proies plus faciles à attaquer.

C'est parce qu'il est plus facile de s'en prendre à une femme anonyme plutôt que de reconnaître que la vraie faute incombe à l'homme qui était supposé vous aimer. Qui était supposé s'engager et rester fidèle.

Et ne l'était pas.

Elle répond :

– Désolée, chérie, tu ne paies pas pour le spectacle. Je vais là où me dit d'aller l'homme qui paie.

Drew passe un bras autour de sa taille et sourit fièrement.

– Elle ne va nulle part. En fait, nous ne faisons que commencer.

Je trouve la force de lever un sourcil. Et j'essaie de décocher ma propre flèche.

– Payer pour ça maintenant, Drew ? N'est-ce pas pitoyable ?

Il ricane.

– Ne te leurre pas, chérie, j'ai aussi payé pour ça ces deux dernières années. Tu es juste un peu plus chère que la prostituée moyenne.

J'aurais dû m'en douter. Discuter avec Drew c'est comme faire face à un terroriste. Il n'a pas de limites, tout est permis. Il ne reculera devant rien pour gagner.

Puis il semble pensif.

– Même si je dois dire, malgré la façon dont les choses se sont passées, tu valais l'argent dépensé. Surtout ce soir-là, contre l'évier de la cuisine – il fait un clin d'œil. Cela valait son pesant d'or.

Je meurs. Chacun de ses mots atroces me transperce comme une lame qui coupe la peau. Vous voyez le sang ? Suintant lentement avec chaque horrible syllabe ? Il prolonge le supplice, le rendant plus douloureux que nécessaire.

Vous semblez surpris. Vous ne devriez pas.

Drew Evans ne brûle pas les ponts. Il fixe de la dynamite. Il explose le pont, les montagnes qu'il relie et toute autre forme de vie suffisamment malchanceuse pour se retrouver dans un rayon de quatre-vingts kilomètres.

Drew ne fait jamais les choses à moitié. Pourquoi serait-ce différent de me détruire ?

Je m'éloigne dans le couloir avant de m'écrouler devant lui comme une pyramide égyptienne.

Mais il me saisit par le bras.

– Où vas-tu Kate ? Reste dans les parages – tu peux peut-être apprendre un nouveau truc.

Vous savez comment la personnalité de quelqu'un peut le rendre plus séduisant ? Comme ce gamin au lycée qui en dépit de son allure de gringalet et de son léger acné pouvait fréquenter les jeunes les plus populaires ? Parce qu'il racontait les histoires les plus drôles et les plus intéressantes.

J'aimerais pouvoir vous dire que l'inverse fonctionne aussi. J'aimerais vous dire que les mots de Drew ont transformé par magie son visage pour le faire ressembler à ce monstre qu'il semble être.

Mais je ne peux pas.

Regardez-le.

J'imagine que c'est ce à quoi ressemblait Lucifer lorsque Dieu l'a jeté hors du ciel. Amer et brisé. Mais toujours aussi beau.

Je me dégage. Et ma voix est aiguë, presque hystérique.

– Ne me touche pas ! Ne t'avise pas de me toucher à nouveau !

Il sourit lentement, l'image même de la sérénité. Il s'essuie la main sur son pantalon comme s'il venait de tenir quelque chose de sale.

– Ce ne sera pas du tout un problème pour moi.

Je sens que je vais être malade. Je vais vomir sur ses chaussures noires Bruno Magli.

Et cela n'a rien à voir avec la grossesse.

Je traverse le couloir en m'obligeant à marcher. Parce que je refuse que Drew me voie m'éloigner de lui en courant.

***

J'ai à peine le temps d'arriver jusqu'à la salle de bains.

Je tombe à genoux et je me tiens au rebord des toilettes. Je me casse un ongle et mes phalanges pâlissent. Mon estomac se contracte et j'ai un violent hoquet. Le sang martèle mes tempes et l'acidité me brûle la gorge.

Je tousse et je sanglote mais mes yeux restent secs. Aucune larme.

Pas encore. Cela viendra plus tard.

Comment peut-il faire ça ? Il m'a dit qu'il ne le ferait pas… et je lui ai fait confiance. Lorsqu'il disait qu'il m'aimait. Lorsqu'il avait promis qu'il ne me ferait jamais de mal.

Je le croyais.

Nous n'avons jamais parlé d'avoir des enfants. Nous n'avons jamais parlé de *ne pas* en avoir non plus. Mais si j'avais su qu'il serait comme ça, j'aurais été plus prudente. J'aurais…

Oh mon Dieu.

Écoutez-moi. Mon fiancé est dans le salon avec une autre femme sur les genoux et je suis assise ici en train de penser à toutes ces choses que *j'aurais* pu faire pour empêcher que cela se produise ?

Et c'est moi qui ai traité Drew de pathétique ?

Lorsque je n'ai plus rien dans l'estomac, je me redresse et me dirige vers le lavabo et je me regarde dans le miroir. Des joues tachées et des yeux rouges et ternes me renvoient l'image d'un visage que je ne reconnais pas.

Je mouille mon visage à l'eau froide, encore et encore. Drew m'a peut-être déchirée en mille morceaux

– transformée en une masse tremblante de honte et de récriminations –, il fera froid en enfer avant que je ne lui laisse voir ce spectacle.

Je trébuche jusqu'à la chambre, j'attrape un sac de sport dans le placard et je le remplis à l'aveuglette avec les premiers vêtements que j'attrape. Je dois partir. M'éloigner de lui. De tout ce qui me fait penser à lui.

Je sais ce que vous imaginez : *Ta carrière, tout ce à quoi tu as travaillé – tu jettes tout.*

Et vous avez raison – c'est ce que je fais. Mais tout cela n'a plus d'importance. C'est comme… comme ces pauvres gens qui ont sauté des tours le 11 septembre. Ils savaient que cela ne les sauverait pas mais le feu était trop brûlant et ils devaient agir, *tout faire* pour échapper à la douleur.

Je referme le sac et je le mets sur mon l'épaule. Puis je pose la main sur la porte et je respire. Une fois, deux fois, trois fois. Je peux le faire. Je dois juste aller à la porte. Ce n'est qu'à une douzaine de pas.

Je longe le couloir.

Drew est assis sur le canapé, les jambes écartées, les yeux posés sur la femme qui se trémousse devant lui, la bouteille de Jack à côté de lui. Je fixe son visage. Et pendant un bref instant, je me souviens. Il semble sans vie.

Je vois son sourire – ce premier soir au bar – tellement charmant. Je sens ses lèvres, son contact, la première nuit où nous avons fait l'amour, ici, dans cet appartement. De la chaleur, le besoin. Je revis depuis chaque mot tendre, chaque instant d'amour.

Et je verrouille tout.

Dans une boîte en acier, reléguée dans le coin le plus éloigné de mon esprit. Pour l'ouvrir plus tard. Lorsque je pourrai m'effondrer.

J'avance dans la pièce et je m'arrête à quelques pas du canapé. La rousse danse mais je ne la regarde pas. Mes yeux ne quittent pas le visage de Drew.

Ma voix est brute, rugueuse. Mais étonnamment résolue.

– J'en ai fini. Avec toi, avec tout ça. Ne me suis pas pour me dire que tu es désolé. Ne m'appelle pas pour me dire que tu as changé d'avis. Toi et moi, c'est fini. Et je ne veux pas te revoir.

Combien de parents ont dit à leurs enfants adolescents qu'ils sont punis pour toujours ? Combien d'adolescents ont répondu qu'ils ne leur parleraient plus jamais ?

Fini, jamais, plus jamais.

De grands mots, tellement définitifs.

Si creux.

Nous ne les pensons pas vraiment. Ce sont juste des choses que nous disons lorsque nous attendons une réaction, quand nous implorons une réponse. La vérité, c'est que si Drew venait vers moi demain ou le mois prochain, ou dans six mois, et me disait qu'il avait fait une erreur ? Qu'il voulait me retrouver ?

Je le reprendrais sans hésiter.

Alors vous voyez ce que je voulais dire ? Je ne suis pas une femme forte.

Je suis juste une bonne actrice.

La voix de Drew est brusque.

– Ça me semble parfait.

Il porte un toast avec la bouteille.

– Je te souhaite une putain de vie pourrie, Kate. Et ferme la porte derrière toi en sortant – je ne veux plus être interrompu.

Je voudrais vous dire qu'il a hésité. Qu'un soupçon de regret est apparu sur son visage ou même qu'une ombre de tristesse a traversé ses yeux. Je resterais si c'était le cas.

Mais son visage est inexpressif. Inanimé – comme Ken, le mec de Barbie.

Et je veux hurler. Je veux le secouer et le gifler, fracasser ce qui me tombe sous la main. Je veux faire tout cela mais je n'en fais rien. Parce que si vous essayez et que vous vous cognez contre le mur ? Tout ce que vous aurez, c'est une main cassée.

Alors je prends mon sac et je relève le menton. Puis je sors.

CHAPITRE 7

Les éléments caractéristiques d'une personnalité de type A concernent les objectifs qu'elle a et les stratégies qu'elle met en place pour atteindre ces objectifs. Je suis très certainement de ce type-là.

La planification est ma religion, la *to do list* est ma Bible.

Mais tandis que j'arrive au milieu du hall de l'immeuble qui a été mon chez-moi durant ces deux dernières années, je me glace. Parce que, pour la première fois de ma vie, je ne sais pas quoi faire après. Aucune perspective.

Et c'est terrifiant. Cela ressemble à l'apesanteur – comme un astronaute coupé de son attache, dérivant dans l'espace. Délaissé. Condamné.

Ma vie tourne autour de Drew. Et je n'ai jamais pensé que j'aurais besoin d'un plan de secours.

Mes mains commencent d'abord à trembler, puis mes bras, mes genoux. Mon rythme cardiaque s'accélère et je suis presque sûre que je fais de l'hyperventilation.

C'est l'adrénaline. La réaction de lutte ou de fuite est un phénomène étonnant. C'est de l'action sans la pensée – le mouvement sans l'autorisation du cerveau.

Et le mien est en ébullition. Chaque membre me crie de bouger. *D'avancer*. Mon corps ne se soucie pas de l'endroit, tant que ce n'est pas ici. *Cours, cours le plus vite possible, tu ne peux pas m'attraper, je suis le Bonhomme en pain d'épice.*[4]

Le Bonhomme en pain d'épice avait de la chance. Il avait quelqu'un qui le poursuivait.

– Miss Brooks ?

Je ne l'entends pas au départ. Le son de ma propre panique est trop assourdissant – comme un millier de chauves-souris dans une grotte fermée.

Puis il touche mon bras, me ramenant les pieds sur Terre.

– Miss Brooks ?

Le monsieur inquiet aux cheveux gris et aux yeux verts, arborant une superbe casquette noire ?

C'est Lou, notre portier.

C'est un chic type – marié depuis vingt-trois ans, père de deux filles étudiantes à l'université. Vous n'avez jamais remarqué que les portiers s'appellent toujours Lou, Harry ou Sam ? Comme si, en quelque sorte, leur nom prédestinait leur profession ?

– Je peux vous aider ?

Est-ce qu'il peut m'aider ?

Une lobotomie serait parfaite à l'instant présent. Rien d'extravagant – juste un pic à glace et un marteau et je serais comblée.

– Vous allez bien, Miss Brooks ?

Vous connaissez ce dicton : il vaut mieux avoir aimé et perdu que de ne jamais avoir aimé du tout ?

---

4 Fait référence au conte pour enfants « Le Petit Bonhomme en pain d'épices ».

C'est de la foutaise. Celui qui a dit cela ne connaissait rien à l'amour. L'ignorance est préférable, elle est indolore.

Mais connaître la perfection – la toucher, la goûter, la respirer chaque jour – et la perdre ensuite ? La perte, c'est l'agonie. Et chaque parcelle de ma peau me fait mal.

– J'ai besoin… je dois partir.

Oui, il s'agissait bien de ma voix. La version hébétée et confuse, comme celle d'une victime coincée dans un accident de voiture, qui continue d'affirmer que le feu était vert.

Cela ne devait pas finir comme cela. Cela ne devait pas finir du tout. Il l'a écrit dans les nuages pour moi, vous vous souvenez ?[5]

Pour toujours.

Lou jette un coup d'œil au sac sur mon épaule.

– Vous voulez dire à l'aéroport ? Vous êtes en retard pour prendre un avion ?

Ses mots résonnent dans le gouffre sans fond qu'est devenu mon esprit.

Aéroport… aéroport… aéroport… vol… vol… vol…

Lorsque les malades d'Alzheimer commencent à perdre la mémoire, ce sont leurs souvenirs les plus récents qui disparaissent en premier. Les anciens, l'adresse de la maison où a grandi le malade, le nom de son instituteur en CE1 – restent car ils sont bien ancrés. Et il y a en chacun de nous des informations qui sont presque instinctives, comme le fait de savoir comment avaler.

Mon instinct prend maintenant le dessus. Et je commence à esquisser un projet.

---

5 Cf. *Love Game 1 [Tangled].*

– Oui… oui, j'ai besoin d'aller à l'aéroport.

Vous connaissez les loups ? Ce sont des animaux qui vivent en meute, en famille.

Sauf lorsqu'ils sont blessés.

Si cela se produit, le loup blessé se faufile seul hors de la nuit, afin de ne pas attirer les prédateurs. Et il retourne dans la dernière grotte occupée par le groupe. Parce qu'elle lui est familière et qu'il s'y sent à l'abri du danger.

Il y reste pour se rétablir.

Ou mourir.

– Lou ?

Il se retourne vers moi depuis la porte.

– J'ai besoin d'un papier et d'un crayon. Je dois envoyer une lettre. Vous pouvez me la poster ?

Les portiers dans la ville de New York ne sont pas là uniquement pour ouvrir les portes. Ils sont aussi livreurs, postiers, gardes du corps et coursiers.

– Bien sûr, Miss Brooks.

Il me tend une feuille de papier et un stylo à bille haut de gamme. Puis il sort pour m'appeler un taxi. Je m'assieds sur la banquette et j'écris rapidement. N'importe quel gamin de neuf ans peut vous dire que le meilleur moyen d'arracher un pansement, c'est de faire vite. Je rédige une sorte de note de suicide. D'une certaine manière, je pense que c'est ça.

Pour ma carrière.

Monsieur John Evans,

En raison de circonstances personnelles imprévues, je ne serai plus en mesure de remplir les conditions de mon contrat avec Evans,

Reinhart et Fisher. Je vous présente donc ma démission sans préavis.

Avec mes regrets,
Katherine Brooks

C'est froid, je sais. Mais le professionnalisme est la seule protection qui me reste.

Vous savez, pour une fille, l'approbation d'un père revêt un caractère spécial. Ce sont peut-être quelques restes de l'évolution de la société par rapport à l'époque où les filles étaient simplement considérées comme un bien destiné à être vendu au plus offrant. Quelle que soit la raison, l'approbation d'un père est importante – elle a plus de poids.

Lorsque j'avais dix ans, le centre de loisirs de Greenville Parks avait organisé des sélections pour la Little League Baseball. Sans fils auquel transmettre ses rêves de baseball, mon père avait passé son temps à m'apprendre les subtilités du jeu. De toute façon j'étais un garçon manqué, alors ce n'était pas difficile.

Et cette année-là, mon père a pensé que j'étais trop bonne pour jouer au softball avec les filles. Que le championnat des garçons serait un défi plus important.

Et je l'ai cru. Parce qu'*il* le croyait.

Parce qu'il croyait en moi.

Billy s'est moqué de moi. Il disait que j'allais me faire exploser le nez. Delores est venue regarder et se faire les ongles dans les gradins. J'ai constitué l'équipe. Et à la fin de la saison, j'avais les meilleurs résultats de lanceur de tout le championnat. Mon père était tellement fier, qu'il a posé ma coupe près de la caisse enregistreuse au restaurant et s'en vantait à qui voulait l'entendre. Et même à ceux qui ne voulaient pas.

Trois ans plus tard, il nous quittait.

Et c'était paralysant parce que, tel un aveugle qui pourrait voir à un moment donné, je savais exactement ce qui me manquait. Je n'ai jamais rejoué au baseball.

Plus tard, j'ai rencontré John Evans. Il est venu me chercher – il m'a choisie – parmi un millier de candidats. Il a encouragé ma carrière. Il était fier de chaque affaire que je concluais, de chaque succès.

Et pendant un moment, j'ai senti ce que cela faisait d'avoir à nouveau un père.

Puis John m'a conduite vers Drew. Et nos vies se sont étroitement liées, comme le lierre autour d'un arbre. Vous savez comment c'est – sa famille est devenue la mienne et tout ce qui vient avec. Les douces remontrances d'Anne, l'attitude protectrice d'Alexandra, les plaisanteries de Steven, les taquineries de Matthew… et l'adorable Mackenzie.

Et maintenant, je les ai tous perdus aussi.

Parce que même si je pense qu'ils ne seront pas d'accord avec ce que Drew a fait, la façon dont il m'a traitée, les liens du sang sont les plus forts. Donc, finalement, peu importe s'ils trouvent que les choix de Drew sont mauvais, ils ne seront pas de mon côté.

– Miss Brooks, votre voiture attend dehors. Vous êtes prête ?

Avant de plier la lettre, je griffonne trois mots sous ma signature. Trois mots douloureusement inadéquats.

Je suis désolée.

Puis je force mes jambes à se lever et je tends l'enveloppe à Lou. Je me dirige vers la porte.

Derrière moi, le carillon de l'ascenseur retentit. Je m'arrête et je me tourne vers les grandes portes doubles dorées.

J'attends.

Espoir.

Parce que c'est toujours ainsi que cela se produit dans les films, non ? *L'amour à l'envers, Rose Bonbon*[6] et tous les films de John Hughes avec lesquels j'ai grandi. Juste avant que la fille ne parte ou monte dans la voiture, le type pique un sprint et arrive dans la rue.

Il lui court après, il crie son nom et lui dit qu'il ne le pensait pas. Pas un mot.

Et puis ils s'embrassent. Et la musique retentit et le générique de fin défile.

C'est ce que je veux, tout de suite. L'heureux dénouement que tout le monde attendait.

Alors je retiens mon souffle. Et les portes s'ouvrent.

Vous voulez savoir qui était à l'intérieur ? Allez-y – j'attends.

.

.

.

.

.

.

.

6 Les titres originaux sont *Some Kind of Wonderful* et *Pretty in Pink.*

Il n'y a personne.

Et je sens ma poitrine se recroqueviller sur elle-même. Ma respiration se fait plus rapide, haletante à travers la douleur – comme lorsque vous vous tordez la cheville. Et ma vision se brouille tandis que les portes de l'ascenseur se ferment lentement.

Cela semble si symbolique.

Je pense que j'ai maintenant mes propres portes à fermer, hein ?

Je m'essuie les yeux et je renifle. Et j'ajuste mon sac sur l'épaule.

– Oui, Lou. Je suis prête.

CHAPITRE 8

Bâtard.

Ils disent que la douleur est un processus graduel qui de décompose en plusieurs étapes.

Et les ruptures sont un peu comme une mort. La disparition de la personne que vous étiez, de la vie que vous aviez prévu d'avoir.

Connard.

La première étape, c'est le choc. L'engourdissement. Comme l'un de ces arbres dans une forêt – après avoir été anéanti par le feu – qui est brûlé et creux mais d'une certaine façon, il est toujours debout.

Comme si quelqu'un avait oublié de leur dire que vous êtes supposé être allongé lorsque vous êtes mort.

Enculé.

Vous voulez vous hasarder à émettre une hypothèse à propos de la seconde étape ?

Eh oui, c'est la colère.

Qu'est-ce que tu as fait pour moi dernièrement – je suis mieux sans toi, je ne t'ai jamais aimé de toute façon – colère.

Enfoiré. Non, ça ne colle pas. *Enfoiré de mes deux.*

Mieux.

Les injures par ordre alphabétique ? C'est un jeu que Delores et moi avions mis au point à l'université. Pour exprimer notre frustration face aux professeurs qui n'étaient pas dans le coup ou braqués, et qui nous faisaient passer de mauvais quarts d'heure.

N'hésitez pas à sauter le pas n'importe quand. C'est cathartique.

Et pour je ne sais quelle raison, cela s'avère beaucoup plus facile lorsque vous êtes étudiant.

Fiotte impuissante.

Bon – qu'est-ce que j'étais en train de dire ? Oui, c'est ça : la colère.

Furoncle anal.

La colère c'est une bonne chose. Elle vous fait tenir debout lorsque tout ce dont vous avez envie, c'est de vous recroqueviller en boule sur le sol comme un tatou effrayé.

Gerbis intestinal.

Notez ceci : les hommes mariés vivent de sept à dix ans de plus que les célibataires. Les femmes mariées, en revanche, meurent environ huit ans plus tôt que leurs homologues célibataires.

Vous êtes choqué ? Moi non plus.

Gland putréfié.

Parce que les hommes sont des parasites. Le genre d'espèce vivant dans la forêt tropicale qui s'enfonce dans vos organes génitaux pour pondre ses œufs dans vos reins.

Et Drew Evans est leur chef.

Ivrogne invertébré.

L'hôtesse me demande si je souhaite une boisson gratuite.

Je suis dans l'avion. Je ne vous l'ai pas dit ?

Je ne prends pas la boisson, j'essaie d'éviter les toilettes de l'avion. Trop de souvenirs. Des souvenirs amusants et doux.

Aïe.

Vous savez, Drew n'aime pas voyager en avion. Il ne l'a jamais dit, cela ne l'a jamais arrêté mais je le sais.

Voler demande que vous laissiez les rênes à quelqu'un d'autre – pour vous défaire de l'illusion du contrôle. Et nous savons tous que Drew a d'énormes difficultés à se contrôler.

Juste avant le décollage, il commence à déprimer. Il est tendu. Et puis, après que le signal de la ceinture de sécurité s'est éteint, il suggère un voyage commun aux toilettes. Pour le soulager un peu de cette tension.

Je ne peux jamais dire non.

Le Mile High Club – le club de ceux qui s'envoient littéralement en l'air ? Je suis maintenant un membre privilégié.

Lactose asséché.

Après le passage du chariot, j'incline le dossier de mon siège et je ferme les yeux. Et je pense à ce que chaque femme bafouée rêve.

Le remboursement.

La souffrance. La peine.

Lécheur de testicules.

Non pas que je veuille être une Lorena Bobbitt[7].

---

7 Lorena Bobbitt est connue pour avoir coupé le pénis de son mari, violent, avec un couteau, avant de le jeter par la fenêtre de sa voiture.

L'arme la plus puissante d'une femme est la culpabilité – beaucoup plus meurtrière qu'une machette.

Alors mes scénarios de vengeance tournent autour de… la mort.

La mienne.

Quelquefois, c'est le cancer, d'autres fois l'accouchement. Mais dans chaque cas, Drew frappe à la porte de mon lit de mort, me suppliant de le laisser entrer, pour me dire combien il s'était trompé.

Combien il est désolé.

Mais il arrive toujours trop tard. Je suis déjà partie. Et cela le détruit – le laisse complètement ruiné.

La culpabilité le ronge lentement, comme une dent dans un verre de Coca-Cola.

Nécrophile indien.

Et il passe le restant de sa vie tout seul, vêtu de noir, comme une grand-mère italienne de quatre-vingts ans.

Proctologue canin.

Je souris.

C'est une pensée tellement agréable.

Raclure borgne.

C'est un mot à score double.

Delores serait si fière.

Salami avarié.

Oh, oui – j'y suis.

Soupe de chiasse.

Vous savez, si je regarde objectivement la situation, je pense que je suis mieux de cette façon.

Drew m'a fait une faveur.

Suceur de sauce piquante.

Parce que même s'il aime se déguiser avec les costumes de fils à papa ? Sur le plan émotionnel, c'est un adolescent. Un enfant.

Tapette mordeur d'oreiller.

Le genre avec lequel personne d'autre ne veut jouer. Parce que lorsqu'un jeu ne se déroule pas à sa façon ? Il brise la table en morceaux.

Tête à croûte.

Et qui en a besoin ?

Pas moi. Non, monsieur. Je mérite mieux.

Triton radioactif.

Je vais surmonter cela. Je suis Kate Brooks, merde.

Je vais réussir.

Je vais survivre.

Je vais persévérer.

Vermine asociale.

Même si c'est juste pour l'emmerder. Têtue est mon deuxième prénom.

J'allais bien avant Drew et j'irai bien après lui.

Ce n'est pas parce que je n'ai jamais été seule que je ne peux pas l'être.

JE N'AI PAS BESOIN DE LUI.

Vraiment.

Vomissure de foutre.

Vous êtes convaincu ?

Yack hypocondriaque.

Ouais.

Moi non plus.

***

Je sais ce que vous pensez. *Pourquoi ?* C'est la grande question, n'est-ce pas ? Celle que Nancy Kerrigan[8] a rendue célèbre. Celle à laquelle tout le monde veut répondre lorsque la tragédie frappe.

Pourquoi, pourquoi, pourquoi ?

Les êtres humains aiment les explications. Nous implorons des raisons, quelque chose à blâmer. Les digues étaient trop basses, le conducteur avait bu, sa jupe était trop courte – la liste est sans fin.

Il faut environ trois heures pour parcourir en voiture la distance entre Akron et Greenville. C'est un trajet qui prend beaucoup de temps pour rouler et laisser libre court à mes pensées. Et j'ai passé tout le voyage à réfléchir au *pourquoi*.

Si je devais tout refaire, je lui aurais posé la question, *pourquoi ?* Je voudrais pouvoir dire que tout n'était qu'une terrible erreur. Un malentendu – comme dans *Roméo et Juliette* ou *West Side Story*.

Mais quelles sont les chances que tout cela arrive ? Si je devais deviner, je dirais que Drew n'était pas prêt à grandir, à prendre ce niveau de responsabilité. Ou d'engagement.

Regardez ma main. Vous voyez une bague ? Non. Ce n'est pas un accident.

Il est un oncle merveilleux pour Mackenzie. Dévoué. Qui la dorlote. Le genre d'homme qui casserait la gueule d'un autre client pour le dernier Elmo ou la poupée Cabbage Patch Kids[9] deux jours avant Noël. Il ferait n'importe quoi pour elle.

---

8 Patineuse artistique américaine, qui fut agressée et blessée avec une barre métallique peu avant les J.O. de 1994.

9 Jouets cultes des enfants américains.

Mais être père est une toute autre affaire. Tout repose sur vous mais pourtant, rien ne vous concerne plus vraiment. Et je pense que c'est la partie que Drew ne pourrait pas gérer.

Personnellement, j'en fais le reproche à Anne et à Alexandra. Ne vous méprenez pas, elles sont adorables mais… laissez-moi vous l'expliquer comme ça : l'été dernier, Alexandra nous avait tous réunis dans la maison de campagne de ses parents pour l'anniversaire de Mackenzie. Drew et moi sommes arrivés tard car nous nous sommes arrêtés sur une route déserte pour nous envoyer en l'air.

À propos, le sexe en voiture, c'est merveilleux. Si vous voulez vous sentir jeune et désinhibée, faites-le sur la banquette arrière. Mais je m'égare.

Nous sommes donc là, traînant près de la piscine, et je me lève pour prendre un morceau de pizza. Mais est-ce que Drew se lève ? Bien sûr que non. Parce que sa mère lui a déjà fait chauffer une nouvelle tranche croustillante dans la cuisine. Et sa sœur la lui apporte vers sa chaise longue – avec une bière fraîche.

Il avait les jambes cassées ? Était-il atteint d'un début précoce de la maladie de Parkinson qui l'empêchait de se faire chauffer sa propre nourriture ? Ou ne pouvait-il pas simplement la manger froide ? Non. C'est simplement leur façon d'être avec lui depuis toujours.

Le dorlotant. Se montrant trop indulgentes.

Et je ne peux pas m'empêcher de penser que si Anne et Alexandra l'avaient laissé aller chercher sa fichue pizza de temps en temps, alors peut-être qu'il aurait mieux pris *la nouvelle*. Été mieux préparé.

Finalement, cela n'a pas vraiment d'importance. Savoir pourquoi ne change rien. Alors tandis que je passais près du panneau qui souhaite la bienvenue à Greenville, je me suis promis de ne plus jamais demander pourquoi. Je ne perdrais pas d'énergie.

Mais vous savez quoi ? Dieu a le sens de l'humour.

Parce que je me demanderais *une nouvelle fois* pourquoi quatre petits jours plus tard.

Pour une raison complètement différente et infiniment plus dévastatrice. Désolée d'être celle qui vous le dit mais oui – cela devient effectivement pire.

Vous verrez.

***

Avez-vous déjà revu votre lycée des années après que vous avez été diplômé ? Les bureaux, les fenêtres et les murs sont restés à l'identique… mais pourtant, cela semble toujours différent ? Plus petit, d'une certaine manière.

C'est l'impression que l'on a.

Descendre la rue principale, arriver à la maison, tout est exactement tel que je me le rappelle… mais non. L'auvent rouge à l'extérieur de la quincaillerie de Monsieur Reynold est vert aujourd'hui. La pharmacie Falcone est devenue Rite Aid[10]. Mais le palmier rose criard est toujours dans la vitrine du salon de beauté de Penny où Delores et moi avions fait notre manucure avant le bal de promo. Le vieux banc vert du parc est toujours là aussi, à l'extérieur du restaurant de mes parents où j'avais l'habitude d'attacher mon vélo en rentrant de l'école.

---

10 Rite Aid est une chaîne américaine de pharmacies.

Je gare la voiture et je sors, mon sac accroché à l'épaule. Il est un peu plus de midi, le soleil est haut et chaud, l'air sent le sable et le goudron brûlant. Je traverse la rue et j'ouvre la porte. Le brouhaha des conversations diminue tandis que je me tiens à l'entrée et une douzaine de visages amicaux et familiers me regardent.

La plupart des gens dans la salle me connaissent depuis que je suis née. Pour eux, je suis la fille de Nate et de Carol – la provinciale, la fille brune avec une natte qui a réussi. Qui a connu d'excellents résultats dans la finance et qui a fait la fierté de sa famille. Je suis celle qui a réussi et dont parlent les enseignants à leurs élèves du primaire, dans l'espoir de leur inspirer des rêves plus grands que ceux que peut leur offrir l'usine de voitures.

Je me force à sourire poliment, je hoche la tête et salue brièvement en me frayant un chemin entre les tables en direction de la porte, vers l'arrière. Vous voyez l'inscription ?

RÉSERVÉ AUX EMPLOYÉS

Je prends une grande inspiration. Et toute la colère qui m'a fait avancer – qui m'a amenée ici – s'évacue en même temps. L'épuisement me submerge. Et je me sens vidée. Je n'ai plus de jambes, comme si je venais de franchir la ligne d'arrivée d'un marathon de seize kilomètres en montée.

J'ouvre la porte. Et c'est ma mère que je vois en premier, penchée sur une table en train de passer en revue une liste de produits qui viennent d'être livrés.

Elle est belle, non ? Je sais que la plupart des filles pensent que leur mère est jolie, mais la mienne l'est vraiment. Ses cheveux brun foncé sont attachés en une queue-de-cheval haute, comme la mienne. Sa peau est claire avec juste quelques fines ridules autour des lèvres et des yeux. Si les rides sont héréditaires, j'ai touché le jackpot génétique.

Mais au-delà de son apparence, ma mère est belle à l'intérieur. Cela ressemble à un cliché mais c'est la vérité. Elle est immuable. Constante. Fiable. La vie n'a pas toujours été facile pour elle – ou agréable– mais elle a avancé, continué, avec dignité et grâce. Ma mère n'est pas une optimiste. Elle est stoïque, telle une statue qui reste debout après un ouragan.

La porte se referme derrière moi et elle lève la tête. Ses yeux s'illuminent et elle arbore un large sourire. Kate ! Elle pose la liste et se dirige vers moi.

Puis elle voit mon visage. Et son sourire s'envole comme une plume dans le vent. Sa voix est étouffée et pleine d'inquiétude.

– Kate, qu'est-ce qu'il se passe ?

Mes bras lâchent et mon sac s'écrase sur le sol.

Elle fait un pas de plus.

– Katie ? Chérie ? Qu'est-ce qu'il s'est passé ?

Voilà une excellente question. Je devrais répondre, mais je ne peux pas. Parce que mes mains recouvrent mon visage. Et le seul son qui s'échappe de mes lèvres, ce sont des sanglots haletants.

Ses bras m'attirent vers elle, forte et chaleureuse comme la douceur printanière. Et elle me tient, bien à l'abri, comme seule une mère peut le faire.

Vous voyez de la boîte en acier ? Ouais, elle est ouverte maintenant. Et tout ce qui s'est passé est en train d'en sortir.

CHAPITRE 9

L'être humain passe en moyenne un tiers de sa vie au lit. Huit mille trois cent trente-trois jours. Deux cent mille heures.

Pourquoi je vous raconte tout cela ? Parce que vous ne devriez jamais vous sentir mal lorsqu'il s'agit de dépenser beaucoup d'argent pour une parure de lit convenable. Une bonne couette n'a pas de prix. Lorsque vous êtes enfant, cela vous protège du croquemitaine. Et lorsque vous prenez de l'âge, cela tient vos vieux os bien au chaud.

Ma mère tire la couette jusqu'à mon menton, elle me borde, dans le lit où je dormais étant enfant, comme une fillette de six ans pendant un orage.

Après mon effondrement dans la salle de repos, elle m'a conduite à l'étage vers le petit mais pittoresque appartement avec deux chambres au-dessus du restaurant où j'ai grandi. Là où ma mère vit toujours. La maison de mon enfance.

Elle essuie les larmes qui coulent sur mes joues. Je hoquette et bégaie :

– J-j-j' suis… tellement… s-s-tupide.

J'étais major de ma classe au lycée. J'ai été diplômée de la Wharton Business School.

L'ignorance n'est pas une chose qui m'est familière. Donc je ne peux pas m'empêcher de penser que j'aurais dû savoir – j'aurais dû voir arriver tout cela.

Après tout, j'ai vécu pendant deux ans avec Drew. Combien de temps faut-il à un léopard pour changer ses taches ?

Oh, c'est vrai, ils ne le font pas.

Ma mère repousse mes cheveux pour dégager mon visage.

– Chut, maintenant, détends-toi… Katie !

Mes yeux sont gonflés et mon nez bouché donne à ma voix un son nasal et enfantin.

– Qu'est-ce… que je vais… faire, maman ?

Elle sourit calmement comme si elle avait toutes les réponses. Comme si elle avait le pouvoir me protéger de tout ce qui fait mal – même dans ce cas-là – aussi facilement qu'elle embrassait mes jambes lorsque je m'étais cognée et que mes genoux étaient éraflés, pour chasser la douleur.

– Tu vas dormir, maintenant, tu es si fatiguée.

Elle continue de passer les doigts dans mes cheveux. C'est apaisant, relaxant.

– Dors, maintenant… dors ma petite fille.

Mon père m'a appris à jouer de la guitare mais je tiens ma voix de ma mère. Étendue dans le lit, mes yeux se ferment tandis qu'elle chante. C'est une chanson de Melissa Etheridge à propos d'anges qui savent que tout ira bien. C'est la même chanson qu'elle m'a fredonnée la nuit où mon père est mort – la nuit où elle a dormi avec moi dans ce lit. Parce qu'elle ne pouvait pas supporter de passer la nuit seule dans leur chambre.

Avec la voix de ma mère qui me berce, je me laisse aller.

Et je m'endors.

Vous savez lorsque vous avez de la fièvre ? Que vous êtes allongée dans le lit et que vous enroulez les draps autour de vos jambes ? Vous ne dormez pas vraiment mais vous n'êtes pas complètement réveillée non plus. Il y a des moments de conscience, lorsque vous ouvrez les yeux et réalisez avec un étonnement désorienté qu'il fait sombre dehors. Mais la plupart du temps, c'est juste un flou brumeux.

C'est ce à quoi ont ressemblé les deux jours suivants pour moi. Une alternance de lumière du soleil et de clair de lune, de larmes et de vomissements, de plateaux repas remportés sans avoir été touchés.

Les moments dans cet espace temps, entre éveil et sommeil, étaient les plus difficiles. Lorsque je me mettais à croire qu'il s'agissait juste d'un horrible cauchemar à force de regarder trop de rediffusions de *Berverly Hills* à la télévision. Je sentais un oreiller dans mon dos et je jurais que c'était Drew derrière moi. Il est le meilleur réveil que je connaisse… C'est notre petite tradition. Tous les matins, il me presse contre lui et me murmure à l'oreille, un culte d'adoration avec ses mots et avec ses mains.

Mais alors j'ouvrais les yeux et voyais que l'oreiller n'était qu'un oreiller. Et c'était comme une nouvelle croûte qui se retrouvait arrachée – je saignais un peu plus à chaque fois, sans jamais cicatriser vraiment.

Il n'y a tout simplement pas de mots pour décrire combien il me manquait. Aucun qui puisse même s'en rapprocher.

J'avais physiquement mal de son sourire, de son odeur, de sa voix.

Imaginez une voiture qui roule à 100 km/h sur une route de campagne, un arbre tombe et la voiture le heurte. *Boom* – arrêt instantané. Mais si la personne à la place du conducteur ne porte pas de ceinture de sécurité ? Ils vont quand même à 100 km/h.

Et c'est ce à quoi ressemble l'amour.

Il ne s'arrête pas. Peu importe que vous ayez mal, que vous soyez lésé ou en colère, l'amour est toujours là.

Il vous envoie droit à travers le pare-brise.

Le soir du deuxième jour, j'ouvre les yeux et je regarde par la fenêtre. Il tombe du crachin.

C'est approprié – avec ce nuage noir au-dessus de ma tête et tout le reste.

Puis j'entends la porte de ma chambre qui s'ouvre. Je me retourne.

– Maman, est-ce que tu peux...

Mais ce n'est pas elle qui se tient dans l'embrasure. Ma voix est calme, légèrement surprise.

– Oh, bonjour George.

Vous vous souvenez de George Reinhart, non ? Le père veuf de Steven ? Lui et ma mère vivent ensemble. Ils se sont connus au mariage de Matthew et de Delores.

Ne vous inquiétez pas – j'ai tout fait pour stopper ça... Mais leur relation s'est renforcée il y a un an maintenant. En dépit de tous les efforts de George, ma mère refuse de s'installer à New York. Elle dit que

Greenville est son foyer, qu'elle aime son indépendance. Alors George vient assez souvent jusqu'ici – plusieurs semaines d'affilée. Et ma mère en fait autant dès qu'elle le peut.

George est un chic type. Il ressemble un peu à Jimmy Stewart dans *La vie est belle*[11] – un peu ringard, mais un type bien. Le genre d'homme que vous aimeriez pour s'occuper de votre mère.

Ses lunettes sont posées de travers sur son nez tandis qu'il tient un plateau.

– Ta mère est submergée en bas mais elle a pensé que tu aimerais une tasse de thé.

Gérer votre propre affaire n'est pas aussi facile que cela en a l'air. Ouais, vous êtes votre propre patron – mais cela veut dire pas d'arrêts maladie, pas d'école buissonnière. Et si un employé ne se présente pas ? Vous êtes la personne qui le remplace.

George fait tout son possible pour se rendre utile. La semaine dernière, ma mère a dû conduire notre cuisinier à l'hôpital car il s'était ouvert la main en découpant des pommes de terre. George a tenté de le remplacer.

Personne n'a été blessé – mais les pompiers ont dû venir éteindre les flammes et le restaurant a fermé tôt à cause de la fumée.

Mais je pense que c'est l'intention qui compte.

Je me redresse et j'ajuste l'oreiller derrière moi.

– Ce sera parfait, merci.

Il dépose le plateau sur ma table de chevet et me tend une tasse chaude. Puis il s'essuie nerveusement les mains sur son pantalon.

---

11 *It's a Wonderful Life* aux États-Unis.

– Je peux m'asseoir ?

J'avale une gorgée et je hoche la tête. Et George se laisse tomber sur le pouf à côté de mon lit. Il ajuste ses lunettes et se tortille pour s'installer confortablement.

Je souris presque.

Puis il me regarde quelques instants, essayant de trouver par où commencer. Je lui épargne cette peine.

– Maman t'a expliqué ?

Il hoche la tête solennellement.

– Ne sois pas fâchée contre elle. Elle est inquiète pour toi, Kate. Elle avait besoin d'évacuer. Je ne divulguerai jamais les éléments de ta vie personnelle à quiconque.

Il pose son doigt sur sa bouche.

– C'est enfermé à double tour.

Je réussis à rire parce qu'il me rappelle tellement son fils, Steven.

Et puis mon sourire s'efface car il me rappelle tellement Steven.

– John m'a appelé. Il m'a demandé de tes nouvelles. Je lui ai dit que tu étais ici.

Mes yeux se font interrogateurs.

– Je ne lui ai pas dit pourquoi tu étais ici – pas exactement. Je lui ai dit que tu avais fait un burn out. Ce n'est pas rare dans notre secteur d'activité.

Je n'ai rien prévu à propos des Evans. D'un point de vue technique, je porte leur petit-enfant, un membre de leur famille. Et même si leur fils voit les choses différemment, je n'ai aucun doute sur le fait qu'Anne et John voudront faire partie de sa vie.

Mais je ne peux pas penser à ça. Pas encore.

George continue.

– Il voudrait que tu l'appelles lorsque tu t'en sentiras capable. Et il voulait que je te dise qu'il rejette catégoriquement ta démission.

Je fronce les sourcils.

– Il peut le faire ?

George hausse les épaules.

– John fait ce que John veut.

Diable, cela me rappelle quelque chose.

– Il a dit qu'il ne peut pas se permettre de perdre deux de ses meilleurs banquiers d'affaires.

Attends – *deux* ?

– Qu'est-ce que cela signifie ? Drew n'est pas allé travailler ?

Une petite flamme illusoire vacille au creux de mon estomac. Peut-être Drew est-il aussi dévasté que moi. Il s'est peut-être remis en hibernation – comme la dernière fois.

George éteint rapidement ma pauvre petite flamme.

– Non, non, il y est allé…

Merde.

– … deux fois, en fait. Et plus ivre qu'un marin en escale, d'après ce que j'ai entendu. Lorsque John lui a parlé de ta lettre de démission, Drew lui a répondu de s'occuper de ses affaires – à sa manière colorée, évidemment. Inutile de dire que son avenir au sein du cabinet est… incertain… en ce moment.

J'interprète cette information de la seule façon possible puisque la dernière fois que j'ai vu Drew vu, il était *très* bien accompagné.

– Ouah, il a dû passer un très bon moment s'il était encore en état d'ébriété le lendemain matin.

George penche la tête sur le côté.

– Je ne regarderais pas les choses tout à fait sous cet angle, Kate.

Je serre obstinément les dents. Et je mens.

– Cela n'a pas d'importance. Je ne m'en soucie plus.

Il y a un moment de silence, puis George fixe le motif sur la tasse de thé. Il pince les lèvres. Et sa voix sonne étouffée – respectueuse –, comme s'il parlait dans une église.

– Je ne sais pas si Drew t'a beaucoup parlé de ma Janey.

Beaucoup, en fait. Janey Reinhart était une femme merveilleuse – gentille, lumineuse et chaleureuse.

On lui a diagnostiqué un cancer du sein lorsque Drew avait dix ans et elle s'est battue contre la maladie pendant quatre ans. Drew m'a dit que le jour où elle est décédée, il avait compris que les mauvaises choses arrivent vraiment – et pas seulement aux gens dont vous entendez parler dans le journal télévisé.

– Lorsqu'elle est morte… j'ai voulu mourir aussi. Et je l'aurais fait, s'il n'y avait pas eu Steven. Parce que c'est ce que les enfants sont, Kate. Une vie nouvelle.

Je sais qu'il veut bien faire. Vraiment je le sais. Mais je ne peux pas le supporter. Je ne suis pas prête à faire face au discours qui dit que j'ai de la chance d'être enceinte.

Et seule.

– Pourtant… c'était… horrible. Pendant longtemps, c'était simplement une succession d'événements les plus terribles les uns que les autres. Tu sais, Steven a les yeux de sa mère. Le regarder, c'est regarder Janey. Et il y avait des jours – vraiment de mauvais jours – où je le détestais presque pour ça.

Je soupire. Ce n'est pas le discours d'encouragement que j'attendais.

– Mais malgré tout, le temps a fait son œuvre. Et les choses sont devenues… supportables. J'ai gagné une belle-fille et une belle petite-fille. Et finalement, cela ne faisait pas si mal de respirer.

Les larmes me montent aux yeux. Parce que je sais exactement de quoi il est en train de parler. Je connais cette douleur-là.

– Mais ce n'est pas avant que je rencontre ta mère que cette partie de moi qui était morte avec Janey est revenue à la vie. Que j'ai été de nouveau moi.

Je me frotte les yeux et je me moque :

– Donc ce que tu es en train de me dire, George, c'est que je trouverai un autre Drew ? Mais que ça peut prendre une quinzaine d'années ?

Amertume ? Pas séduisant. Ouais – je sais.

George secoue lentement la tête.

– Non, Kate. Tu ne trouveras jamais un autre Drew. Tout comme je n'aurai jamais une autre Janey et ta mère n'aura jamais un autre Nate. Mais… ce que j'essaie de te dire, c'est que… le cœur guérit. Et la vie continue… et t'emporte avec elle… même si tu ne veux pas y aller.

Je me mords la lèvre inférieure et je hoche la tête. Je repose la tasse sur le plateau, mettant un terme à la conversation. George se relève aussi et ramasse le plateau. Il se dirige vers la porte mais il se retourne vers moi avant de sortir.

– Je sais que tu ne veux probablement pas entendre cela tout de suite, mais… Je connais Drew depuis longtemps. Je l'ai vu grandir avec Matthew, Steven et Alexandra. Je ne le défends pas, je n'ai aucune idée de la raison pour laquelle il a fait un tel choix. Mais… je ne peux pas m'empêcher de me sentir désolé pour lui. Parce qu'un jour il va ouvrir les yeux et comprendre qu'il a fait la plus grosse erreur de sa vie. Et parce que je l'aime comme un fils… la douleur qu'il sentira ce jour-là… bien… me brise le cœur.

Il a raison.

Je ne veux pas entendre ça. Je n'ai pas la patience de me sentir désolée pour Drew.

Mais j'apprécie ses efforts.

– Je suis vraiment heureuse que tu sois avec ma mère, George. Merci beaucoup.

Il sourit chaleureusement.

– Je serai juste à côté. Appelle si tu as besoin de quoi que ce soit.

Je hoche la tête. Et il ferme la porte derrière lui.

Je voudrais être émue par les paroles de George. Inspirée. Motivée pour me sortir du lit. Mais je suis simplement trop… épuisée. Alors je me rallonge, je m'enveloppe dans ma couverture cocon et je m'endors.

***

Le troisième jour, je m'extirpe enfin de mon lit. Je n'ai plus vraiment le choix. Traîner et respirer sa propre odeur n'est pas vraiment efficace pour prendre de la hauteur. Oh – et j'ai toujours ces nausées matinales, c'est réglé comme du papier à musique, dans le même seau que ma mère avait l'habitude de poser à côté de mon lit lorsque j'avais une grippe intestinale. *Charmant.*

En plus, je suis sûre que si je presse mes cheveux, j'aurai assez de graisse pour cuisiner chez McDonald's.

Ouais – je dirais donc qu'il est temps de se lever.

Je me traîne jusqu'à la salle de bains, mes mouvements sont raides et lents. Je prends une longue douche chaude – presque brûlante. Et la vapeur me suit tandis que je regagne ma chambre.

Ma mère est une personne conservatrice. Elle a gardé tous les petits souvenirs que je n'ai pas pris avec moi à l'université et ailleurs.

Vous les voyez ? Sur les étagères fraîchement dépoussiérées ? Les petits trophées du championnat, les médailles d'expositions de sciences, les rubans des grands jours à côté de photos encadrées de Delores, Billy et moi à la remise du diplôme et Halloween et la fête des dix-huit ans de Delores.

Je sors ma lotion pour le corps de mon sac mais je me raidis en sentant son odeur. Vanille et lavande. Le parfum préféré de Drew. Il ne s'en lasse pas. Parfois, il passe son nez le long de mon dos en reniflant et en me chatouillant.

Mon cœur se serre et je le jette à la poubelle.

En rejetant un coup d'œil dans mon sac, je remarque mon téléphone portable. Il était sous le flacon, presque comme s'il se cachait volontairement.

Il est éteint depuis le vol. J'envisage d'appeler Delores mais je renonce rapidement à cette idée. Pourquoi gâcher ses vacances pour qu'elle se précipite à la maison afin de commettre un meurtre prémédité ?

D'accord – vous avez raison – je mens. Je n'ai pas appelé Delores parce qu'il y a toujours une toute petite partie en moi qui espère que Drew changera d'avis. Qu'il trouvera un moyen d'arranger ça. Et je n'aurai pas besoin de donner à ma meilleure amie une raison de le détester. Enfin… une raison supplémentaire.

J'allume le téléphone pour y trouver quatre messages. Et c'est reparti.

Espoir. Cela devient plutôt pathétique, non ?

Je me mords la lèvre et je prends une grande inspiration pour me calmer. Et je tape mon code – en faisant une prière à tous les anges et les saints pour que la voix de Drew retentisse.

Mais bien sûr, rien de tout cela.

– Kate ? C'est Alexandra. J'ai besoin que tu m'appelles tout de suite.

Je ne sais pas pourquoi je suis surprise. Alexandra a un sixième sens lorsqu'il s'agit de Drew. Ne vous méprenez pas – elle est la première à lui botter les fesses lorsqu'il rate quelque chose. Mais si elle pense qu'il a des ennuis ? Elle se précipite comme Catwoman.

– Kate ? Où es-tu et qu'est-ce qui se passe avec mon frère ? Rappelle-moi.

Drew et Alexandra se ressemblent beaucoup. Je me demande si c'est génétique. La satisfaction différée n'est pas populaire parmi la progéniture Evans.

– Kate Brooks – ne t'avise pas d'ignorer mes appels téléphoniques ! J'ignore ce qui s'est passé entre toi et Drew mais tu ne peux simplement pas abandonner quelqu'un comme ça ! Dieu du ciel, qu'est-ce qui ne va pas chez toi ? Si c'est ta véritable personnalité, alors… alors il est mieux sans toi !

Ni, apparemment, la stabilité émotionnelle. Je pourrais dire que ces mots ne m'atteignent pas – mais je mentirais. Cette dernière phrase me blesse.

Encore un message.

– *Kate… c'est encore Alexandra…*

Sa voix est différente. Moins urgente et impatiente. Presque un chuchotement.

– *… Je suis désolée. Je n'aurais pas dû hurler comme ça. Je suis juste inquiète. Il ne me dira rien, Kate. Il ne m'a jamais parlé auparavant. Je ne sais pas ce qui se passe entre vous deux… et je n'ai pas besoin de savoir mais… juste… s'il te plaît reviens ! Quoi qu'il ait pu se passer… où que tu sois… je sais que vous deux vous pouvez réussir. Tu n'as pas besoin de m'appeler… juste… s'il te plaît… s'il te plaît reviens à la maison. Il t'aime Kate… tellement.*

Je fixe le téléphone, j'ai du mal à respirer. Bien sûr, Drew ne lui parlera pas. Il n'y a pas de raison pour qu'il regarde sa sœur enceinte dans les yeux et lui dise qu'il m'a mise dehors parce que moi aussi, j'attends un enfant.

Il est beaucoup de choses. Mais pas stupide.

Je jette le téléphone dans la chambre par instinct de protection parce que je *veux* appeler. Je *veux* revenir. Mais visiblement, il me reste un peu de dignité même si c'est juste un petit morceau. Pourquoi devrais-je tendre le rameau d'olivier ? Je ne suis pas celle qui a tout fichu en l'air. John sait où je suis, maintenant. Si Drew me veut, il ne lui sera pas difficile de me trouver.

Je passe rapidement les mains dans mes cheveux en train de sécher et j'ouvre la porte de mon placard. Et là, face à moi, je trouve mon bon vieil uniforme de serveuse – la jupe à carreaux, le top en dentelle et le chapeau blanc de cow-girl.

Cela fait dix ans que je ne l'ai pas porté. Je prends le cintre en souriant. J'ai passé beaucoup de bons moments vêtue de cette tenue.

Des moments simples et faciles.

Je le mets – comme une mariée essayant sa robe de mariée un an après son mariage – juste pour voir si elle lui va toujours. Il va bien. Et tandis que je me regarde dans le miroir, je sais ce que je vais faire. Parce que la routine a du bon. N'importe quelle routine. Même une vieille routine.

Je n'ai peut-être pas de plan pour le reste de ma vie. Mais au moins, j'en ai un pour le reste de la journée.

***

Comme je me sens moins comme un zombie que ces derniers jours, je me dirige vers les escaliers qui conduisent à la salle de repos. Sur la deuxième marche, j'entends parler ma mère et George juste en dessous.

Tenez-vous bien, c'est hallucinant.

– Bon sang ! Pour qui se prend-il ? Lorsque Billy et Kate ont rompu, j'ai été soulagée – un aveugle aurait pu voir qu'ils n'avaient plus rien à faire ensemble. Mais lorsque… lorsqu'elle m'a présentée à Drew, j'ai pensé qu'il était parfait pour elle. Qu'il était plus… comme elle. Il fait partie du monde dans lequel elle vit maintenant. Et la façon dont il la regardait, George. Il était si évident qu'il l'adorait. Comment peut-il la *traiter* comme ça ?

La voix de George est calme. Compréhensive.

– Je sais. Je…

Ma mère l'interrompt et j'imagine qu'elle fait les cent pas.

– Non ! Non. Il ne va pas s'en tirer comme ça. Je vais… je vais appeler sa mère !

George soupire.

– Je ne crois pas que Kate voudrait que tu le fasses, Carol. Ils sont adultes.

La voix de ma mère monte d'un cran, haut perchée et protectrice.

– Elle n'est pas une adulte pour moi ! Elle est mon bébé ! Et elle a mal. Il lui a brisé le cœur… et… je ne sais pas si elle va surmonter tout cela. C'est comme si elle avait… renoncé.

J'entends une main claquer sur la table en bois.

– Ce petit… minable ! C'est un vulgaire petit con, un petit voyou malin. Et il ne va pas s'en tirer comme ça !

Sa voix est déterminée.

Et un peu effrayante.

– Tu as raison – je n'appellerai pas Anne. Je vais aller moi-même à New York. Je vais lui montrer ce qui arrive lorsqu'on déshonore ma fille. Il pensera qu'Amelia Warren est cette putain de Mère Teresa lorsque j'en aurai fini avec lui. Je vais lui arracher les couilles !

Oh putain !

Ma mère ? Elle ne jure pas. Jamais. Donc le fait qu'elle largue des bombes verbales et parle de lui arracher les couilles ?

Franchement, c'est inquiétant.

Je finis de descendre l'escalier comme si je n'avais rien entendu.

– Bonjour.

Le visage de ma mère est crispé. Choqué.

– Kate, tu es levée.

Je hoche la tête.

– Oui. Je me sens… mieux.

Mieux pourrait être trop fort. Victime de la route ressuscitée est plus exact.

George me propose une tasse.

– Café ?

Ma main se pose sur mon estomac nauséeux.

– Non, merci.

Ma mère émerge de sa stupéfaction et demande :

– Que dis-tu d'un Coca-Cola chaud ?

– Ouais, ça me semble bien.

Elle va me le chercher. Puis elle passe la main dans mes cheveux en disant :

– Lorsque j'étais enceinte de toi, j'ai été malade pendant sept mois. Le Coca-Cola chaud m'aidait toujours à me sentir mieux. En plus, s'il remonte, il n'a pas si mauvais goût.

Elle a marqué un point.

Pour votre information, le beurre de cacahuète c'est pas aussi bon quand ça remonte…

Ma mère fronce les sourcils tandis qu'elle remarque l'uniforme.

– Tous tes vêtements sont sales ? Tu as besoin que je fasse une lessive ?

– Non, je pensais juste que j'aiderais aujourd'hui au restaurant. Tu sais, j'ai besoin de m'occuper pour ne pas avoir le temps de réfléchir.

Penser c'est mauvais. Très, très mauvais.

George sourit.

Ma mère me frotte le bras.

– Aussi longtemps que tu te sens à la hauteur. Mildred travaille aujourd'hui donc je pourrais certainement utiliser tes services.

D'aussi loin que je m'en souvienne, Mildred travaille dans notre restaurant. C'est la pire serveuse que je connaisse – je pense que ma mère la garde par charité. La légende dit qu'elle a autrefois été reine de beauté – Miss Kentucky, ou Louisiane, ou quelque chose comme ça. Mais elle a perdu son apparence et sa joie de vivre lorsque son fiancé a joué à éviter un train de marchandises venant en sens inverse. Et a perdu.

Aujourd'hui, elle vit dans une cité dans le centre-ville et fume deux paquets par jour.

Mais elle va probablement vivre jusqu'à cent sept ans – par rapport à la femme de trente et un ans, mère de trois enfants, qui n'a jamais touché une cigarette par jour dans sa vie, et qui pourtant meurt quand même d'un cancer au poumon.

Comme je disais, Dieu est parfois un vrai fils de pute complètement malade.

***

Les trucs de serveuse, c'est comme le vélo, ça ne s'oublie jamais vraiment.

Même s'il y a quelques moments difficiles, je parviens à passer la matinée sans vomir dans aucune assiette de crêpes ou d'œufs brouillés.

Vous pouvez m'applaudir.

La partie la plus difficile, ce sont les questions. À propos de New York – à propos de mon charmant fiancé qui est venu ici avec moi il y a trois mois. Je souris et je reste brève et évasive dans mes réponses.

Vers midi, je suis épuisée. Physiquement et mentalement. Je suis sur le point de me retirer dans ma chambre pour faire la sieste lorsque la cloche sonne au-dessus de la porte et une voix retentit derrière moi.

Une voix que je reconnaîtrais entre mille.

CHAPITRE 10

– Katie Brooks dans un uniforme de cow-girl. Est-ce bien réel ou est-ce une hallucination sortie d'un flashback sous acide ?

J'avais six ans la première fois que j'ai posé les yeux sur Billy Warren. C'est à la même époque que Joey Martino abandonnait Amelia dans cette chambre d'hôtel et que Sophie, sa plus jeune sœur, était mise à la porte de la maison.

Parce qu'elle aussi était enceinte.

Apparemment, Madame Warren senior a adopté le style mère alcoolique et cruelle. De toute façon, cinq ans plus tard, Sophie mourait dans un squat de toxicos d'une overdose de méthamphétamines. L'État s'est chargé de la garde de Billy jusqu'à ce que l'on puisse retrouver son seul parent vivant, Amelia Warren.

Delores est restée avec nous durant un week-end pendant que sa mère allait en Californie pour chercher Billy. Amelia est entrée dans le foyer et a vu un petit garçon aux yeux vides vêtu d'un tee-shirt noir déchiré. Et à partir de ce moment-là, Billy est devenu son enfant – bien qu'elle ne lui ait pas donné naissance.

Durant les quatre premiers mois pendant lesquels Billy a vécu avec Amelia et Delores, il n'a pas parlé. Pas du tout. Il nous suivait, faisait tout ce que nous faisions. Lorsque nous jouions à la maîtresse, il était le tableau noir, lorsque nous creusions à la recherche d'un trésor enfoui, il était notre mule.

Mais il ne parlait pas.

Et puis un jour, Amelia faisait des courses dans la rue commerçante et ils sont passés devant une boutique de prêteur sur gages. Billy s'est arrêté pour regarder la vitrine où se trouvait une guitare rouge bien brillante.

Amelia est entrée et la lui a achetée. À ce moment-là, je jouais plutôt bien. Elle a donc pensé que mon père pourrait aussi donner des leçons à Billy. Mais – c'est le hic – avant que mon père ait eu le temps de lui donner ne serait-ce qu'une leçon, Billy savait déjà jouer. C'était un prodige, comme Mozart. Un vrai génie musical.

D'ailleurs, il peut parfois être très ennuyeux à ce sujet.

– Billy !

Je passe mes bras autour de son cou. Il m'enlace et me soulève par la taille et mes pieds décollent du sol. Ma voix est étouffée par son épaule.

– Mon Dieu, c'est bon de te voir !

Je sais, vous pensez que c'est un con. Mais c'est faux. Vraiment.

Vous ne l'avez vu qu'à travers le regard jaloux et déformé de Drew.

Billy recule, ses mains posées sur mes bras. Cela fait environ huit mois que je ne l'ai pas vu. Il est bronzé et semble en pleine forme. Il est parfait. À l'exception de la barbe. Je ne suis pas fan. C'est épais et hirsute – il me fait penser à un bûcheron.

– Toi aussi, Katie. Tu as l'air…

Il fronce les sourcils. Et son sourire se transforme en un froncement de sourcils.

– *Putain*. Tu as vraiment une sale gueule.

Ouais, c'est Billy. Il a toujours su comment parler aux filles.

– Ouah. Avec un corps pareil, j'imagine qu'à L.A. tu dois repousser tes fans à l'aide d'une batte de baseball ! Au fait – tu sais qu'il y a un rat suspendu à ton visage ?

Il rit et se frotte la barbe.

– C'est mon déguisement. Il m'en faut un maintenant, tu sais.

À ce moment-là, un garçon d'une dizaine d'années s'approche de nous en hésitant.

– Je peux avoir votre autographe, Monsieur Warren ?

Le sourire de Billy s'élargit. Il prend le crayon et le papier que lui tend le garçon.

– Bien sûr.

Il griffonne rapidement, rend l'autographe et dit :

– N'arrête jamais de rêver gamin, car les rêves deviennent réalité.

Après que le garçon fasciné s'est éloigné, Billy se retourne vers moi, les yeux pétillants.

– Qu'est-ce qui nous vaut cette bonne surprise ?

Il est au top en ce moment en musique. Son dernier album est resté numéro un pendant six semaines – et on l'évoque beaucoup pour les Grammy awards de cette année. Je suis fière de lui. Il est là où j'ai toujours su qu'il serait.

Je le taquine.

– Attention. Ta tête ne va plus passer les portes.

Il rit.

– Qu'est-ce que tu fais ici ? J'étais supposé aller à New York pour vous voir la semaine prochaine.

Avant que je puisse répondre, un visage sort de nulle part de l'autre côté de la porte vitrée.

Je pousse un cri effrayé : « Aaaah ! »

Il s'agit d'une femme blonde aux gigantesques yeux noirs qui restent ouverts sans ciller. Une sorte de E.T. en perruque blonde.

Billy se retourne.

– Oh, voici Evay.

– Evie ?

– Non, E-vay. Comme eBay. Elle est avec moi.

Il ouvre la porte et la fille E.T. entre, les mains croisées sur sa taille. Elle porte un legging noir et un tee-shirt à l'effigie de Bob Marley. Elle est mince, enfin l'adjectif mince n'est même pas exact. Elle me rappelle un de ces squelettes que nous avions en cours de biologie.

Elle est plutôt jolie – enfin, si on aime le style camp de concentration.

– Evay, voici Kate. Kate – Evay.

Dans la vie professionnelle, les poignées de main sont importantes. Elles donnent aux clients potentiels un aperçu de la façon dont vous faites des affaires. Elles peuvent conclure ou annuler un contrat. Je m'assure toujours que ma poignée soit solide – énergique. Ce n'est pas parce que je suis une femme menue que cela signifie que je vais me laisser marcher sur les pieds.

– Ravie de vous rencontrer, Evay.

Je tends la main.

Elle reste là, à la fixer – comme si c'était une araignée en train de sortir en rampant du siphon de la douche.

– Je n'ai aucun contact direct avec les femmes. Cela appauvrit les cellules d'embellissement.

D'accord. Je jette un coup d'œil à Billy. Il semble imperturbable.

– Vous voulez manger ? Sur place ou à emporter ?

Lorsque Evay répond, son ton est léger, étourdi, comme une victime de commotion cérébrale.

– J'ai déjà mon déjeuner ici.

Elle ouvre la paume de sa main et montre un assortiment de gélules énormes qui font ressembler mes propres pilules prénatales à des bonbons pour bébés.

– Mais j'ai besoin d'eau. Avez-vous de l'eau claire en provenance d'une source de montagne enneigée ?

Ouah.

Que quelqu'un appelle Will Smith – les extraterrestres ont vraiment débarqué.

– Euh… nous n'avons pas beaucoup de neige par ici, à cette époque de l'année. Nous avons malgré tout la meilleure eau du robinet de Greenville.

Elle secoue la tête. Et elle n'a toujours pas cligné des yeux. Pas *une seule* putain de fois.

– Je bois uniquement de l'eau de source de montagne enneigée.

Billy lève la main.

– Je suis partant pour des oignons frits.

Je souris et je note sa commande.

– Bien.

Evay renifle l'air comme un écureuil avant une tempête. Puis elle semble se pétrifier.

– Est-ce que c'est de la graisse ? Vous cuisinez avec de la vraie graisse ?

Je fais un pas en arrière. C'est peut-être une militante PETA[12] ou alors une végétalienne choquée par la consommation de sous-produits d'origine animale – et la perspective d'être agressée par une militante en colère ne m'emballe pas.

– Ah... oui ?

Elle se couvre le nez avec ses doigts osseux.

– Je ne peux pas respirer cet air ! Je vais éclater !

Elle se tourne vers la porte.

Et attend.

Je suppose qu'il n'y a pas que les femmes avec lesquelles elle n'entre pas en contact.

Billy l'ouvre pour elle et elle se précipite dehors. Je le regarde, sidérée.

– Euh, c'était quoi ça ?

– *Ça,* c'était une Californienne. Ils sont tous comme ça. Je pense que c'est lié à une surconsommation de soleil et de pétards. À côté, Dee Dee semble tout à fait banale. En plus, Evay est mannequin, donc elle est vraiment bizarre. Elle ne sentira pas la graisse mais elle fume comme un pompier.

C'est pour ça que je suis heureuse de vivre à New York.

Où vivent les gens normaux.

Bon... j'y vivais, en tous les cas.

12 People for the Ethical Treatment of Animals : association pour un traitement éthique des animaux.

Je me dirige derrière le comptoir pour prendre une boîte à emporter pour les oignons de Billy. Il pose les coudes sur le comptoir et se penche en avant.

– Alors, où est Dr Manhattan ?

Il compare Drew à ce physicien bleu arrogant, inhumain et omniscient des bandes dessinées *Watchmen*.

– Il n'est pas là.

Billy semble surpris. Agréablement.

– Sans blague ! Je ne pensais pas qu'il te laissait partir hors de sa vue, alors dans une autre État… Comment ça se fait ?

Je hausse les épaules.

– Une longue histoire.

– Ça semble prometteur. Dis, on se voit après. Je dois ramener Evay à son hôtel pour sa sieste et après je reviens te chercher.

J'ouvre de grands yeux.

– Sa sieste ?

Il lève le menton, sur la défensive.

– Ouais. Beaucoup de personnes dorment douze heures pendant la journée.

Je lui tends ses oignons frits.

– Je sais. On les appelle des vampires, Billy.

Il rit.

Et puis ma mère sort de la cuisine.

– Billy ! Amelia m'a dit que tu étais là.

Elle le serre dans ses bras et il l'embrasse sur la joue.

– Bonjour, Carol.

Elle regarde sa barbe avec désapprobation.

– Oh, mon chéri, tu as un visage tellement beau. Ne le recouvre pas avec… tout ça.

Ma mère est vraiment une maman, n'est-ce pas ?

Billy défend sa pilosité faciale.

– Pourquoi tout le monde déteste la barbe ? J'aime la barbe.

Puis il tend un billet de cent dollars.

– Pour les oignons frits.

Elle secoue la tête et repousse sa main.

– Ton argent n'est pas valable ici, tu le sais.

Un bruit de verre cassé nous parvient de derrière la porte de la cuisine. Et la voix de George Reinhart : « Carol ! »

Ma mère claque sa langue.

– Oh mon Dieu. George essaie encore de faire fonctionner le lave-vaisselle.

Elle court vers la cuisine. Billy et moi nous mettons à rire. Puis il me tend le billet de cent dollars.

– Glisse ça dans la caisse lorsque ta mère ne regarde pas, d'accord ?

C'est difficile lorsque vous arrivez à un point de votre vie – comme c'est notre cas – et que vous pouvez aider financièrement vos parents mais qu'ils sont trop obstinés pour accepter.

– Bien sûr.

Il fait claquer sa main sur le comptoir.

– D'accord, quatre heures. Je passe te prendre. Tiens-toi prête. Et ne t'habille pas en femme d'affaires ou autre merde du genre – seul le jean est accepté.

C'est ce que j'avais prévu. Mais pourtant, je dois demander :

– Pourquoi ? Qu'allons-nous faire ?

Il hoche la tête dans ma direction.

– Tu es partie trop longtemps, Katie. Que pourrions-nous faire d'autre ? Nous allons faire les fous.

Évidemment, suis-je bête. Bien sûr que nous allons y aller.

Billy se penche sur le comptoir et m'embrasse rapidement sur la joue.

– À plus tard.

Puis il saisit son repas et se dirige vers la porte.

***

Êtes-vous déjà allé faire une balade en voiture, après votre tout dernier examen ou au début d'un long week-end après le travail ? La route est toute à vous, vous avez mis vos lunettes de soleil et votre chanson préférée hurle à travers les haut-parleurs ?

Parfait. Alors vous savez ce que cela fait.

Faire les fous.

Comment expliquer ? Je suis certaine qu'il y a plusieurs façons de le dire, selon l'endroit où vous habitez, mais ici, c'est comme cela que nous disons. C'est comme l'escalade… mais avec une voiture. Ou un camion. Ou tout autre véhicule avec quatre roues motrices.

L'objectif c'est d'escalader une colline, la plus raide que vous puissiez trouver, et d'être aussi à verticale que possible, le plus vite que vous pouvez, *sans* retourner la voiture. C'est drôle – stupide, dangereux, et provoque une décharge d'adrénaline.

Ne vous inquiétez pas à propos de mon état délicat. Le camion de Billy est un véhicule tout-terrain avec des harnais de sécurité à la place des ceintures. Donc, même si nous nous retournons ? Je n'irais nulle part.

Nous roulons sur les collines en ce moment même, à toute vitesse. L'Ohio n'est pas exactement connu pour son relief accidenté mais il y a quelques endroits où ceux-ci abondent. Nous avons de la chance, Greenville est tout près d'eux.

Les fenêtres sont ouvertes, le soleil est brillant et la température de 21 degrés est agréable. Je crie pour couvrir le son de la musique : « Donc... une nouvelle voiture ? »

Billy sourit et passe affectueusement sa main sur le tableau de bord flambant neuf.

– Ouais, et ce bébé n'est pas abîmé par le l'infernal bricolage de mon cousin.

Je lève les yeux au ciel. J'ai vraiment besoin de vérifier que Billy ne fait pas n'importe quoi avec son argent. Le vent fouette mes cheveux sur de mon visage. Je les repousse et je crie de nouveau :

– Ne sois pas ce genre de type.

– Quel type ?

– Le mec qui a une voiture différente pour chaque jour du mois. Dépense ton argent pour des choses plus pratiques.

Il hausse les épaules.

– J'ai dit à Amelia que je lui achèterais une maison. Tant qu'elle ne dit pas à Delores où elle est.

Billy et Delores adorent se taquiner.

La chanson change à la radio et Billy pousse le son au maximum. Il me regarde et il sourit.

Nous sourions tous les deux.

Parce qu'autrefois c'était notre chanson. Pas de façon romantique. Comme chez les adolescents, à la manière rebelle, sans cause particulière. C'était notre hymne, notre « Thunder Road ».

Dans le tube de Springsteen, il s'agit de se tirer de son bled paumé, de réussir contre toute attente, de vivre pour aimer. Nous chantons ensemble à tue-tête.

C'est génial. C'est parfait.

Billy pousse à fond la pédale d'accélérateur, laissant un nuage de poussière derrière nous, et je me souviens de ce que ça fait d'avoir seize ans à nouveau. Lorsque la vie était facile et que la préoccupation la plus importante était de savoir où nous allions pouvoir sortir le vendredi soir.

On dit que les jeunes ne savent que faire de la jeunesse, et on a raison.

Mais ce n'est pas la faute des jeunes. Peu importe combien de fois on leur dit d'apprécier les jours qu'ils vivent, ils ne peuvent pas le faire.

Parce qu'ils n'ont aucun moyen de comparaison. C'est seulement plus tard, lorsqu'il est trop tard – lorsqu'il y a des factures à payer et des délais à tenir –, qu'ils réalisent combien ces moments étaient doux, innocents et précieux.

Le crooner évoque la liberté, la route, le fait de conduire toute la nuit et de vivre sa propre vie. La première voiture de Billy était une Thunderbird. Vous en avez eu un aperçu à New York, vous vous souvenez ? C'était un vieux truc lorsqu'il l'a achetée mais il l'a lui-même rafistolée pendant les week-ends et pendant les nombreuses journées où il séchait l'école.

J'ai perdu ma virginité sur cette banquette arrière. Week-end de bal. Oui, comme beaucoup de filles si on croit les statistiques. À ce moment-là, je pensais qu'il s'agissait de la quintessence du romantisme.

Mais, là encore, je n'avais aucun autre point de comparaison.

Billy adorait cette voiture. Et je parierais mon diplôme de commerce qu'il l'a toujours dans son garage à L.A.

Toujours en chantant, je tiens à deux mains les sangles du harnais tandis que Billy fait tourner la voiture dans un virage à 360 degrés. C'est une manœuvre extraordinaire. Vous enfoncez la pédale de l'accélérateur, vous tirez sur le volant puis sur le frein à main. C'est le meilleur moyen de faire un tonneau – tant que la transmission ne tombe pas de votre voiture.

La poussière monte du sol et se répand sur le pare-brise. Cela a toujours été comme ça avec nous. Confortable. Simple. Bon, du moins lorsque nous étions ici, à Greenville, ça l'était.

Lorsque je suis allée à l'université puis à l'école de commerce, nos chemins se sont séparés. C'est devenu moins Bonnie et Clyde et plus Wendy et Peter Pan. Mais là-bas, lorsque nous étions tous les deux et que le reste du monde n'existait pas, nous pouvions être à nouveau ces gamins-là. Des gamins qui voulaient les mêmes choses, qui avaient les mêmes rêves.

Les roues patinent et Billy nous fait décoller au-dessus la piste. Et c'est comme si nous volions. Comme si j'étais libre. Rien à foutre du reste.

Et le meilleur ? Pour la première fois depuis presque quatre jours, je ne pense pas du tout à Drew Evans.

CHAPITRE 11

Le temps de rejoindre le motel où séjourne Billy, il fait déjà nuit. Nous trébuchons en passant la porte – fatigués, couverts de poussière et riant. Je m'effondre sur le canapé tandis que Billy ramasse un morceau de papier sur le comptoir du coin cuisine.

– Où est Evay ?

Il me tend le message.

– Elle a pris une voiture pour rentrer à L.A. Elle dit que l'air conditionné contaminait les pores de sa peau.

– Cela ne semble pas t'atteindre.

Il prend deux bières dans le réfrigérateur et hausse les épaules.

– De là où elle vient, c'était pire… alors ça ne me touche pas.

Billy ramasse la guitare qui est posée sur la table basse et joue quelques accords. Puis il passe la main sous le coussin et sort un sac en plastique transparent. Il me le lance.

– Tu roules toujours les meilleurs joints de ce côté-ci du Mississippi, ou ta situation dans la finance new-yorkaise t'a changée ?

J'esquisse un sourire et je prends le sachet. Rouler un bon joint demande de la concentration. Si tu utilises trop d'herbe, c'est du gaspillage, pas assez, et tu rates l'objectif.

C'est une technique de relaxation. Comme le tricot.

Je lèche le bord du papier et je le lisse vers le bas. Puis je le passe à Billy.

Il le regarde avec admiration.

– Tu es une artiste.

Il pose le joint entre ses lèvres et allume son Zippo. Mais avant que la flamme ne touche la pointe, je referme le capuchon métallique.

– Ne l'allume pas, ça pourrait me faire de l'effet.

– Et ?

Je soupire et je regarde Billy droit dans les yeux.

– Je suis enceinte.

Il ouvre grand les yeux. Et le joint s'échappe de ses lèvres.

– Tu déconnes ?

Je hoche la tête.

– Non, Billy.

Il se tourne vers l'avant et fixe la table. Il reste silencieux pendant plusieurs minutes. Alors je parle pour meubler le silence.

– Drew n'en veut pas. Il m'a demandé d'avorter.

Les mots sortent, détachés, comme si je parlais d'une autre personne. Je ne peux toujours pas croire que ça soit vrai.

Billy se retourne vers moi et lance :

– Quoi ?

Je hoche la tête. Et je lui donne les détails les plus sordides qui ont accompagné mon départ précipité de New York. Lorsque j'ai arrêté de parler, il s'est levé, hors de lui et se met à arpenter la pièce. Il marmonne :

– Cet enfoiré mérite une balle.

– Pardon ?

Il fait un signe avec la main.

– Rien.

Puis il s'assied et se passe une main dans les cheveux.

– Je savais que c'était un con – putain, je le savais. Mais je ne l'ai pas pris pour un Garrett Buckler non plus.

Chaque ville se divise en deux parties – le bon côté et le mauvais côté. Garrett Buckler venait du bon côté de Greenville avec son arrosage automatique et ses manoirs en stuc dégrossi. Il était plus âgé que nous, il était en terminale alors que nous étions en première au lycée. Et dès le premier jour de cours, cette année-là, Garrett s'est concentré sur une chose : Dee Dee Warren.

Billy le haïssait. Il s'est toujours méfié des gens qui ont de l'argent qu'ils n'ont pas gagné eux-mêmes. Et Garrett n'a pas fait exception. Mais Delores a ignoré les conseils de Billy. Elle lui a dit qu'il était ringard. Paranoïaque. Elle a dit qu'elle voulait donner une chance à Garrett.

C'est ce qu'elle a fait. Elle lui a également donné sa virginité.

Et quatre semaines plus tard, derrière les gradins du stade de l'école, Delores a dit à Garrett qu'elle était enceinte. Il semble que nous, les femmes de Greenville, nous soyons super fertiles.

Faites attention, ne nous crachez pas dessus, vous pourriez nous engrosser.

Et oui, malgré toute l'éducation sexuelle qu'Amelia nous a donnée, c'est arrivé. Parce que – voici une chose que beaucoup oublient à propos des adolescents : ils font parfois des choses idiotes. Non parce qu'ils n'ont pas l'éducation ou les connaissances, mais parce qu'ils sont trop jeunes pour vraiment comprendre que les actions ont des conséquences.

De celles qui changent une vie.

De toute façon, comme vous pouvez l'imaginer, Delores était terrifiée. Mais comme toute adolescente amoureuse et romantique, elle a pensé que Garrett serait là pour elle. Qu'ils traverseraient ensemble les épreuves de la vie.

Elle avait tort. Il lui a répondu d'aller se faire foutre. Il l'a accusée d'essayer de le piéger, lui a dit qu'il ne croyait même pas que l'enfant soit de lui.

L'histoire c'est un peu comme un shampooing – on rince et on recommence, encore et encore.

Delores était effondrée. Et Billy… Billy était fou furieux. J'étais avec lui le jour où il a volé la Camaro blanche dans le parking de Walgreen. Je l'ai suivi dans la Thunderbird jusqu'à un atelier de démantèlement clandestin à Cleveland où il a reçu trois cents dollars en échange de la caisse.

Juste assez pour payer l'avortement.

Nous aurions pu en parler à Amelia mais Delores avait trop honte. Nous nous sommes donc rendues à la clinique. Et j'ai tenu la main de Delores pendant tout le temps de l'IVG.

Ensuite, Billy nous a déposées chez moi. Puis il est parti chercher Garrett Buckler. Lorsqu'il l'a trouvé,

Billy lui a cassé le bras et fracturé la mâchoire. Et il lui a dit que si jamais il parlait de ce qui s'était passé avec Delores, à qui que ce soit, il reviendrait et lui casserait ses quatre autres membres – plus celui qu'il avait entre les jambes.

À ce jour, c'est le secret le mieux gardé de Greenville.

– Tu sais quoi ? Qu'il aille se faire foutre. Tu gagnes bien ta vie alors tu n'as pas besoin de son argent. Et pour l'histoire du père ? Surestimée. Si on compare, tu avais un père alors que moi et ma cousine nous n'en avons jamais eu. Et tous les trois nous nous en sommes bien sortis.

Il repense à ce qu'il vient de dire.

– D'accord, peut-être pas Delores. Mais quand même, deux sur trois, c'est pas si mal. Nous pourrions…

Je l'interromps.

– Je pense que je vais avorter, Billy.

Il ne dit plus un mot. Mais son état de choc et sa déception résonnent fort dans ce silence – comme un coup de grosse caisse.

Ou est-ce ma propre culpabilité ?

Rappelez-vous, il y a une vingtaine d'années, lorsque cette Susan Smith[13] avait noyé ses deux enfants parce que son petit ami ne voulait pas d'une femme avec des enfants ? Comme le reste du pays, j'avais pensé qu'elle aurait dû être pendue par les doigts et avoir la peau de son corps dépecée avec une râpe à fromage.

Quel genre de femme fait ça ? Quel genre de femme choisit un homme plutôt que les êtres de sa propre chair et de son sang ?

13 Fait-divers tristement célèbre aux États-Unis.

Une femme faible.

Et c'est ce que je suis et je l'assume, vous vous souvenez ?

J'en suis consciente depuis déjà un certain temps, comme une toile d'araignée qui est accrochée dans un coin, mais devant laquelle vous passez parce que vous n'avez simplement pas le temps de vous en occuper.

Je suis une femme d'affaires, d'abord et avant tout. J'analyse. Je suis pragmatique.

Si un de mes investissements ne tourne pas comme j'avais supposé qu'il le ferait ? Je me débarrasse de lui. Je réduis mes pertes. Le calcul est simple – enfin si vous enlevez l'émotion… c'est pas sorcier.

Je sais. Je sais ce que vous pensez. *Mais que dire de ce petit garçon que vous décriviez ? Ce beau petit garçon, parfait, aux cheveux noirs et au sourire que vous aimiez déjà ?*

La vérité, c'est qu'il n'y a pas de petit garçon. Pas encore. À cet instant précis, ce n'est rien de plus qu'un ensemble de cellules qui se divisent. Un obstacle sur chemin que j'étais supposée suivre.

Je ne sais pas si Drew et moi pourrons nous retrouver un jour – mais je sais que donner naissance à un enfant dont à l'évidence il ne veut pas entendre parler ne va pas me faire gagner des points. Et tout serait tellement plus facile.

Comme se faire épiler les sourcils. Une procédure simple pour une vie de agréable.

Vous pensez que cela fait de moi une salope sans cœur, non ?

Ouais… eh bien… je suppose que vous avez raison.

La voix de Billy est prudente. Hésitante. Comme s'il ne voulait pas poser la question et encore moins entendre la réponse.

– Pour lui ? Tu vas te faire avorter à cause de lui ?

J'essuie les larmes qui inondent mon visage. Je ne savais même pas que je pleurais.

– Je ne peux pas faire ça toute seule.

On en revient toujours là, non ?

Billy me prend la main.

– Eh, regarde-moi.

Je lève les yeux vers lui.

Et ses yeux brûlent. Avec tendresse. Et détermination.

– Tu n'es pas seule, Kate. Et tu ne le seras jamais. Pas tant que je serai vivant.

Je me mords les lèvres et je secoue doucement la tête. Et la boule dans ma gorge rend ma voix rauque et fragile.

– Tu sais ce que je veux dire, Billy.

Et il le sait. Billy comprend mieux que personne car il était là. Il sait combien c'était difficile, à quel point c'était horrible. Tous ces soirs où je sortais avec lui, pour aller manger une glace ou aller au cinéma – laissant ma mère dans une maison vide.

Tous les prix et les cérémonies de remise de diplômes, lorsque le visage de ma mère rayonnait de fierté mais que ses yeux brillaient de tristesse. Parce qu'elle n'avait personne avec qui partager.

Chaque vacances – les veilles de Nouvel An et Thanksgiving, Pâques –, quand je ne pouvais pas rentrer à la maison, je pleurais dans ses bras après avoir raccroché au téléphone avec elle parce que cela me tuait de savoir qu'elle passait ce jour-là toute seule.

Billy était là à chaque fois.

Et Amelia. Il a vu sa tante lutter – financièrement, émotionnellement –, essayant d'être à la fois père et mère pour lui et Delores. Il regardait les hommes qui défilaient dans sa vie, cherchant un Monsieur Idéal qui ne s'est jamais montré.

Ils avaient des anti-vies. Le genre de schéma familial que je n'ai jamais voulu recréer.

Et pourtant, voilà où j'en suis.

Billy fait un signe de la tête.

– Ouais, Katie. Je sais ce que tu veux dire.

Je me frotte fort les yeux. Frustrée. Agacée… contre moi-même.

– Je dois simplement prendre une fichue décision. Je dois trouver un plan et m'y tenir. Je… ma voix se brise.

– Je ne sais pas quoi faire.

Billy prend une profonde inspiration puis il se lève.

– Eh merde… Bon, on y va.

Il fait le tour du comptoir puis fouille dans le placard sous l'évier. Je n'ai aucune idée de ce qu'il cherche.

– Qu'est-ce que tu veux dire ? On va où ?

Il se relève, un tournevis à la main.

– À l'endroit où nos problèmes ne peuvent pas nous atteindre.

***

Billy gare le camion sur le parking. Et les phares éclairent l'immense panneau sombre.

Vous le voyez ?

PISTE POUR ROLLERS.

Nous grimpons.

– Je ne pense pas que ce soit une bonne idée, Billy.

– Pourquoi pas ?

Nous marchons le long du bâtiment. Voici quelques astuces que j'ai apprises lorsque j'étais jeune : lorsque vous marchez dans le noir ? Ou que vous courez pour échapper aux flics dans les bois ? Faites de grandes enjambées. Cela ménagera vos jambes et vous évitera de vous égratigner les paumes des mains.

– Parce que l'entrée est interdite et que maintenant nous sommes adultes.

– C'était déjà interdit lorsque nous avions dix-sept ans.

Nous arrivons devant l'entrée. Je peux à peine distinguer le visage de Billy dans la lueur du clair de lune.

– Je sais. Mais je ne pense pas que le shérif Mitchell va être si prompt à nous laisser filer, maintenant.

Il se moque.

– Oh, s'il te plaît. Amelia a dit que Mitchell s'ennuyait ferme depuis que nous sommes partis. Il tuerait pour un moment d'excitation. Les gamins, aujourd'hui… sont trop paresseux. Il n'y a pas de créativité dans leur vandalisme.

Attends. Quoi ?

Revenons un instant en arrière.

– Qu'est-ce que tu veux dire par « Amelia a dit » ? Depuis quand Amelia parle au shérif Mitchell ?

Billy hoche la tête.

– Fais-moi confiance, tu n'as aucune envie de le savoir.

Il montre le tournevis.

– Tu y arrives ? Ou bien tu as perdu ton savoir-faire ?

Pour la seconde fois ce soir, je relève le défi qu'il me lance. Je lui arrache le tournevis des mains et je marche jusqu'à l'entrée. Et moins de vingt secondes plus tard, nous sommes à l'intérieur.

Oh oui, j'ai toujours autant de dextérité.

La piste de rollers, c'était notre endroit : entrer par effraction après la fermeture, notre passe-temps préféré. L'oisiveté est la mère de tous les vices. Alors – par pitié – trouvez un hobby à vos enfants.

Dix minutes plus tard, je m'élance sur la piste usée chaussée de patins pointure 37.

J'éprouve une sensation merveilleuse. Comme si je flottais dans l'air – tournant sur des gros nuages bien gonflés.

La stéréo diffuse les plus grands succès des années quatre-vingt en fond sonore. Billy s'appuie contre le mur et souffle la fumée par la fenêtre ouverte.

Il tire une grande bouffée et un épais volute de fumée blanche s'échappe tandis qu'il déclare :

– Tu sais, tu pourrais venir avec moi en Californie. Installer ta propre affaire. J'ai des amis – des types riches –, ils investiraient pour toi. Mes amis sont tes amis. *Mi casa es su casa* – et tout le reste.

Je m'arrête de glisser pour réfléchir à ce qu'il vient de dire.

– En fait, cela veut dire fais comme chez toi.

Les sourcils de Billy se rejoignent.

– Oh !

Il hausse les épaules.

– J'ai toujours été naze en espagnol. Mademoiselle Gonzales me détestait.

– C'est parce que tu as enduit son chien de Super-Glue.

Il rit et se souvient :

– Oh oui, ce fut une grande soirée.

Je ris aussi. Et j'effectue une vrille dont tout patineur olympique serait fier. « Never Say Goodbye » de Bon Jovi retentit maintenant. C'était notre chanson du bal.

Levez la main si c'était également la vôtre. Je suis presque sûre qu'après 1987 ce fut la chanson du bal de chaque lycée en Amérique au moins une fois.

Billy éteint le joint du bout des doigts. Puis il patine vers moi. Il tend son bras et exécute sa meilleure imitation de Beetlejuice.

– On y va ?

Je souris et je prends son bras. Je pose les mains sur ses épaules et tandis que Bon Jovi chante à propos des salles enfumées et des clefs perdues, nous commençons à tournoyer.

Les mains de Billy se posent sur le bas de mon dos. Je tourne la tête et pose la joue contre sa poitrine. Il a chaud. Sa chemise de flanelle est douce et sent la terre… et la maison. Je sens son menton sur le dessus de ma tête tandis qu'il demande tranquillement :

– Tu te souviens du bal de promo ?

Je souris.

– Ouais, tu te souviens de la robe de Dee Dee ?

Il rit. Parce que Delores était déjà avant-gardiste et originale. Lady Gaga n'a qu'à bien se tenir. Sa robe était blanche et empesée, comme un tutu de ballerine. Et il y avait une chaîne de lumières scintillantes le long de l'ourlet. C'était vraiment joli.

Jusqu'à ce qu'elle prenne feu.

Louis Darden, son cavalier, l'a éteinte avec un saladier de punch. Elle a passé le reste de la soirée collante et dégageant une odeur de feu de camp.

Je continue notre voyage dans le passé.

– Tu te souviens du dernier jour de notre année de premier cycle à l'université ?

Billy se met à ricaner :

– Oh oui ! Et j'avais pas été très discret…

C'était le dernier jour de l'école – avec une température d'environ 40 degrés à l'intérieur de notre école qui malheureusement n'avait pas la climatisation. Mais le proviseur Cleeves avait refusé de nous laisser sortir tôt. Alors Billy avait tiré le signal de l'alarme incendie.

Dans le couloir où se tenait le proviseur.

Billy s'est évidemment fait poursuivre mais il avait réussi à s'échapper. Alors le proviseur était allé vers l'interphone et avait essayé de l'appeler. « *Billy Warren, merci de vous rendre immédiatement dans le bureau du proviseur.* »

– Je sais que je n'étais pas le plus malin des élèves, mais tu crois franchement qu'ils ont pensé que je serais assez idiot pour y aller ?

Je ris, la tête toujours contre la poitrine de Billy.

– Et puis dès que tu es passé en dernière année, Cleeves t'a attrapé et a dit un truc du genre : « Monsieur Warren, on a fait graver votre nom sur une chaise en salle de colle. ».

Et c'était vraiment le cas. Ils ont écrit son nom sur le dos d'une chaise, comme celle d'un réalisateur sur un plateau de cinéma.

Billy soupire.

– C'était le bon temps.

Je hoche la tête.

– Le meilleur.

Et tandis que les paroles de nos chansons favorites et ces amours qui ne finiraient jamais tourbillonnent autour de nous, je ferme les yeux. Les bras de Billy se serrent un peu autour de moi, m'attirant plus près.

Vous voyez où cela nous mène ? Moi non.

– Cela m'a manqué, Katie. Tu me manques.

Je ne réponds pas mais c'est agréable à entendre. Et ça l'est encore plus d'être soutenue.

D'être désirée.

Je n'ai pas ressenti autre chose qu'une affection amicale pour Billy depuis très, très longtemps. Mais cela ne veut pas dire que j'ai oublié. La fille que j'étais. Celle qui pensait qu'il n'y avait rien de plus doux que de regarder Billy Warren les yeux dans les yeux. Rien de plus romantique que de l'entendre chanter. Rien de plus excitant que de rouler dans sa voiture, tard le soir, après le couvre-feu.

Je me souviens ce que cela fait de l'aimer. Même si je ne l'aime plus tout à fait de la même manière.

Je regarde le visage de Billy tandis qu'il chante doucement les paroles de la chanson. Pour moi.

En y repensant aujourd'hui, je ne sais pas exactement qui s'est penché, ou qui a bougé le premier. Tout ce que je sais, c'est qu'une minute plus tôt nous dansions au milieu de la piste de patinage… et la suivante, Billy m'embrassait.

Et un instant plus tard je lui rendais son baiser.

CHAPITRE 12

Embrasser Billy, c'est… agréable. C'est familier et doux.

Comme retrouver votre vieille maison de Charlotte aux fraises dans le grenier de vos parents et sourire lorsque vous la voyez. Vous passez la main sur le balcon de la maisonnette et vous vous souvenez de tous les jours que vous avez passés enveloppée dans ce monde imaginaire. C'est la nostalgie d'une partie de votre enfance.

Mais c'est une partie que vous avez laissée derrière vous. Parce que vous êtes une adulte, maintenant.

Alors peu importe que ces souvenirs vous soient chers, vous n'allez tout de même pas prendre Chausson aux Pommes et Plum Puddin' pour commencer à jouer.

Le baiser se termine et je baisse la tête. Et je fixe la chemise de Billy. Vous connaissez cette phrase – je pense qu'elle vient d'une chanson –, *si tu ne peux pas être avec celui que tu aimes, aime celui avec lequel tu es ?*

Eh bien ça pourrait tout à fait coller à cette situation.

Excepté que j'aime déjà Billy. Trop pour profiter de son affection – trop pour l'utiliser pour guérir mon cœur brisé et mon ego meurtri. Il mérite mieux que cela. Billy Warren n'est le lot de consolation de personne. Et je me ferais un plaisir d'arracher les yeux de n'importe quelle femme qui essaierait de profiter de lui.

Il m'a dit un jour que je n'étais plus la fille dont il était tombé amoureux. Et même si c'était dur à entendre, même si je me suis sentie misérable à ce moment-là, il avait raison.

Je ne suis plus cette fille-là.

Je lève les yeux vers son visage.

– Billy…

Il pose les doigts sur mes lèvres, les effleure délicatement. Il ferme les yeux et soupire. Pendant un court instant nous ne bougeons pas, emportés par cet enchantement venu du passé.

Puis il parle, rompant le charme.

– Être ici avec toi ? C'est génial. C'est aussi bon que dans mes souvenirs… c'est même mieux. C'est comme si avions voyagé dans le temps à bord de la DeLorean.

Ses mains tiennent tendrement mon visage.

– Mais tout va bien, Kate. C'était une parenthèse et maintenant nous sommes de *retour vers le futur*. Cela ne doit rien vouloir dire d'autre que cela. Ça ne doit pas changer ce que nous sommes devenus aujourd'hui parce que c'est assez génial aussi.

Je hoche la tête, soulagée. Je suis reconnaissante que Billy sache ce que je ressens sans que j'aie besoin de chercher mes mots pour le formuler. Et aussi qu'il voit les choses de la même manière.

– Ok.

Il sourit :

– Je devrais te ramener avant que Carol n'appelle les chiens… Ou pire : Amelia !

Je glousse. Et main dans la main, nous quittons la piste de rollers et laissons derrière nous nos souvenirs.

***

Vingt minutes plus tard, Billy s'arrête dans le parking à l'arrière du restaurant de maman. Nous restons assis dans le camion et un silence pesant nous enveloppe.

– Je te raccompagne ?

– Non, ça va aller… je vais me débrouiller.

Il hoche lentement la tête.

– Donc… est-ce qu'il va y avoir quelque chose… de bizarre entre nous maintenant ? Parce que nos langues se sont débattues pendant quelques minutes ?

Comme je l'ai déjà dit, Billy a toujours eu le sens de la formule.

– Non, pas de bizarrerie, aucune inquiétude.

Il a besoin d'une autre confirmation.

– Tu es toujours ma copine, Katie ?

Il ne veut pas dire dans le sens petite amie. Il veut dire dans le sens amie – sa *meilleure* amie. Au cas où vous vous poseriez la question.

– Je serai toujours ta copine, Billy.

– Bien.

Il tourne la tête vers le pare-brise et regarde dehors.

– Tu devrais sérieusement songer à t'installer en Californie. Je pense que ce serait un changement bénéfique pour toi. Une rupture nette.

Il a raison, dans un sens. La Californie me permettrait de tourner la page. Pas de souvenirs.

Pas de démêlés douloureux. Pas de conversations difficiles. Et avec mon CV, je ne pense pas que trouver un nouveau travail soit un réel problème.

Cela étant dit… j'ai des contacts à New York. Des racines. Et je ne suis pas sûre de vouloir rompre avec ce que j'ai construit là-bas. Comme avec chacun des autres aspects de ma vie en ce moment, je ne sais pas du tout ce que je veux faire.

Je me répète comme un disque rayé, non ? Désolée.

Je pose ma main sur la sienne sur le levier de vitesse.

– Je vais y réfléchir.

Il pose son autre main au-dessus de la mienne.

– Je sais que tu y arriveras, Kate. Et ça ira mieux. Tu ne souffriras pas comme ça éternellement. Je sais de quoi je parle.

Je souris avec reconnaissance.

– Merci, Billy. Pour tout.

Puis je descends du camion et il s'éloigne.

***

Après avoir averti ma mère de mon retour, je me dirige vers ma chambre. Je ferme la porte derrière moi et je m'y adosse. Épuisée.

Waouh, quelle journée…

Ma mère a nettoyé ma chambre. Non pas qu'elle ait été particulièrement sale, mais je m'en aperçois dans les détails, les oreillers sont un peu plus gonflés et mon téléphone portable est soigneusement posé sur la table de chevet.

J'enlève mes chaussures et j'allume mon téléphone. Malgré mon pétage de plomb dont il a fait les frais un peu plus tôt, il fonctionne toujours. Je fixe les touches. C'est comme si elles clignotaient. Elles m'appellent, elles me narguent.

Ce serait si facile. Juste dix chiffres rapides et je pourrais entendre sa voix. Cela fait une éternité que je ne l'ai pas entendue. Mes mains tremblent un peu. Comme un toxico en manque, j'ai besoin de ma dose.

Vous pensez qu'il décrocherait ?

Vous pensez qu'il serait seul s'il le faisait ?

Et c'est la pensée qui tue l'envie. Il n'est pas question que j'appelle.

Je n'ai pas pour habitude d'écouter mes messages et encore moins de les supprimer. Généralement, je vérifie juste la liste des appels manqués.

Je fais défiler la liste des messages enregistrés sur mon répondeur et je m'arrête à la date dont j'ai besoin.

Et j'appuie sur lecture.

« *Salut bébé. La partie de golf est terminée. J'allais m'arrêter et prendre une bouteille pour plus tard. Tu veux du Dom Pérignon ou du Philipponnat ? Tu sais quoi ? À la réflexion, on oublie le champagne. Tu as bien meilleur goût que les deux réunis. Je serai à la maison dans cinq minutes.* »

Je ferme les yeux et je laisse ses mots se déverser sur moi. Drew a une voix incroyable. Calme et apaisante – et incroyablement sexy. Il aurait tout à fait pu travailler à la radio.

J'appuie sur un autre bouton.

Cette fois, il est taquin.

« *Kate, tu es en retard. Dis à Delores de choisir ses foutues godasses toute seule. Tu as un petit ami qui est seul dans un grand Jacuzzi rempli de mousse. Rentre à la maison, chérie. Je t'attends.* »

Si seulement c'était vrai aujourd'hui.

Il y en plein d'autres – certains sont rapides et directs, d'autres sont franchement coquins. Et je les écoute tous. Il ne dit « Je t'aime » dans aucun d'eux – mais il n'a pas à le faire. Je l'entends dans chaque mot. Chaque fois qu'il prononce mon nom.

Et je ne peux pas m'empêcher de me demander comment tout cela est advenu. Comment en sommes-nous arrivés là ? Et pourrons-nous un jour revenir en arrière ?

Je ne pleure pas. Je n'ai plus de larmes à verser. Je me blottis sous la couette. Et la voix de Drew me berce pour m'endormir.

***

Le lendemain après-midi, Billy et moi sommes dans l'arrière-salle du restaurant, nous partageons une assiette de frites. Il travaille sur une nouvelle chanson et il réfléchit mieux debout.

Vous le voyez ? Parcourant la pièce d'un bout à l'autre, fredonnant et grattant quelques accords sur sa guitare qu'il porte en bandoulière ?

Je m'assieds à table. Essayant de trouver comment sortir du long tunnel de désespoir qu'est devenue ma vie aujourd'hui.

Tandis que Billy se dirige vers la porte qui mène à la salle à manger, quelque chose attire son regard à travers le hublot de la porte. Et il recule.

– Oh, merde.

Je lève les yeux.

– Quoi ? Qu'est-ce qui ne va pas ?

Puis la porte s'ouvre. Elle claque contre le mur puis reste immobile. Et là, debout dans l'embrasure de la porte, se trouve ma meilleure amie, folle de rage.

Delores Warren.

Oh, merde elle est vraiment en colère.

Elle porte des bottes en cuir rouge à hauteur du genou, un pantalon slim, un haut noir décoré et un faux manteau de fourrure noir et blanc court. Une multitude de sacs Louis Vuitton sont accrochés à son épaule, assortis au grand bagage à roulettes qu'elle traîne derrière elle.

Et la colère dans ses yeux ambrés les font scintiller comme des pierres précieuses.

– Est-ce que quelqu'un veut bien me dire pourquoi j'ai appris par *ma mère* qu'il y avait une réunion des Trois Mousquetaires à Greenville à laquelle je n'étais pas conviée ?

Elle tape du pied. Billy se déplace derrière ma chaise, m'utilisant comme un bouclier humain.

– Ou même mieux, est-ce que quelqu'un pourrait m'expliquer pourquoi ma meilleure amie s'est envolée de New York comme une chauve-souris s'échappe de l'enfer laissant derrière elle une tempête de merde qui fait ressembler Sandy à une putain d'averse printanière – et que je ne sais même pas pourquoi ?!

Elle fait un pas de plus en avant et laisse tomber ses sacs par terre. Puis elle tourne la tête sur sa droite – dans la direction de la joyeuse adolescente blonde qui se tient à côté du congélateur.

C'est Kimberley. Elle est serveuse ici. Elle travaille après l'école. Elle semble gentille.

Mais à ce moment précis, elle est terrifiée.

– Eh, Gidget[14], pourquoi ne pas te rendre utile et m'apporter un Diet Coke ? Ne lésine pas sur la glace.

Kimberley sort en courant.

La veinarde.

Delores me pointe du doigt et crie, comme Jack Nicholson dans *Des hommes d'honneur* :

– Bon ?! Tu ne peux pas me garder hors circuit, Kate. *Je suis* le circuit !

Ma voix se fait douce, repentante. Si jamais vous êtes à portée de tir d'une louve en colère, allongez-vous et faites la morte. Ce sera plus facile.

– Je ne voulais pas gâcher tes vacances.

Delores renifle.

– Si seulement cette garce d'Alexandra avait été aussi attentionnée. Elle nous a appelés vingt fois à l'hôtel – nous suppliant de rentrer de rentrer à la maison car Drew risquait de se suicider.

Je lève les yeux au ciel.

– Elle exagère.

– C'est ce que j'ai pensé aussi. Jusqu'à ce que je voie le Prince de l'Ombre[15] de mes yeux. C'était pas beau à voir.

Je saisis la nouvelle comme un oisillon prendrait un ver, avide d'en avoir davantage.

– Tu as vu Drew ? Qu'est-ce qu'il a dit ? Il a parlé de moi ?

– Il n'était pas vraiment capable de parler de manière cohérente à ce moment-là. Il marmonnait, surtout, comme l'idiot du village qu'il est. Jack le portait.

---

14 Gidget est un personnage de fiction (roman, puis film, puis série télévisée), « Gidget, la petite fille avec de grandes idées ».

15 Le Prince de l'Ombre fait référence à Dracula.

Apparemment, M. Connard fait parler de lui dans les bars en ce moment et Jack le surveillait. Ce qui est effrayant en soi si l'on considère que Jack est nominé pour l'Oscar de l'enfoiré de l'année.

Drew est sorti. Dans les bars. Avec Jack O'Shay. Vous vous souvenez de la dernière fois où Drew est sorti avec Jack, non ? La fille du taxi ?

C'est ce que l'on ressent lorsqu'on est poignardée avec un pic à glace – droit dans le cœur.

La voix de Billy se fait sarcastique, entraînant loin de moi sa vindicte.

– Eh, Delores, c'est sympa de te voir aussi. Je vais bien, merci de le demander. L'album ? C'est formidable, triple disque de platine. La Californie ? Fabuleux. Je ne pouvais pas être plus heureux…

Il met ses mains autour de sa bouche, à la manière d'un porte-voix.

– … merci de demander de mes nouvelles.

Les yeux de Delores se fixent sur lui, elle le scrute de la tête aux pieds. Furieuse de ce qu'elle voit.

– Tu sais l'objet avec une lame que les messieurs utilisent le matin ? Eh bien ça s'appelle un rasoir. Tu devrais en avoir un. Si l'homme des cavernes qui est en toi pouvait le comprendre, il existe une chance pour que m'adresse à toi à nouveau. Ah, j'allais oublier, Pearl Jam a appelé. Ils veulent récupérer leur flanelle.

Billy répond en levant les sourcils.

– Tu critiques mon style ? Vraiment, Cruella ? Combien de chiots ont dû mourir pour que tu puisses porter ce manteau ?

– Va manger de la merde.

– Tu cuisines à nouveau alors ? Je pensais que le ministère de la Santé t'avait bannie à vie la dernière fois que tu as essayé ?

Delores ouvre la bouche pour répliquer mais rien ne sort. Ses lèvres brillantes s'étirent lentement dans un sourire.

– Tu m'as manqué, imbécile.

Billy fait un clin d'œil.

– Toi aussi, cousine.

Il s'assied à côté de moi et Delores s'effondre dans l'autre chaise.

– Allez ma biche, crache le morceau.

Je prends une grande inspiration.

– Je suis enceinte.

Au début, Delores ne dit pas un mot. Puis elle fait un signe de croix.

– L'Antéchrist a engendré ? Putain, nous devons t'asperger d'eau bénite ou je ne sais pas quoi d'autre. Est-ce que les Quatre cavaliers de l'Apocalypse ont débarqué pour annoncer la fin du monde ?

Kimberley revient avec un grand verre de soda. Elle le pose devant Delores et ressort en courant.

Delores avale une longue gorgée.

– Alors tu es en cloque de façon inattendue – félicitations. Cela arrive aux meilleures d'entre nous. Quel est le problème ?

Je baisse la tête.

– Drew ne veut pas du bébé.

Comme vous le savez déjà, ma meilleure amie n'est pas une supportrice de Drew. Dès qu'il s'agit de lui, elle suppose *toujours* le pire. *Toujours*. Alors je m'attends à ce qu'elle soit de mon côté. Je m'attends à ce qu'elle se lance dans une magnifique tirade à propos des hommes-putes, des chiens et des maladies vénériennes. Je m'attends à ce que nous nous lancions dans une série d'injures méchantes.

Mais elle ne fait rien de tout cela.

Elle se met à rire.

– De quoi tu parles ? Bien sûr qu'il veut le bébé. Drew Evans ne voulant pas d'un mini-lui courant partout ? C'est comme dire que Matthew ne veut pas d'une pipe lorsque nous sommes coincés dans les embouteillages. Simplement ridicule.

Inutile de dire que je suis surprise.

– Pourquoi tu penses ça ?

Elle hausse les épaules.

– Une conversation que nous avons eue un jour. Et en plus, lui et Mackenzie – ils sont indissociables comme Master Blaster dans *Mad Max : au-delà du dôme du tonnerre*. Dis-moi exactement ce qu'il t'a dit. Quelquefois, les mecs racontent tellement de conneries que tu patauges avant de comprendre ce qu'ils veulent vraiment dire.

– Oh, il était très clair. Ses mots exacts ont été « Finissons-en ».

Et j'ajoute avec amertume :

– Et bien sûr, le fait qu'il soit en compagnie d'une strip-teaseuse à ce moment-là, sa réponse était plutôt claire.

Delores me désigne du doigt. Et maintenant, elle a l'air énervée.

– Ça, je veux bien le croire. Enfoiré.

Elle lève les mains.

– Mais c'est bon. Ne panique pas. Je vais m'occuper de tout. Nous avons ce nouveau combustible au laboratoire qui est prêt pour l'expérimentation animale. Promis, il ne saura pas ce qui lui arrive – je peux le diffuser par le conduit de ventilation.

Elle se tourne vers Billy.

– Tu es responsable du tuyau du jardin et du ruban adhésif.

Puis elle me regarde.

– J'aurai besoin de tes clefs et du code d'entrée.

Je secoue la tête.

– Delores, tu ne peux pas gazer Drew à mort.

– Peut-être que ça ne le tuera pas. Si je devais faire des pronostics, je dirais que les chances de survie sont de cinquante-cinquante.

– Delores…

– Bon, d'accord, trente/soixante-dix. Mais quand même, cela nous donne un démenti plausible quant à notre volonté de nuire.

Ma mère et George entrent dans la salle, interrompant le plan diabolique. Ma mère prend Dee Dee dans ses bras et la serre contre elle.

– Bonjour ma chérie ! C'est tellement bon de te voir. Tu as faim ?

– Je suis affamée.

Elle regarde George.

– Bonjour George, elles sont bien accrochées ?

Je pense que George Reinhart a un peu peur de Delores.

Peut-être même plus qu'un peu.

Il ajuste ses lunettes.

– Elles sont… bien accrochées… merci.

Ma mère gazouille :

– Regardez-les tous les trois. Ici, à nouveau réunis, comme au bon vieux temps.

Delores sourit.

– Effrayant, non ?

Ma mère prend la main de George.

– Nous allons vous préparer quelque chose pour le déjeuner, les enfants.

Ils partent et Delores se frotte les mains comme le savant fou qu'elle est.

– Bon, revenons à la chambre à gaz…

Je l'interromps.

– Delores, je ne pense pas que je vais le garder.

Toute trace d'humour a quitté son visage. Elle réfléchit pendant un moment. Elle semble pensive mais sans porter de jugement. Lorsqu'elle parle, sa voix est grave mais gentille.

– Je te soutiendrai à deux cents pour cent, Kate. Tu le sais. Mais parce que je te connais, je vais te dire : si tu décides d'avorter, assure-toi que c'est pour toi – parce que c'est ce que *tu* veux faire. Si tu le fais parce que tu penses que c'est ce que Drew veut ou que c'est une tentative tordue pour arranger les choses avec lui, ne le fais pas. Tu finiras par te détester pour ça – et par lui en vouloir.

Vous ne pouvez pas baratiner vos meilleurs amis, car ils ne vous laisseront pas vous mentir à vous même.

– Je n'ai rien décidé. Pas encore.

Le téléphone de Delores se déclenche dans son sac et la musique d'Akon, « Sexy Bitch », résonne.

Tandis qu'elle fouille dans son sac pour le trouver, elle demande à Billy :

– Tu pourrais monter mes bagages dans la chambre de Kate ? Je vais dormir ici ce soir.

– J'ai l'air d'un garçon d'étage ou quoi ?

Delores ne se laisse pas démonter.

– Non, tu ressembles à un clochard. Mais je n'ai pas de pare-brise à te faire nettoyer. Alors sois un gentil SDF et monte mon sac et peut-être que je te jetterai un dollar.

Avec un sourire, Billy se dirige à l'étage. Mais il continue de se plaindre :

– C'était *tellement* plus amusant lorsqu'elle n'était pas là.

Delores regarde son téléphone.

– Ouïe, c'est Matthew. Je vous jure, ce garçon ne peut pas pondre une merde sans me dire de quelle couleur elle est.

Elle se dirige vers la porte arrière pour prendre l'appel dehors.

Et Billy me regarde.

– Ok, je suis un mec et j'ai même moi j'ai pensé que c'était dégueulasse.

Je ne peux pas dire que je ne partage pas de son avis.

***

Quelques minutes plus tard, Delores se précipite dans la salle. Toujours au téléphone, elle fulmine, sur le point d'exploser.

– Putain, t'es au maximum de ta connerie pour me sortir des trucs pareils ? J'en peux plus de toi depuis belle lurette et je t'assure que tu vas les revivre tes années de puceau, mon chéri !

Elle tape sur le bouton OFF de son téléphone plus fort que nécessaire.

– Un problème ?

– Oui. Le problème, c'est que les gens sont ce qui est entre leurs jambes – ce qui explique pourquoi mon mari se comporte comme une grosse bite non circoncise.

Je me couvre les oreilles.

– Delores ! Je ne veux pas le savoir !

Il y a des choses que vous ne voulez pas connaître à propos du mari de votre amie.

– Qu'est-ce qui s'est passé ?

Elle soupire et s'assied à côté de moi.

– Apparemment, après mon départ pour l'aéroport, ce matin, Matthew est allé voir Drew. L'appartement était barricadé comme Fort Knox mais Matthew avait un double de la clef. Alors il entre et trouve ton trouduc d'ex-petit ami évanoui par terre dans la salle de bains. *Après* qu'il a eu mis le feu dans la baignoire.

– Quoi ?

– Exactement. Matthew a dit que s'il n'était pas passé à ce moment-là, l'appartement serait parti en fumée.

Je secoue la tête, incrédule.

– Qu'est-ce qu'il brûlait ?

Delores hausse les épaules.

– Matthew n'a pas dit.

Ouais – mais je parie que ce n'était pas les affaires de Drew qui brûlaient.

Bâtard.

Delores continue.

– Donc, il a servi à Matthew l'excuse pathétique du mec qui a une méchante gueule de bois. Au début, Drew ne voulait pas parler mais Matthew n'a pas lâché l'affaire. Et finalement, il s'est répandu comme le pétrole dans le Golf.

Mon estomac se crispe.

– Il… il… a parlé du bébé à Matthew ?

Delores hoche la tête.

– Matthew a dit que Drew lui avait tout raconté ce qui s'était passé entre vous.

Bien. C'est une bonne chose. Si Drew dit à sa famille que je suis enceinte, il a peut-être changé d'avis. Il avait peut-être simplement besoin d'un peu de temps pour s'habituer à l'idée. Et Matthew est le genre de personne à qui on peut parler dans cette situation. Pas aussi bien que Steven ou Alexandra mais tout de même – il a la tête froide. En tous les cas comparé à Drew.

– Qu'est-ce que Matthew a dit ?

Delores serre les dents.

– Il a dit qu'il ne pouvait pas croire que tu ferais une chose pareille à Drew.

– *Quoi ?*

Écoutez la musique.

On nage en pleine quatrième dimension.

Au final, je savais que l'équipe de New York prendrait le parti de Drew – j'ai dit qu'ils le feraient. Mais je pensais que… peut-être… ils me défendraient. Ou au moins, qu'ils ne cautionneraient pas l'attitude de Drew.

Delores pose une main sur la mienne.

– Ne te laisse pas atteindre par ce que Matthew a dit. C'est normal qu'il ait soutenu Drew – tout comme je t'aiderais à enterrer le corps n'importe quel corps, même si c'était celui ma propre mère.

– Delores, tu crains.

– Oh, vraiment ? Ça se voit que c'est pas toi qui est entrée dans la maison et a entendu sa mère s'envoyer en l'air avec le shérif Mitchell !

Je reste bouche bée.

Delores continue, l'air dégoûtée.

– Et ils étaient bruyants, j'ai eu l'impression de les entendre en dolby-surround. Je suis traumatisée à vie.

Arrêtons-nous un instant.

Vous n'avez jamais rencontré ce bon vieux shérif, alors je vais vous expliquer. En grandissant, le shérif Ben Mitchell était l'épine dans notre pied, le caillou dans nos chaussures, la douleur sur nos fesses. Il n'avait rien de mieux à faire que de nous suivre – interrompre nos soirées bières, arrêter la voiture de Billy et rechercher de l'herbe.

Il pensait toujours que nous étions en train de préparer un coup… eh… bien… il avait raison.

Mais là n'est pas la question.

Alors même que le shérif Mitchell avait à peu près le même âge que nos parents, il nous a toujours paru plus âgé – comme ce voisin grincheux avec une canne qui ne vous laisse jamais récupérer la balle de baseball qui est accidentellement tombée dans son jardin. Pour autant que nous sachions, Mitchell n'a jamais été marié et n'a jamais eu de fiancée, donc nous avons toujours cru que son visage ridé et son attitude merdique venaient de sa frustration, de son incapacité à s'envoyer en l'air.

En tous points, Amelia Warren est à l'extrême opposé de Mitchell. Amelia est un esprit libre. Un membre officiel du club des cristaux guérisseurs. Peace and love.

L'idée même de les imaginer est à la fois horrible et étrange.

Je frémis.

– Tu as raison. C'est dégueulasse.

Billy saute dans les escaliers.

– Qu'est-ce qui est dégueulasse ?

Delores lâche la bombe.

– Amelia et le vieux Mitchell baisant – sur la table de la cuisine.

Billy grimace et gémit.

– Ouah… j'ai mangé sur cette table ce matin.

Je me tourne vers lui.

– Tu le savais ?

– J'avais des soupçons mais j'espérais me tromper.

Delores acquiesce.

– Nous étions tous dans le même cas. Je ne sais pas ce qui était le pire – devoir écouter ma mère gémir en pleine extase ou de l'entendre, lui, supplier « encore… » et de visualiser ce qu'elle lui faisait.

Je me couvre la bouche et j'explose de rire.

Nous rions tous. Cela commence petit à petit puis cela va crescendo – les tapes sur la table, les larmes aux yeux et pliés de rire.

– Oh… mon… Dieu.

Et même si Delores glousse, elle insiste.

– Ce n'est pas drôle ! Je pense que mes parties intimes sont foutues. Chaque fois que j'y pense, mon vagin se resserre comme une palourde qui se bat pour rester fermée.

Nous hurlons plus fort. Et c'est le premier véritable rire authentique que j'ai depuis que tout a commencé. Mes joues me font mal et mes côtes aussi – et c'est merveilleux.

Vous savez, parfois, j'essaie d'imaginer ce que serait ma vie sans Dee Dee. Et puis je m'arrête.

Parce que je ne peux simplement pas l'imaginer.

CHAPITRE 13

Après que Delores s'est installée dans ma chambre, Billy passe un appel à son manager. Il prévoyait de donner un concert ici, dans un petit bar, le Sam's Place, où il avait l'habitude de jouer lorsqu'il était au lycée. Il voulait honorer l'endroit d'où il était originaire – donner quelque chose en retour à ses premiers fans, comme Bruce Springsteen le fait toujours à Stone Pony.

Et nous sommes précisément au Sam's Place.

C'est bondé, il ne reste que des places debout. Delores et moi sommes devant, nos bras se heurtent tandis que nous dansons et chantons. Billy est sur la scène, il interprète quelques chansons pour ce premier set. Il est superbe. Jean foncé, une chemise blanche impeccable à col boutonné et le menton rasé de près.

Il sait comment fonctionne le public – à quel moment l'agiter avec un riff de guitare ou bien l'apaiser avec une ballade douce.

Je n'ai jamais été aussi fière de lui.

La chanson se termine et quelqu'un dans le fond hurle que tout le monde l'aime. Billy baisse la tête et rit, un peu timide. Puis il s'approche du micro.

– Je vous aime tous aussi. La chanson qui suit est nouvelle, je ne l'ai pas encore jouée mais je voulais vous la faire entendre ce soir. C'est pour quelqu'un… qui a cru en moi… même lorsque il y avait peu de raisons de le faire. Et je veux qu'elle sache que je resterai toujours à ses côtés, qu'elle sera toujours dans mon cœur et qu'elle ne sera jamais seule.

Ses yeux cherchent les miens dans la foule. Et il me fait un clin d'œil. Je hoche la tête, message reçu. Puis il commence de chanter.

Les années se suivent et se ressemblent
Et je ne peux pas croire que le temps file si vite
Je ne veux pas laisser passer une autre seconde
Sans te dire
Ce que tu aurais toujours dû savoir
Je te rattraperai si tu trébuches
Je te ramasserai si tu tombes
Je te réconforterai lorsque tu auras mal
Mais bébé, le plus important de tout,
Je serai là… alors tu ne seras jamais seule
Tu ne te sentiras jamais seule.

Je sens les basses vibrer dans mon ventre. Et j'écoute les paroles. Je pense combien j'ai de la chance d'être entourée. Des bénédictions inestimables et précieuses. J'ai une famille qui m'aime. Des amis qui tueraient pour moi. Littéralement.

Et je pense à celle que je suis. J'ai survécu à la mort de mon père en gardant mon âme intacte. J'ai eu le diplôme de la Wharton School en sortant première.

Vous vous souvenez lorsque j'ai commencé à travailler dans l'entreprise et que Drew Evans était l'enfant chéri ? Je l'ai remis à sa place, je lui ai botté le cul et je me suis imposée.

J'ai fait cela.

Parce que j'étais têtue. Et audacieuse. Et parce que j'avais confiance en moi, en mes compétences. Drew m'a dit une fois que vous pouvez changer la couleur des murs mais la pièce demeurera la même.

Et il avait raison.

J'étais toutes ces choses avant lui – et je le suis toujours aujourd'hui.

Sans lui.

À partir de maintenant et chaque jour
Je vais donner le meilleur de moi
Pour te montrer ce que tu signifies pour moi
Car si je ne t'ai pas à mes côtés
Rien de tout cela n'a de sens
Je ne veux pas laisser passer une autre seconde
Sans que tu saches
Ce que tu aurais toujours dû savoir.

Vous avez déjà perdu vos clefs, vérifié toutes vos poches et retourné les coussins du canapé ? Et puis – après avoir cherché pendant dix minutes – vous vous retournez et vous les trouvez. Sur la table. Pendant tout ce temps elles étaient là, juste sous vos yeux.

Presque… comme si la réponse était trop facile pour être vue tout de suite.

C'est l'impression que j'ai.

Parce que soudain, je sais ce que je veux. Je suis confiante. Certaine. Et je sais ce dont je suis capable. Ce ne sera pas facile – les plus grandes réalisations dans la vie ne le sont jamais. Comme gravir l'Everest ou devenir Président, c'est difficile. Mais ça en vaut la peine.

Je te rattraperai si tu trébuches
Je te ramasserai si tu tombes
Je te réconforterai lorsque tu auras mal
Mais bébé, le plus important de tout,
Je serai là… alors tu ne seras jamais seule
Tu ne te sentiras jamais seule.

Je m'imagine dans quelques années, rentrant chez moi en marchant dans la rue après ma journée de travail, occupant un emploi qui me plaît – d'une main, je tiendrai un porte-documents, et de l'autre, la petite main douce de ma petite fille ou de mon petit garçon.

Et je nous imagine à la table de la salle à manger, en train de travailler et de parler de notre journée. Je vois les histoires à raconter et l'heure du coucher, les chatouilles, les étreintes et les baisers papillon.

Être mère célibataire n'est pas ce que j'avais prévu d'être… mais maintenant ? C'est ce que je veux être.

Je serai là à chaque étape du chemin
Je ne raterai pas un instant
Je serai là à chaque étape du chemin
Je ne raterai pas un instant.

Vous savez ce qu'on dit ? Même si on planifie tout, on n'est pas à l'abri des aléas de la vie.

Souvenez-vous en.

Car dès que la décision prend racine dans mon esprit, je sens une palpitation sourde en moi. Vous, mesdames, vous saurez ce que je veux dire. Une crampe violente dans le bas-ventre. Une chaleur humide et épaisse suinte entre mes jambes, s'infiltre dans mes sous-vêtements.

Les battements de mon cœur résonnent dans ma poitrine et je me dirige vers les toilettes. Espérant me tromper.

Mais une fois que j'y suis, je vois que non.

Je sors en trébuchant et je me retrouve dans la foule. Mes mains tremblent de peur. Parce que c'est pas comme cela que ça devait se passer, c'est injuste.

C'est trop injuste.

J'attrape le bras de Delores et je la préviens. Mais la musique est trop forte et elle ne m'entend pas. Je la tire vers l'arrière du bar où c'est plus calme pour lui dire ces mots que j'ai du mal prononcer.

– Dee, je saigne.

***

Forrest Gump avait tout faux. La vie n'est pas comme une boîte de chocolats.

Les médecins le sont.

Le médecin enjoué mais inexpérimenté qui sort de la faculté de médecine ou l'endurci je-sais-tout qui termine ses vingt heures de garde – vous ne savez jamais qui vous allez avoir.

– Avortement spontané.

Mon regard s'éloigne de la tache grise de l'écran de l'échographie pour se fixer sur les yeux bleu froids du médecin du service des urgences. Mais il ne me regarde pas, il est trop occupé à écrire sur son bloc-notes.

– Que… qu'avez-vous dit ?

– Avortement spontané – fausse couche. C'est une chose courante pendant le premier trimestre.

Je fais un effort pour enregistrer ses mots mais je n'y parviens pas tout à fait.

– Vous êtes en train… de me dire que j'ai perdu mon bébé ?

Il lève enfin la tête.

– Oui. Si vous ne l'aviez pas déjà perdu. Si tôt dans la grossesse, cela peut être difficile à dire.

Tandis qu'il essuie le gel frais et transparent sur mon ventre, Delores me serre la main. Nous avons appelé ma mère en allant à l'hôpital mais elle n'est pas encore arrivée.

J'avale ma salive mais je refuse d'abandonner. Entêtée – vous vous souvenez ?

– Il y a quelque chose que vous pouvez faire ? Thérapie hormonale ou repos au lit ? Je ne quitterai pas mon lit pendant les neuf prochains mois si cela peut aider.

Le ton de sa voix est sec et impatient.

– Il n'y a rien que je puisse prescrire pour y mettre fin. Et croyez-moi, vous ne voudriez pas que je le fasse. L'avortement spontané c'est une sélection naturelle, la façon qu'a le corps d'en terminer avec un fœtus atteint d'une difformité catastrophique qui l'aurait empêché de survivre en dehors de l'utérus. Vous êtes mieux comme ça.

La pièce commence à tourner tandis que les nouvelles continuent d'affluer.

– Vous devez prendre un rendez-vous de suivi chez votre gynécologue habituel. Lorsque le tissu fœtal sera expulsé, vous devrez l'évider des toilettes avec un filtre. Puis le déposer dans un récipient – un pot de confiture fera très bien l'affaire – pour que votre médecin puisse analyser les restes et s'assurer que l'utérus est vide. Si toute la matière utérine n'est…

Je presse le dos de ma main contre ma bouche pour éviter de vomir. Et heureusement Delores vient à la rescousse.

– Ça suffit. Merci Docteur Frankenstein – nous en savons assez.

Il se montre offensé.

– J'ai besoin de donner des instructions médicales précises au patient. S'il reste une partie de l'embryon, de la poche ou du placenta dans l'utérus, cela pourrait conduire à une septicémie et éventuellement à la mort. Elle peut avoir besoin d'une aspiration.

Ma voix est faible.

– Une a… une aspiration ?

– Oui, un tuyau d'aspiration est inséré dans le col de l'utérus…

– Par pitié, taisez-vous ! se met à crier Dee Dee. Vous ne voyez pas qu'elle est bouleversée ? Vous étiez aux chiottes lorsqu'ils enseignaient l'accompagnement des patients à la fac de médecine ?

– Désolé mademoiselle, je ne sais pas pour qui vous vous prenez mais je ne me laisserai pas faire…

Son doigt pointe le rideau qui fait office de porte.

– Sortez. Elle prendra rendez-vous avec son médecin habituel. Nous en avons terminé avec vous.

Un courant d'air me frôle et je ne suis pas sûre qu'il s'agisse du médecin. Parce que mes yeux refusent de voir ce qui se passe et que mon esprit est sous le choc. J'essaie juste comprendre comment j'en suis arrivée là, comment tout cela a lamentablement échoué.

Delores pose une main sur mon bras et je tourne la tête vers elle, surprise.

Comme si j'avais oublié qu'elle était là.

– Kate ? Nous allons t'habiller maintenant, d'accord ? Je vais te raccompagner à la maison.

Je hoche la tête d'un air hébété. J'ai l'impression de ne pas être là – comme si je vivais en dehors de mon corps ou bien qu'il s'agissait d'un cauchemar. Parce qu'il n'y a aucune chance que tout cela soit bien réel.

Après tout ce qui est arrivé… ce n'est pas possible que tout se termine comme ça.

Delores m'habille, comme si j'étais un enfant. Puis elle m'aide à me lever de la table d'examen. Et nous nous dirigeons vers la voiture.

***

Une fois de retour dans ma chambre, Delores s'assied au pied de mon lit et ma mère me borde avec la couverture. Ses yeux sont inondés de larmes.

Mais pas les miens. Ils sont aussi secs que le Sahara.

Ma mère repousse mes cheveux en arrière et enlève des petites peluches des draps du lit.

– Tu veux manger quelque chose, ma chérie ?

Sa voix est un peu désespérée, elle cherche quelque chose à faire qui puisse peut-être améliorer les choses. Je secoue la tête sans rien dire. Parce que tous les bouillons du monde ne n'y peuvent rien.

Pas cette fois.

Elle m'embrasse sur le front et quitte la chambre en fermant la porte derrière elle. Et Delores et moi nous asseyons. En silence.

Je devrais me sentir… soulagée. Il y a peu de temps encore, je pensais que c'était ce que je voulais. Et maintenant ce n'est plus de mon ressort.

Problème résolu.

Mais la seule chose que je ressente, c'est… du regret. Du remords. Il emplit mes poumons et m'étouffe à chaque inspiration. Parce qu'au fond de moi, au-delà de la peur, du choc et de l'incertitude, je voulais ce bébé. J'aimais ce petit morceau parfait de Drew et de moi. Tellement.

Je ne l'ai simplement pas compris à temps.

Vous ne savez pas ce que vous avez jusqu'à ce qu'il ait disparu.

C'est un cliché, mais c'est tellement vrai. Puis une pensée me traverse l'esprit, je repousse les couvertures et je saute du lit. J'ouvre mes tiroirs et je fouille, je cherche en vain.

Alors je me laisse tomber à genoux devant le placard et j'en sors le sac de sport que j'ai apporté de New York. Et je fouille comme une veuve qui a perdu son alliance.

– Katie ?

Et je le trouve. Le petit tee-shirt que j'avais acheté ce soir-là. Celui que j'allais donner à Drew – pour annoncer la grande nouvelle.

Je le regarde et je sens les larmes me monter aux yeux. Je passe mes doigts sur les lettres : FUTUR LANCEUR DES YANKEES. Et dans ma tête, je vois de nouveau ce petit garçon. Mon gentil petit garçon.

Le nôtre.

Celui avec les yeux de son père et son irrésistible sourire. Celui qui ne sera jamais. J'approche le minuscule tee-shirt de mon visage et je le sens. Et je jure devant Dieu qu'il a l'odeur du talc pour bébés.

– Je suis désolée, je suis tellement désolée.

Mes épaules tremblent et les larmes jaillissent de mes yeux. Ma respiration est saccadée et je serre ce petit morceau de tissu contre moi – comme font les enfants avec leur doudou pour se rassurer.

– S'il vous plaît... Je ne le pensais pas. J'avais juste peur... Je n'allais pas...

Je ne sais pas à qui je parle – à moi ou à mon bébé ou peut-être même à Dieu. J'ai juste besoin de prononcer les mots, ils seront là, bien réels. L'univers saura que ce n'est pas ce que je voulais.

Delores me frotte le dos pour me faire savoir qu'elle est là. Qu'elle est derrière moi, comme toujours. Je me tourne vers elle. Et la tête appuyée contre sa poitrine, je pleure de tout mon cœur.

– Oh mon Dieu, Dee. S'il te plaît...

– Je sais, Kate, je sais.

Il y a aussi des larmes dans sa voix. Parce que c'est comme ça que sont les vrais amis – ils partagent votre souffrance. Votre agonie est la leur, même si ce n'est pas à part égale.

– Ça va... ça va aller.

Je secoue la tête.

– Non. Ce n'ira plus jamais bien.

Delores me serre fort contre elle.

– *Pourquoi ?* Je ne comprends pas. Pourquoi est-ce arrivé ? Drew et moi nous sommes… et maintenant le bébé… et tout ça c'était pour rien. *Rien.*

Je vous ai dit que je demanderais encore pourquoi, vous vous souvenez ?

Delores lisse mes cheveux. Sa voix est calme.

– Je ne sais pas pourquoi, Katie. J'aimerais pouvoir te le dire… mais… je ne sais pas.

Nous restons ainsi pendant un long moment. Et finalement, les larmes s'apaisent. Je retourne au lit et Delores s'assied à côté de moi. Je regarde encore une fois l'inscription FUTUR LANCEUR DES YANKEES et je secoue la tête.

– Cela fait tellement mal. Je ne savais pas que l'on pouvait avoir aussi mal.

– Y a-t-il quelque chose que je puisse faire, Katie ?

Mes yeux se détournent calmement. Et ma voix est faible.

– Je veux Drew. Je le veux ici.

Si le monde était comme il est censé être, il serait là. Et il serait tout aussi dévasté que moi. Il essaierait de le dissimuler mais je saurais. Il grimperait dans ce lit avec moi et il me tiendrait contre lui et je me sentirais à l'abri, aimée… et pardonnée.

Et il me dirait que ce n'était simplement pas le bon moment. Mais que si je veux un bébé, il m'en donnera une douzaine. Drew est vraiment bon dès qu'il s'agit d'exagération.

Il m'embrasserait. Et ce serait doux et sucré. Et puis il dirait quelque chose d'idiot comme :

– Pense simplement à tous les bons moments que nous leur apporterons.

Et je sourirais. Et cela ferait un tout petit peu moins mal.

Simplement parce qu'il serait avec moi.

Delores fait un signe de la tête et prend le téléphone. Mais ma main se pose sur la sienne – je l'arrête. Elle me regarde avec compréhension, comme si elle savait déjà ce que je pense. Et elle le sait probablement.

– Il viendra, Kate. Tu sais qu'il viendra.

Je secoue la tête.

– Tu n'étais pas là, Delores. Il était… méchant. Je ne l'ai jamais vu si furieux. C'était comme… comme si je le trahissais.

Je ferme les yeux à ce souvenir.

– Il sera heureux. Il sera heureux que le bébé soit parti… et puis je le détesterai.

Et même après tout ce qui s'est passé – je ne suis simplement pas prête à détester Drew Evans.

Delores soupire. Et elle s'éloigne du téléphone.

– Je pense que tu as tort. Je serai la première à souligner combien Drew peut être idiot mais… Je ne peux pas imaginer qu'il soit heureux de quelque chose qui te fait mal. Pas comme ça.

Je ne lui réponds pas parce que la porte de ma chambre s'ouvre. Et Billy entre. Il semble fatigué, son visage est sombre et je sais que ma mère lui a parlé.

– Ça va ?

Je secoue la tête.

– Ouais, je m'en doute…

Il s'assied dans le pouf et se frotte les yeux.

– C'est juste… que c'est foutu et ça me rend dingue de ne pouvoir rien y changer.

C'est alors que je remarque le sac qu'il a apporté avec lui. C'est un sac de supermarché en papier brun et bien rempli.

Il le ramasse et en déverse une partie du contenu. Il y a quelques sachets d'herbe, une cartouche de Marlboro et deux bouteilles de tequila. Je regarde le liquide de la couleur du miel. Et je pense à la musique mexicaine et à la peau chaude, aux chuchotements nocturnes de Drew.

Je t'aime, Kate.

Je détourne le regard.

– Je ne peux pas boire de tequila.

Comme Mary Poppins avec son sac sans fond, Billy replonge dans le sac et en sort une bouteille de vodka.

Je hoche lentement la tête.

– La vodka, oui.

CHAPITRE 14

Avez-vous jamais léché le sol des toilettes des hommes au Yankee Stadium ? Moi non plus. Mais je sais le goût qu'il a.

Ouais – nous avons une méchante gueule de bois. C'est l'enfer. Oubliez les drones ; si l'armée pouvait déclencher une gueule de bois interplanétaire, il y aurait la paix dans le monde.

Je suis dans le cabinet de la gynécologue de ma mère. Billy et Delores sont venus m'apporter leur soutien moral. Vous nous voyez ? Alignés sur les chaises, comme trois délinquants qui attendent devant le bureau du directeur ? Delores porte des lunettes de soleil bien que nous soyons à l'intérieur, elle lit un dépliant à propos du nouveau Viagra pour les femmes. Billy dort, la bouche ouverte, la tête inclinée vers le haut et appuyée contre le mur derrière nous. Ma mère est là aussi, elle feuillette un magazine sans en lire un mot.

Et je suis là aussi, j'essaie de toutes mes forces de ne pas regarder ces photos de nourrissons qui couvrent les murs.

Billy laisse échapper un ronflement et Delores lui donne un coup de coude dans les côtes. Il se réveille en bredouillant :

– Monkey Ball banana blitz[16].

Nous le regardons tous d'un air interrogateur.

Puis il réalise où il se trouve.

– Désolé. Un cauchemar.

Il appuie de nouveau sa tête contre le mur et ferme les yeux.

– Je me sens vaseux.

Delores et moi hochons la tête à l'unisson. Et Billy jure solennellement :

– Je ne boirai plus jamais une seule goutte d'alcool.

Sa cousine se moque.

– C'est pas la première fois que je t'entends dire ça.

– Je le pense vraiment, cette fois. Plus d'alcool pour moi. À partir de maintenant, que de l'herbe.

Ouais, bien sûr.

Puisque nous sommes obligés d'attendre, prenons quelques minutes pour réfléchir sur l'un des rites de passage féminins les plus sacrés : l'examen gynécologique. C'est complètement étrange.

Vous savez, lorsque nous sommes jeunes filles, on nous dit de rester pures. De garder nos jambes croisées et de serrer les genoux. Et puis arrivent nos dix-huit ans. Et nous devons aller chez le gynécologue, qui, d'après les statistiques, sera un homme d'âge moyen. Et puis nous devons nous déshabiller – intégralement. Et le laisser nous examiner, nous toucher avec ses doigts. *Un total étranger.*

---

16 Nom d'un jeu vidéo.

Oh – et puis, il y a le meilleur : la conversation. Oui, il vous parle pendant l'examen. *Comment ça se passe à l'école ? Le temps est pluvieux aujourd'hui. Est-ce que ta mère va bien ?* Tous ces efforts pour distraire votre attention du fait qu'il est profondément enfoncé dans votre vagin.

Oui, c'est très embarrassant.

Et qu'aucun de vous messieurs ne vienne pleurer comme une fontaine sur les horreurs de votre examen de la prostate. Cela n'est pas comparable. Un petit doigt dans le cul peut être effectivement plutôt agréable. Au moins, vous n'avez pas à poser vos pieds dans un machin qui ressemble à un instrument de torture médiéval.

Nous, les femmes, nous avons vraiment gagné le gros lot sur coup là.

Une infirmière vêtue de bleu m'appelle. Ma mère et moi nous levons et nous dirigeons vers la première salle d'examen sur la gauche.

J'enlève mes vêtements et j'enfile la blouse rose qui s'ouvre bien sûr sur le devant.

Le Petit Chaperon rouge, c'est l'histoire qui convient le mieux dans l'état actuel des choses.

Je m'assieds sur la table, le revêtement en papier crissant sous moi. Ma mère se tient debout d'un côté, me caresse le bras pour exprimer son soutien. Et voici le médecin qui entre.

Regardez plutôt.

Barbe blanche, joues rondes, lunettes rondes. Donnez-lui un bonnet rouge et vous pourriez le confondre avec le Père Noël. Mais Noël ne sera plus jamais comme avant.

– Bonjour Katherine. Je suis le docteur Witherspoon. Le médecin habituel de votre mère, Joan Bordello, est en vacances.

Bien sûr.

– Et je la remplace.

Il baisse la tête pour regarder le dossier qu'il tient dans la main.

– À en croire la date de votre dernier cycle menstruel, vous êtes presque à six semaines de votre premier trimestre ?

Je hoche la tête.

– Et vous souffrez de saignements et de crampes ?

– C'est exact.

– Vous pouvez me décrire le sang ? La couleur ? Il y avait des caillots ?

Ma voix est rauque.

– Cela a commencé avec une couleur marron rose. Comme le premier jour de mes règles. Sur le chemin vers l'hôpital, il y a eu un flot… de sang rouge vif… et puis… il est redevenu marron. Je n'ai pas vu… je ne pense pas qu'il y ait eu des caillots.

Il hoche la tête et m'adresse un regard réconfortant.

– J'ai lu le rapport du médecin de la salle des urgences mais je voudrais vous examiner moi-même. Cela vous convient, Katherine ?

Je me force à sourire.

– Très bien et vous pouvez m'appeler Kate, tout le monde le fait.

– D'accord, Kate. Lorsque vous êtes prête, glissez jusqu'au bord de la table et mettez les pieds dans les étriers, s'il vous plaît.

Tandis que j'obtempère, il fait rouler une table sur laquelle se trouvent un écran et un clavier. Puis il prend un objet en plastique blanc qui ressemble… eh bien… à un gode.

Un gode gigantesque.

Je lève un peu la tête.

– Euh… qu'est-ce que c'est ?

– C'est pour faire une échographie interne. Je sais, cela semble un peu effrayant.

Ne déconne pas, mec.

– Mais ça ne fait pas mal.

Puis il sort un étui, le déchire pour l'ouvrir et roule un préservatif extra-large sur l'énorme gode.

Je ne plaisante pas. Même si je voulais utiliser un sex-toy de cette taille je ne pourrais pas.

– Détendez-vous, Kate.

Oui. Pas de problème. Je vais juste imaginer que je suis dans un spa. En train de me faire masser les ovaires.

Il insère soigneusement le gode. Et je tressaille. La pièce est silencieuse tandis qu'il va et vient avec l'appareil. Il ne mentait pas ; cela ne fait pas mal. C'est juste… déconcertant.

– Vous sentez toujours des crampes ?

Je fixe le plafond carrelé beige pour éviter de regarder le petit écran.

– Non, pas depuis la nuit dernière.

Je suis sûre que l'alcool et l'herbe ont désactivé les nerfs de la douleur dans mon corps.

J'entends le cliquetis des touches sur le clavier et son instrument est retiré.

– Vous pouvez vous redresser, maintenant, Kate.

Puis il ajoute :

– Vous voyez ce clignotement, juste ici ?

Mon regard se pose sur l'écran, à l'endroit qu'il m'indique.

– Oui.

– C'est les battements du cœur de votre bébé.

J'ai le souffle coupé et je suis terrifiée.

– Vous voulez dire… il est toujours… vivant ?

– Exactement.

Je serre les mains et je sens les larmes qui reviennent, prêtes à jaillir comme un barrage sur le point de céder.

– À quel moment est-ce que… cela prendra combien de temps avant que je… que j'avorte complètement ?

Il pose une main sur les miennes.

– Si je me fonde sur mon examen, sur votre taux d'hormones et sur ce que vous m'avez dit, je ne vois aucune raison pour que ça arrive.

Je ne sais plus où j'en suis.

– Attendez… quoi ? Mais le docteur, la nuit dernière, m'a dit…

– Cela peut être difficile, si tôt, de détecter le rythme cardiaque d'un fœtus avec une échographie traditionnelle. En ce qui concerne votre saignement, quelques pertes au cours du premier trimestre sont assez fréquentes. Mais votre col est fermé, votre pression artérielle ne présente aucune irrégularité et le rythme cardiaque du fœtus est normal. Tous ces facteurs indiquent une grossesse courante qui devrait progresser jusqu'à son terme.

Ma mère m'entoure les épaules de ses bras, soulagée et excitée. Mais j'ai besoin d'autres informations.

– Alors vous dites… je vais le garder ? Je vais avoir ce bébé ?

Le docteur Witherspoon se met à rire.

C'est un son joyeux.

– Oui, Kate. Je crois que vous allez garder ce bébé. La date du terme est le vingt octobre. Toutes mes félicitations.

Je me couvre la bouche de la main et les larmes coulent. Je souris tellement que mon visage me fait mal. Et je serre ma mère dans mes bras.

– Maman…

Elle rit.

– Je sais ma chérie. Je suis tellement heureuse pour toi, je t'aime tellement.

– Je t'aime aussi.

C'est comme cela que cela aurait dû être la première fois. Aucune peur. Aucun doute. Uniquement de l'exaltation et de l'euphorie.

C'est le plus beau jour de ma vie.

***

Je me rhabille plus vite qu'une femme prise en flagrant délit de tromperie et je me précipite dans la salle d'attente.

Delores et Billy me dévisagent, surpris.

– Je suis toujours enceinte ! Je ne vais pas faire de fausse couche !

Ils se lèvent.

– Putain de merde !

– Je savais que le docteur Frankenstein ne faisait pas la différence entre son cul et son coude !

On s'embrasse et on se serre les uns les autres comme on se passerait du LSD à Woodstock. Et ma meilleure amie me demande :

– Alors je suppose que tu as pris ta décision ? Tu le gardes ?

Je pose les mains sur mon ventre, imaginant déjà la bosse.

– Jusqu'à ce qu'il ait dix-huit ans et aille à l'université. Et même alors, je pourrais le faire vivre à la maison et faire les allers-retours.

Elle hoche la tête, accordant l'approbation très convoitée de Delores Warren.

Billy tombe à genoux devant moi.

– Salut là-dedans, c'est oncle Billy.

Puis il lève la tête, soucieux.

– Je peux être oncle Billy, n'est-ce pas ? Tu vas me laisser être oncle Billy. Le seul autre plan que j'aie, c'est Delores – et qui diable sait quel genre de monstre elle peut engendrer.

Delores lui donne une claque sur la tête.

Et je ris.

– Oui. Tu peux être oncle Billy.

– Parfait.

Il reporte son attention sur mon ventre.

– Salut, gamin. Ne t'inquiète pas d'une chose – je vais te dire tout ce que tu as besoin de savoir. Répète après moi : strat-o-caster[17].

Delores secoue la tête.

– Il ne peut pas te comprendre, crétin. Il a la taille d'un têtard.

---

17 La Startocaster est un modèle de guitare électrique Fender.

– Après la nuit dernière, c'est probablement un têtard perdu. Mais c'est chouette, non ? Cela va renforcer sa tolérance – mettre des poils sur sa poitrine ?

Delores sourit.

– Et si c'est une fille ?

Billy hausse les épaules.

– Certains gars aiment les filles avec des poitrines velues. Tu serais surprise.

Je m'éloigne et je me dirige dans le couloir vers le docteur Witherspoon. Les mots ont du mal à sortir de ma bouche. Empreints de culpabilité.

– S'il vous plaît ? Je suis désolée de vous déranger… mais… la nuit dernière… j'étais contrariée et je… j'ai bu de l'alcool et j'ai fumé des cigarettes.

Je baisse la voix.

– Et de la marijuana. *Beaucoup*.

Un montage de flashs infos me traverse l'esprit : syndrome de l'alcoolisme fœtal.

Super prématurés.

Faible poids à la naissance.

Il pose une main rassurante sur mon épaule.

– Kate, vous n'êtes pas la première femme à avoir eu un… comportement inapproprié avant d'apprendre qu'elle était enceinte. Les bébés dans l'utérus sont plus résistants que vous ne le pensez. Ils ont la capacité de surmonter une exposition momentanée aux drogues et à l'alcool. Donc, tant que vous vous abstenez de consommer ces substances à partir de maintenant, il ne devrait pas y avoir d'effets durables.

Je jette mes bras autour de son cou, le renversant presque.

– Merci ! Merci, docteur Père Noël – c'est le meilleur cadeau de Noël que j'aie jamais eu !

Je retourne en courant vers Delores et Billy.

– Il a dit que c'était parfait !

Nous sautons en rond comme trois gamins dans la cour de récréation.

Et c'est presque parfait. *Presque*. Parce qu'il manque quelque chose.

Quelqu'un.

La seule personne sur terre qui est supposée être aussi heureuse que moi à ce moment précis. Il devrait être là. Il devrait venir me chercher, me faire tourner et m'embrasser jusqu'à ce que je m'évanouisse. Et puis il me dirait bien sûr que ce bébé est parfait – grâce à son super sperme viril.

Vous ne voyez rien de tout cela ?

Moi non plus, car il n'est pas là.

C'est comme ça. Je voudrais vous dire que cela ne fait pas mal – qu'il ne me manque pas et que cela m'est égal. Mais ce serait un gros mensonge. J'aime Drew. Je ne peux pas imaginer ne plus l'aimer. Et je veux partager cela avec lui, plus que tout.

Mais nous n'avons pas toujours tout ce que nous voulons, parfois, nous devons simplement être reconnaissants pour ce que nous avons. Et je le suis. Reconnaissante, je veux dire. Heureuse. Parce que je vais avoir ce bébé et prendre soin de lui.

Et je ne serai pas seule. Entre ma mère et George, Delores et Billy, ce ne sera pas l'aide qui manquera. Il va recevoir autant d'amour que dix bébés à lui seul.

Il y a quarante-huit heures, je ne savais pas ce dont j'étais capable. Maintenant, je le sais. Et je suppose que c'est la morale de cette histoire.

Vous devez tomber, vous égratigner les paumes des mains et les genoux avant de savoir que vous pouvez vous relever.

Alors ne vous inquiétez pas pour moi. Je vais tout simplement aller bien. Tout ira bien. *Nous* irons bien.

***

Nous entrons dans le parking à l'arrière du restaurant et ma mère se précipite vers la porte. Elle a laissé George mener le bateau et elle est un peu impatiente de s'assurer qu'il ne l'a pas laissé coulé.

Tandis que Delores, Billy et moi suivons plus tranquillement, Delores me demande :

– Alors, quel est le programme, patron ?

Je prends une profonde inspiration et je plisse les yeux en regardant le ciel. Et c'est un peu comme le début d'un nouveau jour. Une page blanche. Un nouveau départ. Encore des clichés, je sais.

Mais pourtant si vrais.

– Je vais rester ici encore un jour ou deux. Simplement… recharger les batteries. Et puis je vais rentrer à New York. Et Drew et moi, nous allons avoir une longue conversation. J'ai des choses à dire et il va m'écouter, qu'il le veuille ou non.

Elle me tape sur l'épaule.

– C'est bien la Kate que je connais, fais-lui vivre l'enfer.

Je souris. Billy nous ouvre la porte mais je ne suis pas Dee Dee à l'intérieur. Il me demande :

– Tu viens, Katie ?

– Non, je vais faire un tour. M'éclaircir la tête, tu sais ? Tu préviens maman pour moi ?

Il hoche la tête.

– Bien sûr. Prends ton temps. Nous serons toujours là à ton retour.

La porte se referme derrière eux.

Je rejoins ma voiture.

***

Voilà où nous en sommes. Vous savez tout. C'est mon histoire. C'est énorme, hein ?

Mon père avait l'habitude de m'emmener sur cette aire de jeux lorsque j'étais enfant. Même à l'époque, lorsqu'elle venait d'être construite, il n'y avait pas grand monde. Je ne sais pas pourquoi la ville a choisi cet endroit pour l'installer. C'est un lieu inhabituel pour un jardin d'enfants. Il n'y a pas de logements ou d'appartements à côté. Et vous ne pouvez pas le voir depuis la route principale – c'est en dehors des sentiers battus.

Le temps n'a pas épargné les cadres en métal des balançoires et les glissières en acier ondulé. Elles sont rouillées, usées et décolorées par rapport à leurs couleurs vives du départ. Pourtant, il y a une sorte de beauté ici – un art moderne de type industriel. Solitaire. Paisible.

Et j'ai besoin de tout cela. Parce que penser à ce qui va se passer, à ce qui m'attend ? Je ne vais pas vous mentir, ça fait peur. C'est comme… déménager dans une nouvelle maison. Passionnant mais angoissant aussi. Parce que vous ne savez pas où se trouve la station d'essence la plus proche ou bien quel est le numéro du médecin de garde. Il y a tellement de choses à apprendre.

J'ai lu quelque part que les bébés peuvent entendre ce qui se passe à l'extérieur de l'utérus. Qu'ils naissent en connaissant le son de la voix de leur mère. J'aime cette idée.

Je regarde mon ventre.

– Salut, têtard. Désolée pour tout ce qui s'est passé ces derniers temps. Habituellement, ma vie ne ressemble pas à un film dramatique. Même si Drew ne serait probablement pas d'accord avec moi sur ce point. Il a tendance à penser que je suis une vraie comédienne lorsqu'il s'agit de dramatiser la situation.

Drew. Cette partie va être difficile. Je pourrais commencer à répéter la scène dès maintenant, histoire de bien connaître mon texte.

Ma main se pose sur mon ventre, je le berce.

– Ouais... ton père. Ton papa est... comme une étoile filante. Lorsqu'il est dans les parages, toute autre lumière dans le ciel... disparaît. Et tu ne peux pas détacher les yeux de lui. En tous les cas, je n'ai jamais pu.

Je me mords la lèvre. Un faucon s'envole au loin.

Je continue.

– Nous nous aimions. Peu importe ce qui s'est passé ou bien ce qui se passera à partir de maintenant, il est important pour moi que tu saches que nous nous aimions. Ton père m'a fait sentir que j'étais tout ce qui comptait pour lui. La seule chose. Et je lui en serai toujours reconnaissante. J'espère que tu le connaîtras un jour. Parce qu'il est vraiment... un chic type.

Je ris doucement.

– Lorsqu'il n'est pas trop occupé à être un enfoiré.

Lorsque je finis de parler, tout se calme pendant plusieurs minutes. C'est tellement différent des jardins en ville avec leurs voitures qui klaxonnent, les enfants qui pleurent et les personnes qui font du jogging. C'est paisible.

Alors, lorsque une portière de voiture se ferme soudainement à proximité, je sursaute. Je tourne la tête en direction du bruit.

Et là, je vois la dernière personne que j'aurais jamais pensé voir ici, à Greenville, à cet instant précis.

C'est Drew.

CHAPITRE 15

Il a une mine affreuse. Épouvantable.

Il a les yeux injectés de sang, son visage est pâle, son menton atteste de plusieurs jours sans rasage – et malgré tout cela, il reste toujours l'homme le plus beau que j'aie jamais vu.

Impossible de regarder ailleurs.

Drew me fixe aussi. Son regard reste inébranlable – il m'absorbe –, il me brûle.

Nous restons ainsi pendant une minute. Puis il marche vers moi. Ses pas sont déterminés et concentrés, comme s'il allait à une réunion d'affaires et que l'ensemble de sa carrière était en jeu.

Il s'arrête à quelques mètres.

Mais il semble beaucoup plus loin.

Et tout ce que j'avais prévu de lui dire à New York disparaît. Alors, je commence simplement.

– Comment as-tu su que j'étais ici ?

– Je suis d'abord allé au restaurant, j'ai vu ta mère en cuisine. Elle m'a dit qu'elle ignorait où tu étais. Et elle me regardait comme si elle voulait me découper la bite et la mettre au menu de jour. Alors je suis allé en salle – je me suis retrouvé face à Warren. Il m'a dit que tu serais probablement ici.

Bien sûr, Billy savait où je me trouvais. Tout comme il savait que je voudrais qu'il m'envoie Drew.

– Il t'a fait ça au visage ?

Je parle de la zébrure de la taille d'un poing sur sa joue gauche. Elle semble fraîche, commençant tout juste à bleuir.

Il la touche avec précaution.

– Non, Delores était avec lui.

Rien d'étonnant. Bien que je ne pense qu'elle n'y ait pas mis ton son cœur. Si Dee Dee voulait vraiment s'attaquer à Drew ? Elle n'aurait pas perdu son temps avec son visage – elle serait allée directement entre ses jambes.

– Qu'est-ce que tu veux, Drew ?

Il laisse échapper un court éclat de rire mais il n'y a aucune trace d'humour derrière.

– Voilà une question piège.

Puis son regard se dirige vers l'horizon.

– Je ne pensais pas que tu avais quitté New York.

Je lève un sourcil interrogateur.

– Après ton petit numéro ? Tu as pensé que je ferais quoi ?

– Je pensais que tu me maudirais, peut-être que tu me frapperais. Je pensais que tu me choisirais… même si c'était juste pour empêcher quelqu'un d'autre de m'avoir.

Jalousie. L'arme de prédilection de Drew. Il s'en était servi lorsqu'il pensait que je voulais retourner avec Billy, vous vous souvenez ?

– Eh bien, tu avais tort.

Il hoche la tête, l'air sombre.

– C'est bien ce qu'il me semble.

Ses yeux s'accrochent aux miens pendant un long moment puis il fronce un peu les sourcils.

– Tu étais… heureuse… avec moi, Kate ? Parce que j'étais vraiment heureux. Et je pensais que tu l'étais aussi.

Je ne peux pas m'empêcher de sourire un peu. Parce que je me souviens.

– Oui, j'étais heureuse.

– Alors dis-moi pourquoi ? Tu me dois bien ça.

Les mots sortent lentement, une tristesse silencieuse pesant sur chaque syllabe.

– Je ne l'ai pas prévu, Drew. Tu dois savoir que je ne voulais pas que cela se produise. Mais c'est arrivé quand même. Et les gens changent. Les choses que nous désirons… changent. Et maintenant, toi et moi nous voulons deux choses très différentes.

Il fait un pas de plus vers moi.

– Peut-être pas.

J'essaie vraiment de ne tirer aucune conclusion sur le fait qu'il est là. Je ne veux pas espérer. Parce que l'espoir émerge, il flotte comme un morceau de bois sur une vague. Mais si cela se révèle sans fondement ?

Il se fracasse contre les rochers – vous brisant en mille morceaux.

– Qu'est-ce que cela veut dire ?

Ses mots sont prudents. Étudiés.

– Je suis ici pour renégocier les termes de notre relation.

– Renégocier ?

– J'y ai beaucoup pensé. Tu es venue tout de suite vers moi après Warren, tu as sauté à pieds joints. Tu n'as jamais… baisé ailleurs. Joué sur plusieurs tableaux. Alors… si tu veux aller voir ailleurs – sa mâchoire se resserre, comme si les mots essayaient de rester dans sa bouche et qu'il devait les obliger à sortir – je suis d'accord.

La confusion s'installe en moi.

– Tu as fait tout ce chemin pour me dire que tu veux que… nous voyions d'autres personnes ?

Il déglutit difficilement.

– Ouais, tu sais – tant que je reste dans le circuit.

Le sexe a toujours été une priorité absolue pour Drew. C'est bien de cela dont il est question, non ? Il ne veut pas du bébé – mais il ne veut pas non plus cesser de coucher avec moi ? Avoir le beurre et l'argent du beurre. Sans attaches.

On dirait un épisode de *Jerry Springer*.

– Comment cela fonctionnerait, exactement, Drew ? Une petite baise rapide pendant la pause déjeuner ? Un appel à minuit ? Pas de discussion, pas de questions ?

Il semble écœuré.

– Si c'est ce que tu veux.

Et je suis tellement… déçue. Dégoûtée.

Avec lui.

– Rentre chez toi, Drew. Tu perds ton temps. Je n'ai aucune envie de jouer sur plusieurs tableaux à ce moment précis de ma vie.

Cela le prend au dépourvu.

– Mais… pourquoi ? Je croyais…

Il se tait puis ses yeux se durcissent.

– C'est à propos de *lui* ? Est-ce que tu es sérieusement en train de me dire qu'il représente tellement pour toi ?

Je n'apprécie pas le ton de sa voix. Désobligeante, narquoise. Est-ce que j'ai dit que j'étais un papillon, avant ? Non. Je suis une putain de lionne.

– Il signifie *tout* pour moi.

Je pointe le doigt en avant.

– Et je ne te laisserai pas me faire sentir mal à ce propos.

Il tressaille comme si je l'avais électrocuté avec un taser. Cinq mille volts directement dans la poitrine. Mais il se reprend. Et il croise les bras avec obstination. Sans vergogne.

– Je m'en moque. Peu importe.

Si vous gonflez trop un pneu, que vous le poussez au-delà de ses limites, vous savez ce qui se passe ?

Il explose.

– Comment peux-tu *dire* ça ? Qu'est-ce qui ne va pas chez toi ?

Il revient tout de suite à la charge.

– Tu es sérieuse ? Qu'est-ce qui ne va pas chez *toi* ? T'es défoncée ? Tu souffres d'un trouble la personnalité ? Deux ans, Kate ! Pendant deux fichues années, je t'ai tout donné… et toi… tu es tellement pressée de tout foutre en l'air !

– Comment tu oses dire ça ? Ces deux dernières années ont *tout* signifié pour moi !

– Alors, *agis* en conséquence ! Nom de Dieu !

– Comment je suis supposée agir, Drew ? Qu'est-ce que tu veux de moi ?

Il hurle.

– Je veux tout ce que tu voudras bien me donner !

Nous nous taisons tous les deux.

Haletants.

Nous nous regardons.

Et sa voix devient plus faible. Défaite.

– Je prendrai tout, Kate. Simplement… ne me dis pas que c'est fini… Je ne l'accepterai pas.

Je croise les bras et le sarcasme crépite dans l'air comme de l'électricité statique.

– Tu ne semblais pas avoir de problème pour l'accepter lorsque ta langue se promenait sur la gorge de cette strip-teaseuse.

– L'hypocrisie ne te va pas bien, Kate. Tu m'as vidé. Je pense que tu méritais que je te rende la monnaie de ta pièce.

Vous le voyez tout le temps. Dans les magazines people, à la télévision. À un moment donné, les couples sont tous des âmes sœurs, n'ont jamais ressenti cela avant, sont complètement amoureux sur le canapé d'Oprah Winfrey. Et la minute d'après, ils se sautent à la gorge – faisant appel à leurs avocats pour des questions d'argent, de maisons… ou d'enfants. Je me suis toujours demandé comment on peut en arriver là.

Regardez bien. Voici comment.

– Bien, félicite-toi, Drew. Tu voulais me faire mal ? Tu l'as fait. Tu te sens mieux, maintenant ?

– Ouais, je suis ravi. Ouais, ça me fait trop plaisir, pas toi ?

– Tu peux arrêter de faire l'enfant pendant cinq minutes ?

– Ça dépend. Tu peux arrêter de te comporter comme une salope sans cœur ?

S'il était suffisamment près, je le giflerais.

– Je te déteste !

Il ricane froidement.

– Considère que tu as de la chance. J'aimerais pouvoir te détester – j'ai prié pour. Pour te sortir de mon système. Mais tu es toujours là, sous la peau, comme une putain de maladie incurable.

Avez-vous jamais planché sur un de ces mots croisés dans le journal ? Vous êtes déterminé à le finir – vous commencez en étant sûr que vous le pouvez ? Mais cela devient trop compliqué. Trop épuisant. Alors, vous laissez tomber.

J'appuie une main sur mon front. Et même si j'essaie de faire face avec force, ma voix demeure faible.

– Je ne veux plus faire ça, Drew. Je ne veux pas me battre. Nous pouvons tourner comme ça toute la journée mais cela ne va rien changer. Je n'aurai pas une demi-relation avec toi. C'est non négociable !

– Foutaises ! Tout est négociable. Tout dépend jusqu'à quel point les parties sont prêtes à plier.

Puis il implore.

– Et je le ferai, Kate – je plierai. Déteste-moi tant que tu veux mais… ne me… laisse pas.

Et il semble tellement abattu. Désespéré. Je dois me retenir de le réconforter. De céder, de dire oui. Il y a quelques jours, je l'aurais fait. J'aurais sauté sur l'occasion de manger ses miettes. De le garder dans ma vie – par n'importe quel moyen.

Mais pas aujourd'hui.

Parce qu'il ne s'agit plus seulement de moi.

– Je suis une offre globale maintenant. Tu dois nous prendre tous les deux.

Ses poings fouettent l'air, à la recherche de quelque chose à frapper.

Il rugit.

– Qu'est-ce que tu veux dire ? C'est comme si j'étais coincé dans un film compliqué de Tim Burton où rien n'a de sens ! *Plus rien* n'a de sens !

– Je parle du bébé ! Je n'amènerai pas un bébé dans une relation où il n'est pas désiré ! Ce n'est pas honnête, ce n'est pas juste.

Je ne pensais pas qu'il était possible pour quelqu'un de devenir plus pâle que ne l'était Drew lorsqu'il est arrivé et être toujours vivant. Mais je me trompais. Car son visage est devenu encore plus blanc. D'environ deux teintes.

– Quel bébé ? Qu'est-ce que tu…

Il me dévisage, essayant de voir la réponse avant de la demander :

– Tu es... *enceinte* ?

Vous vous demandez si Delores ne l'a pas frappé une peu trop fort, hein ?

– Bien sûr que je suis enceinte !

Il fait un pas en avant. Et son visage ressemble à l'un de ces masques de théâtre, l'horreur et l'espoir côte à côte.

– Il est de moi ?

Je ne réponds pas tout de suite car sa question me surprend.

– De qui… de qui d'autre serait-il ?

– Celui de Bob, dit-il d'un ton détaché. Comme si en fait il croyait que je savais de quoi il parle.

– Bob ?

– Oui, Kate, Bob. Le type qui signifie tout pour toi. À l'évidence, tu as baisé avec lui alors comment tu peux savoir que le bébé n'est pas de lui ?

Je parcours mon agenda dans ma tête, à la recherche d'un Bob, essayant de comprendre pourquoi diable Drew pense que je l'ai baisé.

– Le seul Bob que je connaisse… c'est Roberta.

Cela lui coupe l'herbe sous le pied.

– Qui ?

– Roberta Chang. Bobbie – Bob. Je suis allée à l'école avec elle. Elle est gynécologue-obstétricienne. Tu m'as vue entrer dans son cabinet le soir où tu m'as suivie. C'est comme cela que tu as su…

Il ouvre grand les yeux, en réfléchissant. Puis il hoche la tête, incrédule.

Dans le déni.

– Non, non – je t'ai vue avec un type. Tu avais rendez-vous avec lui. Il t'a soulevée et prise dans ses bras. Il t'a embrassée. Il avait de quoi manger avec lui.

Il me faut un moment pour enregistrer ce qu'il me dit et puis je me souviens.

– Oh – c'était Daniel. Le mari de Roberta. Il a vécu aussi avec nous pendant notre premier cycle. Ils ont déménagé en ville il y a quelques mois. Je t'ai parlé d'eux.

L'expression de Drew est indéchiffrable. Puis d'une main, il se frotte le visage – fort – comme s'il voulait se gratter la peau.

– D'accord, écoute juste une seconde. Lorsque tu as écrit le nom de Bob dans ton agenda, tu parlais de Roberta, il s'agit d'une femme qui est gynécologue et avec laquelle tu es allée à l'école à Philadelphie ?

– Oui.

– Et le type avec lequel je t'ai vue dans le parking, c'est son mari et aussi un vieil ami à toi ?

– Oui.

Sa voix est tendue.

– Et tu penses que nous nous sommes disputés tout ce temps parce que… ?

– Parce que tu ne veux pas que je garde le bébé.

Avez-vous jamais vu un gratte-ciel s'effondrer ? Moi oui. Il implose. De haut en bas de façon à ne pas toucher les immeubles à côté. Et c'est exactement ce que fait Drew. Juste devant mes yeux. Il s'écroule.

Ses jambes lâchent et il tombe à genoux.

– Oh mon Dieu… Dieu du ciel… je ne peux pas croire… putain… je suis un idiot… tellement stupide…

Et je me baisse avec lui.

– Drew ? Ça va ?

– Non… non, Kate… je ne vais pas bien du tout, c'est effrayant.

Je lui prends les mains et ses yeux rencontrent les miens. Et simplement, tout prend un sens. Enfin.

Ce qu'il a fait.

Ce qu'il a dit.

Tout se met en place comme la dernière pièce d'un puzzle.

– Tu croyais que j'avais une liaison ?

Il hoche la tête.

– Ouais.

Le monde tourne et je peux à peine respirer.

– Comment tu as pu *penser* ça ? Comment as-tu pu croire que je te trompais ?

– Il y avait le nom d'un type dans ton agenda… et tu as menti… et je t'ai vue dans les bras de ce type. Comment as-*tu* pu penser que je ne voudrais pas d'un bébé ? *Notre* bébé ?

– Tu m'as dit de me faire avorter.

Ses mains se resserrent autour des miennes.

– Je ne te dirais *jamais* ça.

– Tu l'as dit. Tu m'as dit d'en finir.

Il secoue la tête et gémit.

– En finir avec la *liaison*, Kate, pas avec le bébé.

Je lève le menton, sur la défensive.

– Mais je *n'avais* pas de liaison.

– Eh bien, je n'en savais rien.

– Eh bien, tu *aurais* dû !

Je dégage brusquement mes mains et je le pousse au niveau des épaules.

– Bon Dieu, Drew !

Je me lève, j'ai besoin de m'éloigner de lui parce que c'est trop.

– Tu ne peux pas traiter les gens comme ça ! Tu ne peux pas *me* traiter comme ça !

– Kate, je suis…

Je me retourne et je pointe un doigt vers lui.

– Si tu me dis que tu es désolé, je renvoie tes boules jusque dans tes orbites, je le jure devant Dieu !

Il ferme la bouche. *Initiative intelligente.*

Je repousse les cheveux de mon visage. Je fais les cent pas.

Je suis supposée me sentir mieux, maintenant ? Parce que tout cela *n'était* qu'une erreur ?

Si une maison est détruite par la foudre, vous pensez que les propriétaires sont réconfortés par le fait que la foudre n'avait pas *l'intention* de frapper leur maison ?

Non, bien sûr.

Car le mal est déjà fait.

– Tu as tout *gâché*, Drew. J'étais si excitée de te le dire… et maintenant, lorsque j'y pense, tout ce dont je me souviens, c'est combien tout cela a été horrible !

Je m'arrête. Ma voix tremble.

– J'avais *besoin* de toi. Lorsque j'ai vu le sang… lorsqu'ils m'ont dit que je perdais le bébé…

Drew vient vers moi, toujours à genoux.

– Bébé, je ne comprends rien à ce que tu dis…

– Parce que tu n'étais pas là ! Si tu avais été là, tu saurais, mais *tu n'étais pas là* ! Et…

Ma voix se brise et les larmes me brouillent la vue.

– Tu as *promis*. Tu m'as promis que tu ne ferais pas ça…

Je me couvre le visage avec les mains et je pleure.

Je pleure pour chaque seconde de douleur inutile. Pour la crevasse qui est encore entre nous – et pour les choix stupides qui l'ont créée. Et je ne parle pas uniquement des siens. Je suis une grande fille – je peux prendre ma part de responsabilité.

Drew a peut-être appuyé sur la gâchette mais j'ai chargé l'arme.

– Kate… Kate, s'il te plaît…

Il tend la main vers moi.

– *S'il te plaît*, Kate.

Il a l'air dévasté. Et je sais alors que je ne suis pas la seule à avoir souffert.

Je secoue la tête. Parce que refaire les choses n'existe que dans les jeux d'enfants. La vie réelle n'offre pas de retour en arrière.

– Non, Drew.

Je tourne le dos et je me dirige vers la voiture.

Mais je ne fais que quelques pas avant de m'arrêter et de regarder derrière moi.

Vous le voyez ?

Sur les genoux, la tête entre les mains. Comme un homme qui attendrait son bourreau.

Lorsque je pense à Drew, deux mots se détachent toujours : passion et fierté. Ils sont enracinés. Ils forment son identité. Les disputes, le travail, l'amour – c'est la même chose pour lui. En avant toute. Aucune hésitation, aucune retenue. Et Drew sait ce qu'il vaut. Il ne s'installe pas, il ne transige pas. Il n'a pas besoin de le faire.

– Pourquoi tu es là ?

Je chuchote si bas que je ne sais pas s'il m'a entendue.

Mais il relève la tête.

– Qu'est-ce que tu veux dire ?

– Tu pensais que je te trompais ?

Il fait la grimace.

– Oui.

– Tu croyais que je pouvais être amoureuse de quelqu'un d'autre ?

Il hoche la tête.

– Mais tu es venu… pour moi. Pourquoi ?

Ses yeux me dévisagent. C'est la façon dont il me regarde le matin, lorsqu'il se réveille avant moi. C'est la façon dont il me regarde lorsqu'il pense que je ne le vois pas.

– Parce que je ne peux pas vivre sans toi, Kate. Je ne sais même pas comment essayer.

J'étais en stage d'anglais avancé au lycée. Durant des semaines, nous avons analysé *Les Hauts de Hurlevent*, d'Emily Brontë. Pendant une bonne partie du livre, Heathcliff est le méchant. Il est impitoyable, souvent cruel. Et en tant que lecteur, vous êtes supposé le détester.

Mais je n'ai jamais pu. Car, en dépit de toutes ses actions méprisables, il aimait tellement Cathy.

« Sois toujours avec moi – sous n'importe
quelle forme –, rends-moi fou !
Ne me laisse pas dans cet abîme, où je ne peux
pas te trouver…
Je ne peux pas vivre sans ma vie ! Je ne peux
pas vivre sans mon âme ! »

Certains d'entre vous vont dire que j'aurais dû punir Drew davantage. Mais il fera bien mieux que je ne pourrai jamais le faire. D'autres vont dire que j'aurais dû le faire payer davantage pour cela. Mais nous savons tous qu'il l'aurait fait.

Et parfois, le pardon est égoïste. Nous le donnons non pas parce qu'il est gagné mais parce que c'est ce dont nous avons besoin. Pour trouver la paix. Pour être un tout.

Je peux vivre sans Drew Evans. Je le sais maintenant. Mais si j'ai le choix ?

Je ne le voudrais jamais.

Il ne reste qu'une douzaine de pas entre nous et je cours. Je me jette sur lui et il me rattrape. Il enroule ses bras autour de moi et me tient si serrée que je ne peux plus respirer. Mais cela n'a pas d'importance. Drew me tient, qui a besoin d'oxygène ?

– Je suis désolé, Kate… bon Dieu, je suis tellement désolé… lorsque tu as dit…

– Chhuuut… Je ne le pensais pas. Je jure sur Mackenzie que je n'en pensais pas un mot. Je n'ai jamais voulu…

Il enfouit son visage dans mon cou et ses regrets s'écoulent de ses yeux et s'infiltrent dans ma chemise.

Je me serre plus près de lui.

– Je sais, Drew. Je sais que tu ne l'as pas fait.

Ses mains courent dans mes cheveux, caressent mon visage, mes bras et mon dos.

– Je t'aime Kate. Je t'aime tellement.

L'année dernière, nous sommes allés tous les deux au Japon. Un jour, nous nous sommes arrêtés dans une boutique de bonzaïs. Ils ont une allure étrange, vous ne trouvez pas ? Avec leurs troncs rabougris et leurs branches tordues. Le propriétaire du magasin nous a dit que c'était les nœuds et les torsions qui les rendent forts, qui les empêchent de se disperser même pendant les tempêtes les plus violentes.

Drew et moi leur ressemblons.

Ses lèvres touchent mon front, mes joues. Il tient mon visage entre ses mains et j'en fais de même avec le sien.

Nous nous embrassons. Nos bouches se déplacent en synchronisation – féroces et douloureuses, tendres et lentes. Et tout le reste, chaque blessure, chaque mot dur, fond comme neige au soleil.

Ils ne comptent pas. Parce que nous sommes ensemble. Nous trouverons notre route.

Drew presse son front contre le mien, puis sa main se pose sur mon ventre. Son contact est respectueux et sa voix intimidée.

– Nous avons vraiment un bébé ?

Je ris, même si les larmes coulent toujours.

– Oui, nous allons en avoir un. Tu le veux vraiment ?

Il essuie mes joues humides.

– Avec toi ? Tu es folle ? C'est l'un des rares fantasmes qui me reste. J'aurais vingt gamins avec toi – faisons concurrence aux Amishs.

Je ris encore et ça fait du bien. Si bon. Je pose la tête sur l'épaule de Drew. Son visage est blotti contre mes cheveux, il les hume.

Et c'est là qu'il jure :

– C'est bien, Kate. Nous allons être bien, maintenant.

Et je le crois.

CHAPITRE 16

J'ignore combien de temps nous restons ainsi, à même le sol, tranquillement agrippés l'un à l'autre, mais lorsque nous nous levons, le soleil est bas dans le ciel, entamant sa descente vers le crépuscule. Drew me persuade de laisser ma voiture ici, nous reviendrons la chercher plus tard. Il craint que je ne sois trop fatiguée et ébranlée pour conduire en toute sécurité. Pour une fois, je ne discuterai pas.

Tandis qu'il nous reconduit au restaurant, il garde une main sur le volant et il pose l'autre sur moi – ma cuisse, mon épaule ou doucement entrelacée avec mon autre main. Et c'est rassurant. Merveilleux. J'avais espéré ce moment-là, plus que toute autre chose au monde.

L'avoir ici, avec moi, aimant, alors que je n'aurais jamais pensé, honnêtement, que nous puissions à nouveau être ensemble ainsi.

C'est comme dans un film. les retrouvailles. La réconciliation. L'heureux dénouement.

Le seul problème, dans la vraie vie, c'est qu'il n'y a pas de générique de fin. Dans la vraie vie, vous devez gérer ce qui se passe après les retrouvailles. Les retombées des choses que vous avez dites, les conséquences de ce que vous avez fait et qui ont presque tout détruit.

C'est pour cela que nous regardons ce genre de films – parce que la vraie vie n'est jamais aussi facile.

Et cela n'a rien à voir avec le fait que je sois profondément heureuse, d'une façon que je ne peux pas complètement décrire. En dépit de ce que j'ai dit précédemment, cela me réconforte de savoir que les paroles de Drew, la strip-teaseuse, venaient d'un horrible malentendu.

C'est le vœu de tous ceux qui ont appris de mauvaises nouvelles. Vous avez perdu votre fils dans un accident de voiture, vous avez un cancer en phase terminale. On espère toujours que la nouvelle soit fausse. Une erreur d'identification. Une erreur de diagnostic.

Une erreur.

Mais qu'arrive-t-il après les erreurs ? Après avoir accepté la tragédie comme étant vraie ou bien dépensé vos économies parce que vous pensiez qu'il ne vous restait plus que quelques semaines à vivre ? Que faites-vous après ?

Vous avancez. Vous reconstruisez. Vous remontez la pente avec la détermination qui non seulement fera revenir la vie à la normale, mais qui la rendra aussi meilleure et plus douce.

Parce que prendre du recul, c'est qu'il y a de mieux à faire. La perspective ne change pas seulement la façon dont vous regardez les choses, elle change aussi ce que vous sentez. Et lorsque vous pensez que vous avez tout perdu, vous appréciez infiniment plus chaque moment.

Nous entrons dans le parking du restaurant et nous nous dirigeons vers la porte arrière de la cuisine, main dans la main. Comme deux adolescents qui ne sont rentrés qu'après le couvre-feu, restant toute la nuit dehors, effrayant tous ceux qui les aimaient.

Ma mère se tient près du comptoir, hachant rageusement des carottes crues avec un couteau brillant. Il n'est pas difficile d'imaginer ce que représente la carotte pour elle. George est assis à la petite table à côté de Billy. Dee Dee est de l'autre côté, son téléphone portable collé à l'oreille.

Lorsqu'elle nous aperçoit, elle dit à voix basse :

– Les voilà. Je te rappelle.

Et elle raccroche.

Ma mère relève la tête. Elle pose le couteau et se tourne vers nous. Puis elle regarde nos mains jointes et dévisage Drew.

– Tu ne manques pas d'air de te montrer ici.

Drew souffle d'un air résigné et tente de répondre :

– Carol…

Ma mère lui coupe la parole.

– Je ne veux rien entendre ! Tu n'as pas droit à la parole.

Elle pointe le doigt vers moi.

– Je réalise que ma fille est une grande personne, mais pour moi ? Elle est mon bébé. Mon *seul* bébé. Et ce que tu lui as fait est inexcusable.

Il essaie encore :

– Je comprends…

– J'ai dit que tu n'avais pas le droit à la parole ! Il n'y a rien que tu puisses dire pour arranger les choses.

– Kate et moi…

– Tais-toi ! Quand je pense à ce à quoi elle ressemblait lorsqu'elle est arrivée ici… Qu'est-ce qui te fait penser que tu peux simplement revenir dans sa vie, après ce que tu lui as dit ? Et après ce que tu as fait !

Drew ne répond rien.

Et ma mère hurle :

– Réponds-moi !

J'ai toujours pensé que ma mère était calme face au chaos. Rationnelle. Cette image est désormais complètement pulvérisée.

Drew ouvre la bouche mais il ne dit rien. Déconcerté, il se tourne vers moi. Et je viens à son secours.

– Maman, c'était une terrible erreur. Drew ne savait pas pour le bébé.

– Tu as dit que tu lui avais parlé du bébé – et sa réaction a été d'engager une strip-teaseuse bon marché !

Et mon petit ami nouvellement rebaptisé pense que c'est une bonne idée de préciser :

– Elle n'était pas bon marché, croyez-moi.

Je plante mes ongles dans sa paume de main pour le faire taire.

Puis j'explique à ma mère :

– Non, il ne savait pas. Il pensait que je parlais de quelqu'un d'autre. C'était un malentendu.

Dee Dee s'exclame :

– Voilà une rengaine que j'ai déjà entendue. C'est un refrain qui commence à se faire vraiment vieux.

Je lève les yeux au ciel.

– Pas maintenant, Dee.

Ma mère croise les bras et tape du pied.

– Je ne veux pas de lui sous mon toit, Katherine. Il n'est pas le bienvenu ici.

Et c'est pour cela que vous ne devriez jamais vous plaindre de votre moitié à votre famille. Elle ne le connaît pas comme vous et elle ne l'aime pas autant que vous. Alors elle ne lui pardonnera jamais comme vous pouvez le faire.

Même si je sais d'où vient ma mère, je prends beaucoup sur moi en ce moment. Et elle n'arrange pas vraiment la situation.

– Si c'est comme ça, je ne resterai pas non plus.

Ma mère semble choquée et elle laisse tomber ses bras le long de son corps.

Delores réplique :

– Eh, crétin…

Drew tourne la tête vers elle.

– Oui, toi. C'est le moment où tu es supposé dire que tu ne veux pas te mettre entre Katie et sa mère. Que tu iras à l'hôtel.

Drew grogne.

– Je suppose que je ne suis pas si chevaleresque. Je reste avec Kate. J'irai où elle ira.

Dee se met à rire.

– Ouah, c'est comme Jack et Rose sur le *Titanic*.

Elle lève la main.

– Qui d'autre espère que le crétin finisse comme Jack ?

Je l'ignore et je reste le regard fixé sur ma mère. Et sa voix se fait implorante.

– La journée a été difficile, Katie. Tu as besoin d'espace, de prendre de la distance pour pouvoir réfléchir calmement.

Je secoue la tête.

– Non, maman. J'ai eu toute la distance nécessaire. Drew veut ce bébé. Il m'aime. Nous devons parler pour arranger les choses.

Je regarde Dee Dee.

– *Sans* aucune intervention.

Puis je me retourne vers ma mère.

– Et tout n'était pas uniquement de sa faute. J'ai ma part de responsabilité.

Comme beaucoup de mères, la mienne hésite à reconnaître les défauts de son enfant.

– C'est ce qu'*il* t'a dit ? Que c'est *ta* faute ?

– Non, c'est ce que je sais. *C'est* en partie ma faute, maman.

Je pousse un soupir.

– Ce serait peut-être mieux pour tout le monde que Drew et moi allions à l'hôtel.

L'entêtement est apparemment héréditaire, car ma mère dit :

– Non, je ne veux pas que tu ailles à l'hôtel. Si tu veux qu'il reste, alors je ne m'y opposerai pas. Mais ça ne me plaît pas.

Elle regarde Drew.

– Si tu tiens à la vie, ne t'approche pas de moi.

Puis elle sort de la pièce.

George se lève.

– Je devrais aller lui parler.

Avant de sortir, il se tourne vers Drew et tend la main.

– Content de te voir, fils.

Drew me lâche la main pour serrer celle de George qui se transforme en bonnes tapes dans le dos.

– C'est bon de savoir que quelqu'un l'est, George.

George sourit et suit ma mère.

Puis Billy se lève.

Si vous regardez attentivement, vous pouvez voir Drew en train de bomber le torse, comme un singe dans la jungle, se préparant à combattre jusqu'à ce que mort s'ensuive pour la dernière banane.

– Tu as quelque chose à ajouter, Warren ?

Billy regarde Drew. Puis il détourne le regard avant de se tourner vers moi.

– Je lui ai dit que tu serais au parc parce que je savais que c'était ce que tu aurais voulu.

Je souris gentiment.

– C'était vrai. Et j'apprécie sincèrement ce que tu as fait. Nous l'apprécions tous les deux.

Je pousse Drew du coude. Il hausse les épaules, sans s'engager.

Billy ajoute :

– Tu n'as pas besoin de lui, Katie. C'est aussi simple que cela.

– Je l'aime, Billy. C'est aussi simple que cela.

Il soutient mon regard pendant un instant puis il hoche la tête et lève les mains en signe de reddition.

– Pour information, vous avez tous les deux besoin d'une putain de thérapie. Faites-moi confiance, je reconnais les failles lorsque j'en vois.

Je hoche la tête.

– On va garder ça en tête.

Drew se moque :

– Tout à fait…

Delores se lève à côté de Billy et s'adresse à Drew :

– Je vais apprécier le spectacle, te voir essayer de sortir de la merde dans laquelle tu t'es mis. Cela va être mieux que tout ce que je peux imaginer.

Elle ajoute après coup :

– Et si cela ne l'est pas… Je devrai alors faire preuve de créativité.

Ne soyez pas trop déçu par le manque de vengeance de Dee. En tant que véritable amie, elle respecte mes choix, même si elle n'est pas d'accord avec eux. Elle sait quand ne pas insister et me laisser gérer les choses.

Ou alors… elle attend juste son heure.

Dee me prend dans ses bras et me dit à l'oreille :

– Ne le laisse pas s'en tirer cette fois. Les orgasmes sont juste un pansement, pas un remède.

Je ris.

– Merci, Dee.

Elle se tourne vers Billy.

– Viens. Voyons si Amelia peut arrêter de faire des cochonneries avec le shérif Mitchell suffisamment longtemps pour nous préparer quelque chose pour le dîner.

Billy fait la grimace.

– Il est trop tôt pour plaisanter à ce sujet.

Ils se dirigent vers la porte arrière, me laissant seule avec Drew.

Je passe la main le long de son bras.

– George n'est pas le seul à être heureux de te voir. Au cas où tu ne l'aies pas réalisé… je suis vraiment heureuse que tu sois là.

Drew sourit tendrement et me touche la joue.

– Je sais.

***

Nous montons dans ma chambre et je ferme la porte derrière moi. Je fais le tour du lit et j'enlève mes chaussures en les poussant dessous. Il fait sombre et j'allume la lampe de chevet, qui baigne la pièce d'une lueur chaude.

– Il faudra peut-être un peu de temps à ma mère pour tout comprendre. Elle ne sera probablement pas très aimable avec toi pendant un bon moment.

Drew s'assied au bord du lit et hausse les épaules.

– Je ne suis pas inquiet au sujet de ta mère.

– Non ?

– Elle t'aime. Elle va s'y faire lorsqu'elle va réaliser que je suis ce que tu veux. Que je te rends heureuse. Que j'accomplis mon unique préoccupation du moment.

Nous restons silencieux pendant quelques secondes. Je m'assieds sur le lit à côté de Drew, repliant mes pieds sous mes jambes. Drew se frotte les paumes des mains sur les cuisses. Réfléchissant.

Puis il parle de ce qui, à l'évidence, le préoccupe.

– Alors… est-ce que Warren a été là tout le temps ?

Même si Drew a parlé avec Billy avant de venir me chercher au parc, je devine qu'il n'a pas complètement enregistré sa présence jusqu'à maintenant.

– Billy est venu voir Amelia. Il est venu au restaurant quelques jours après mon arrivée ici.

– Et vous êtes tous les deux… sortis ?

Je vois où il veut en venir. Comme un avocat expert, mettant en place son contre-interrogatoire avec un témoin qu'il essaie de désarçonner. Préparant le terrain, construisant la question qui va ouvrir le dossier.

Je baisse la tête, incapable de croiser son regard.

Me sentant coupable, même si techniquement parlant, je ne devrais pas.

Les habitudes de Drew ne sont pas les seules à avoir la vie dure. Comme toujours, la procrastination reste mon amie. Je demande :

– Est-ce que tu veux vraiment avoir cette conversation maintenant ?

Il rit avec dureté.

– Pour information, c'est une conversation que je ne voudrais *jamais* avoir. Mais il vaut mieux tout déballer maintenant.

Il hoche légèrement la tête.

– Qu'est-ce que tu as fait, Kate ?

Je sursaute et je me sens insultée – sur la défensive – par son accusation implicite.

– Qu'est-ce que *j'ai* fait ? Tu ne manques pas de couilles pour me poser cette question.

Il hausse les épaules.

– Je pense qu'elles sont assez impressionnantes, merci. Mais mes couilles ne sont pas le sujet de cette discussion. Tu l'as baisé ?

– Tu as baisé la strip-teaseuse ?

– Je t'ai posé la question en premier.

Je suis prise de court. Et je rirais sans doute si tout cela n'était pas aussi triste.

D'une voix résignée, je lui réponds :

– Non, non, je n'ai pas couché avec Billy.

Drew laisse échapper un soupir. Et sa voix s'adoucit.

– Moi non plus. Je veux dire… pas Warren… je n'ai pas baisé la strip-teaseuse non plus.

Je me lève.

– Tu voulais le faire ?

Étant donné la préférence passée de Drew pour la diversité, je pense que c'est une question légitime. La façon dont je le vois, c'était sa chance de revivre l'époque où la polygamie était sa norme.

– Pas même un peu.

Il glisse un doigt dans la ceinture de mon jean et m'attire entre ses genoux ouverts. Ses mains se posent sur mes hanches tandis qu'il me regarde.

– Tu te souviens de cet horrible film de filles que tu m'as fait regarder l'année dernière ? Celui avec le type de *The Office* ?

Il parle de *Crazy, Stupid, Love*. Je hoche la tête.

Drew continue.

– Et à la fin, comment il lui dit « Même quand je te détestais, je t'aimais ».

Je hoche à nouveau la tête.

– C'était comme ça. Il ne s'agissait jamais de ce que je voulais – il s'agissait de ce que je pensais devoir faire. C'était toujours par rapport à toi. Tu étais dans ma tête, dans mon cœur… même lorsque tu n'étais plus là… tu étais encore bien présente.

Il ne va jamais y avoir de bon moment pour le dire. Lui mentir ou ne pas le lui dire n'est pas une option.

– Avec Billy, on s'est embrassés.

Ses mains se resserrent sur mes hanches. Les mots flottent dans l'air comme une odeur nauséabonde.

Comme il ne répond pas, j'insiste.

– Cela ne voulait rien dire.

Drew ricane amèrement.

– Bien sûr que non.

– J'étais blessée et perdue. Cela n'a duré que quelques secondes. Et il ne s'agissait pas de désir ou d'attirance. C'était simplement… du réconfort.

Drew me pousse sur le côté et se lève. Puis il commence à faire les cent pas. Tous les muscles de son corps sont contractés.

– Je t'avais dit que ça arriverait. Je te l'ai dit, merde. Cet enculé attendait juste la bonne occasion.

– Ce n'est pas comme ça, Drew. C'était innocent.

L'image du baiser salace de Drew avec la strip-teaseuse claque au premier plan de mes pensées. Et ma colère pointe juste derrière.

– Cela n'avait rien à voir avec ce que tu as fait. Ce que j'ai dû te *voir* faire.

– Et cela est supposé me faire sentir mieux ?

– Je n'essaie pas de te faire sentir mieux ! J'essaie d'expliquer ce qui s'est passé. Pour que nous puissions laisser cela derrière nous et avancer. C'est ce que tu veux, non ? *N'est-ce pas ?*

Le désespoir dans ma voix doit l'avoir atteint. Car il s'arrête de faire les cent pas et me fixe pendant un long moment.

Ses yeux bleus reflètent un mélange d'émotions d'indignation et de compréhension réticente. Avec l'envie de céder à une fureur qui ne servira à rien – une fureur qu'il n'a pas le droit de ressentir.

Il laisse échapper un soupir et retourne s'asseoir sur le lit.

– Oui, c'est ce que je veux.

Je souris avec tristesse.

– Moi aussi.

Il ne me regarde pas mais reste les yeux fixés sur la porte de ma chambre.

– C'était juste un baiser ?

– Oui.

– Pas de dérapage ?

Je lève les yeux au ciel.

– Non.

Tendu, il hoche la tête.

– Ok… Ok. Voilà qui met tout à plat, je suppose.

Il reste sans bouger pendant un bon moment. Puis il annonce avec fermeté :

– Je ne veux plus que tu lui parles, plus jamais.

– Drew…

– Je suis sérieux, Kate. Je ne veux pas qu'il appelle à l'appartement ou bien qu'il t'envoie un email. Je ne veux pas que tu le rencontres pour un fichu déjeuner ou bien une soirée entre filles.

Ses yeux fixent les miens tandis qu'il plaide :

– Je veux que Billy Warren sorte de ta vie. De façon définitive.

Je ferme les yeux. Parce que je savais que cela arriverait. Et ne croyez pas que je ne comprends pas ce que Drew ressent. Vous êtes même peut-être d'accord avec lui.

Mais choisir entre Billy et Drew n'est pas une option. C'est peut-être égoïste mais j'ai besoin d'eux. Drew est mon amoureux, l'amour de ma vie, le père de mon enfant. Mais Billy est mon meilleur ami – tout comme Dee Dee.

– Il est mon ami.

Mon expression reste stoïque, pour lui dire sans un mot que je ne céderai pas. Pas sur ce point, pas cette fois.

Sa mâchoire se crispe.

– Comment tu peux me demander de faire ça ? Comment tu peux t'attendre à ce que je le voie te parler et ne pas le faire disparaître ?

Je prends les mains de Drew dans les miennes et je les tiens serrées.

– Si nous décidons de ne plus nous voir, je ne retournerais pas non plus vers Billy. Jamais. Et il ne voudrait pas être avec moi. Et lorsque je suis arrivée ici au début, je croyais que tu ne voulais pas du bébé. Et je ne pensais pas que je pourrais l'avoir seule. Billy m'a fait voir que je pourrais. Et plus important encore, il m'a aidée à comprendre que je le voulais.

Drew se détourne.

Je prends son visage dans mes mains et je l'attire vers moi.

– Si Billy n'avait pas été là pour moi, il est probable que je me sois fait avorter avant que tu n'arrives. Pense à ça. Pense à ce que nous aurions perdu, Drew. Et que je n'aurais jamais été capable de me le pardonner – ou à toi. C'est ce que je lui dois. C'est ce que *nous* lui devons.

Il ferme les yeux très fort. Je ne m'attends pas vraiment qu'il soit d'accord avec moi. C'est une pilule difficile à avaler pour n'importe quel homme, surtout pour un homme comme Drew. Mais il a écouté. Et je ne peux qu'espérer qu'il pensera à ce que j'ai dit et comprendra que ma vie – notre vie – est meilleure avec un ami comme Billy.

Le fait qu'il ne soit pas en désaccord avec moi de manière active me suffit pour le moment.

L'air fatigué, il se frotte les yeux avec les paumes de ses mains. Puis il me pose une question. Et je note une curiosité découragée dans chacune des syllabes qu'il prononce.

– Pourquoi ne me l'as-tu pas dit, Kate ? Lorsque tu as pensé pour la première fois que tu pouvais être enceinte. Pourquoi n'as-tu rien dit ?

C'est aussi quelque chose que vous vous êtes demandé, non ? Rien de tout cela ne serait arrivé si je n'avais pas gardé mes soupçons pour moi.

– J'étais… stupéfaite. Effrayée. Je ne savais même pas ce que je pensais à propos de la possibilité d'être enceinte et… je n'étais pas sûre de ce que tu ressentirais. J'avais besoin de temps pour le digérer. Pour l'accepter. Pour – finalement – être excitée à ce sujet-là. Et je l'étais. Après mon rendez-vous avec Bobbie, j'étais heureuse. Je rentrais à la maison pour te le dire… mais… c'était trop tard.

Drew répond :

– J'ai tant essayé de ne pas tirer de conclusions hâtives. Encore. Lorsque j'ai vu le nom d'un type dans ton agenda et que tu as menti à propos de l'endroit où tu allais… j'étais vraiment énervé. Mais je me suis calmé et j'ai pensé que c'était peut-être une bonne nouvelle. Tu allais peut-être m'acheter quelque chose ou préparer une surprise.

– Et au lieu de me demander ou d'attendre pour voir la surprise, tu m'as suivie ?

– Je ne pouvais pas rester simplement assis. Je devais faire *quelque chose*. Et puis je t'ai vue, dans le parking, si heureuse de voir ce fils de pute. Je n'ai jamais pensé que tu me tromperais. Je ne voulais pas le croire mais c'était bien là, devant mes yeux.

– Ma grand-mère avait l'habitude de dire : ne crois rien de ce que tu entends et la moitié seulement de ce que tu vois.

Drew renifle.

– Elle avait fichtrement raison.

Je suis prête à accepter le rôle que j'ai joué dans cette situation mais je n'ai pas le complexe de la victime. Alors je demande :

– Si tu pensais que je te trompais, pourquoi ne pouvais-tu pas réagir comme un type normal ? Défoncer un mur ou te soûler. Pourquoi dois-tu fomenter ces plans diaboliques comme le ferait un super méchant dans *Batman* ?

Il hoche la tête et me touche les cheveux.

– Quand j'ai pensé à ce que je voyais… c'était un vrai cauchemar. L'enfer. Rien de ce que Dieu ou Satan aurait pu imaginer n'était pire que ça.

– Je peux comprendre.

– Et je voulais que cela disparaisse. Cette putain de douleur. Même pour un petit instant. Alors, après avoir acheté la bouteille de Jack, je suis allé dans ce club où j'avais l'habitude d'aller avec mes copains au bon vieux temps. Elle était simplement… là. Et tu sais ce que l'on dit – le meilleur moyen d'en finir avec quelqu'un, c'est de monter sur quelqu'un d'autre.

– Personne ne dit ça, Drew.

– Eh bien, on devrait. De toute façon, j'ai dans l'idée que si tu m'avais vu avec quelqu'un d'autre, tu réaliserais ce que tu étais en train de perdre. Et alors tu… t'arrêterais… et tu reviendrais vers moi. Demander pitié. Me demander pardon. J'avais tout planifié.

Je réponds sèchement :

– Ouais, ça a super bien fonctionné.

– J'ai dit que c'était un plan – je n'ai pas dit que c'était un bon plan.

Il devient plus sombre.

– Quand tu es partie… je suis devenu un peu fou. Je n'arrivais simplement pas à croire… que tu ne m'aies pas choisi.

Et il semble tellement brisé, si différent de l'homme avec lequel j'ai vécu pendant deux ans.

Des larmes de culpabilité et de chagrin coulent de mes yeux.

– Je suis désolée.

Drew me prend dans ses bras. Ses lèvres se posent contre mon cou tandis qu'il avoue :

– Je suis tellement désolé, Kate.

Puis il se recule et essuie mes joues.

– S'il te plaît, ne pleure pas. Je ne veux plus jamais te faire pleurer.

Je renifle et je m'essuie les yeux.

– Ce premier soir, après le dîner chez tes parents, qu'est-ce que tu aurais dit si je t'en avais parlé ?

Un petit sourire s'étire sur ses lèvres tandis qu'il imagine le merveilleux *si*.

– Je serais allé à la pharmacie, quelle que soit l'heure, et j'aurais acheté l'un de ces tests de grossesse. Ou même dix ! Et je me serais assis à table avec toi pendant que tu aurais bu trois litres d'eau pour pouvoir utiliser chacun de ces foutus tests.

Je ris à en pleurer car cela ressemble vraiment à ce qu'il aurait pu faire.

– Et lorsqu'ils seraient tous passés en positif, je les aurais alignés et pris en photo avec mon téléphone pour pouvoir prévenir ta mère et mes parents, Matthew et Alexandra. Et après, je t'aurais emmenée dans la chambre et j'aurais passé les heures suivantes à nous épuiser l'un l'autre. Mais cela se serait passé de façon lente et douce parce que j'aurais probablement été inquiet à l'idée de te faire mal. Et puis, après, lorsque nous aurions été étendus là... je t'aurais dit que je ne pouvais pas attendre les neuf prochains mois.

Ses beaux yeux bleus brillent avec tendresse et passion.

– Parce que je sais que nous allons avoir le meilleur des bébés.

Avec un rire, je repousse ses cheveux noirs de son front. Et puis je me penche vers lui et je scelle son doux rêve d'un baiser.

Il me demande :

– Si j'avais été tout seul dans l'appartement ce soir-là, qu'est-ce que tu aurais dit ? Comment tu me l'aurais dit ?

Mes yeux s'emplissent une nouvelle fois de larmes et je me lève. Je vais prendre le petit tee-shirt de bébé dans le tiroir de ma commode. Je le tiens derrière mon dos tandis que je me dirige vers Drew.

Je dis doucement :

– Je t'aurais fait asseoir et je t'aurais dit que, lorsque j'ai commencé à travailler au cabinet, je ne m'attendais pas à rencontrer quelqu'un comme toi. Et que je ne m'attendais pas à tomber amoureuse de toi. Je ne m'attendais vraiment pas que tu m'aimes autant en retour. Et je t'aurais dit que les plus grandes choses dans la vie sont celles auxquelles on ne s'attend jamais. Et puis je t'aurais donné ça.

Je place le tee-shirt dans ses mains. Il le déplie lentement et tandis qu'il lit les mots inscrits, un sourire ravi et fier se dessine sur ses lèvres. Sa voix est pleine d'émotion lorsqu'il dit :

– C'est vraiment, vraiment chouette.

Il le met sur le côté puis il tire les couvertures du lit. Il saisit l'ourlet de ma chemise et me l'enlève par-dessus la tête. Il me déshabille, me mettant à nu. Puis c'est le tour de mon jean et je me tiens debout devant lui vêtue de ses sous-vêtements préférés, mon ensemble noir en dentelles Implicite. Je déboutonne lentement sa chemise. Mes mains effleurent ses épaules et sa poitrine, se refamiliarisant avec le corps qui m'a tellement manqué.

Mais il n'y a rien de sexuel dans tout cela. Lorsque Drew ne porte plus que son boxer, il éteint la lampe et nous nous glissons sous les couvertures. J'ai tellement besoin d'un bon sommeil réparateur. Enfin. Je vois la même lassitude chez Drew.

La fatigue émotionnelle peut être plus épuisante que n'importe lequel de ces programmes déments de remise en forme.

Drew est couché sur le dos. Je pose ma tête sur sa poitrine. Il embrasse le dessus de mon front tandis qu'il lisse mes cheveux dans le dos.

Ma voix est faible lorsque je demande :

– Tu penses toujours que je suis parfaite ?

Il demande d'une voix somnolente :

– Qu'est-ce que tu veux dire ?

Je soulève la tête pour le regarder.

– Tu le dis tout le temps. Quand nous sommes en train de travailler, quand nous faisons l'amour – parfois, je ne sais pas si tu le réalises. Tu me dis que je suis parfaite. Après tout ce qui s'est passé maintenant, tu le penses toujours ?

Je sais qu'en fait je suis loin d'être parfaite. Personne ne l'est. Mais la réalité ne m'intéresse pas – je veux juste savoir si l'opinion qu'il a de moi a changé. Si, à ses yeux, je suis moins que ce que j'étais.

Il touche mon visage, il suit mes lèvres avec son pouce.

– Je continue de penser que tu es parfaite pour moi. Rien ne changera jamais cela.

Je souris et je me rallonge. Puis nous nous endormons, tendrement enlacés.

CHAPITRE 17

Le lendemain matin, il est tôt lorsque j'ouvre les yeux. Une lumière grise filtre à travers les rideaux mais le soleil n'est pas encore levé.

Et l'espace à côté de moi est vide. Je suis seule.

Pendant un instant horrible et irrationnel, je pense que tout cela n'a été qu'un rêve.

Drew venant ici à Greenville, notre réconciliation – juste une illusion provoquée par trop de séries-télé regardées et par les romans d'amour de Julie Garwood.

Puis je vois le mot sur la petite table.

Pas de panique. Suis descendu chercher du café et le petit déjeuner. Je reviens vite. Reste au lit.

Soulagée, je me tourne sur le dos et je ferme les yeux. Je sais par expérience que, si je me lève trop vite, la nausée va frapper en force. Je ne crains plus autant les nausées matinales. Bien sûr, personne n'aime avoir les l'estomac sens dessus dessous, mais bizarrement, c'est rassurant. Comme une façon pour mon corps de me dire nous allons BIEN. Que tout est en état de marche.

Dix minutes plus tard, je me lève lentement et j'enfile mon peignoir. Puis je descends en suivant l'odeur du café.

Devant l'entrée à l'arrière de la cuisine, j'entends la voix de Drew. Au lieu d'entrer, je regarde par l'embrasure de la porte. Drew est au comptoir, fouettant de la farine dans un bol en inox. Ma mère est assise, raide, à la table dans le coin. Elle regarde des factures, appuyant péniblement sur les touches d'une grande calculatrice. Son visage est sévère, en colère – s'acharnant à ignorer l'autre personne qui est dans la pièce.

J'écoute et je regarde, saisissant la fin de la conversation Drew.

– Et j'ai dit : deux millions ? Je ne peux pas faire cette offre à mon client. Revenez lorsque vous serez sérieux.

Il jette un regard à ma mère mais il n'y a aucune réaction. Il se remet à fouetter et dit :

– C'est comme ce que je disais à Kate il y a quelques semaines – certains types ont besoin être vaincus pour apprendre.

Ma mère pose brutalement une facture sur la table et prend la suivante sur la pile.

Drew soupire. Puis il pose le bol sur le comptoir et s'assied en face de ma mère. Elle fait mine de l'ignorer.

Il réfléchit pendant un moment, frottant ses doigts contre son menton. Puis il se penche vers ma mère et dit :

– J'aime votre fille, Carol. Tellement que je pourrais… prendre une balle pour elle.

Ma mère renifle.

Drew hoche la tête.

– Ouais, c'est ça. Cela ne veut probablement pas dire grand-chose pour vous. Mais… c'est vrai. Je ne peux pas promettre que je ne vais pas encore tout bousiller.

Mais si je le fais, ce ne sera pas aussi épique que ce qui vient de se passer. Et je peux promettre que je ferai toujours tout ce que je pourrai pour arranger les choses avec Kate… pour que cela aille bien.

Ma mère continue de regarder longuement la facture dans sa main, comme si celle-ci affichait un remède miracle contre le cancer.

Drew s'appuie en arrière, regarde vers la fenêtre et sourit un peu.

– Quand j'étais gamin, je voulais être mon père. Il portait ces costumes impressionnants et il allait travailler au sommet d'un énorme immeuble. Et il avait toujours tout, comme si le monde entier était au bout de ses doigts. Lorsque j'ai rencontré Kate… non… lorsque j'ai réalisé que Kate était ça pour moi, tout ce que je voulais être, c'était le type qui la rendrait heureuse. Qui la surprendrait, la ferait sourire.

Pour la première fois, ma mère regarde Drew. Il la regarde à son tour et lui dit d'une voix déterminée :

– Je veux toujours être ce type-là, Carol. Je continue de penser que je peux l'être. Et j'espère qu'un jour vous le penserez aussi.

Au bout d'un moment, Drew se lève et retourne préparer le petit déjeuner au comptoir.

J'attends en regardant, tandis que ma mère demeure assise à la table, silencieuse et immobile. N'est-ce pas cela que chaque parent veut entendre ? Que l'unique objectif de la personne que leur enfant aime est de le rendre heureux ? Je ne peux pas croire qu'elle ne soit pas touchée par les paroles de Drew.

Elle dit :

– Tu te trompes.

Drew s'arrête de fouetter et se tourne vers ma mère.

– Vraiment ?

Elle se lève et lui prend le bol des mains.

– Oui. Si tu remues trop, les pancakes seront lourds. Trop épais. Tu dois mélanger juste assez pour bien associer tous les ingrédients.

Elle adresse un petit sourire à Drew. Mais c'est suffisant.

– Je vais t'aider.

Drew lui sourit lentement en retour.

– Ce serait bien, merci.

Ouais – dire des choses gentilles. Mon cœur fond un peu. Car chaque fille veut que sa mère voie ce qui est bon chez l'homme qu'elle aime.

J'entre en coup de vent dans la cuisine.

– Bonjour.

– Bonjour ma chérie. Comment tu te sens ? me demande ma mère.

– Je vais bien. Vraiment bien.

Je me dirige vers Drew qui m'embrasse doucement et pose son bras autour de mes épaules.

– Qu'est-ce que tu fais debout ? Tu n'as pas trouvé mon mot ?

– Si. Mais je voulais voir ce que vous faisiez. Comment ça se passe ?

Il me fait un clin d'œil.

– Ça vient.

***

Nous restons à Greenville encore une journée avant de prendre un vol en fin de soirée pour rentrer à New York. La première chose que nous faisons, le samedi matin, c'est de franchir ensemble le seuil de notre appartement.

Je jette un coup d'œil dans le salon tandis que Drew dépose nos sacs dans un coin. L'appartement est fraîchement nettoyé, étincelant, et une odeur de cire parfumée au citron flotte dans l'air. C'est exactement le même que j'ai quitté il y a une semaine. Inchangé.

Lisant presque mes pensées, Drew explique :

– J'ai fait venir des femmes de ménage.

Je regarde dans le couloir vers la salle de bains.

– Et le feu ?

Nous avions parlé de l'incursion de Drew dans la pyromanie. Il a dit qu'il avait brûlé quelques photos mais il a les copies. Rien n'est perdu qui ne peut être remplacé.

Poétique, vous ne trouvez pas ?

L'air sombre, je lui dis :

– Drew, il faut que nous parlions.

Il me regarde avec prudence.

– Aucune conversation dans l'histoire de l'humanité ayant commencé par cette phrase ne s'est jamais bien terminée. Nous devrions nous asseoir.

Je m'assieds sur le canapé. Il prend le fauteuil et pivote pour me faire face.

Je vais droit au but.

– Je veux déménager.

Il évalue mes paroles dans sa tête tandis que je me prépare à l'argument que je sais sur le point d'arriver.

Mais il hoche légèrement la tête.

– Tu as raison.

– Ah bon ?

– Ouais, bien sûr.

Il regarde autour de lui.

– J'aurais dû y penser avant. C'est ici que ton pire cauchemar est devenu réalité. Comme la maison dans *Amityville* – qui diable voudrait vivre ici ?

Il le prend beaucoup mieux que ce que je pensais. Jusqu'à ce qu'il poursuive :

– Ma sœur a un bon agent immobilier. Je vais l'appeler tout de suite. On peut rester vivre au Waldorf si tu veux jusqu'à ce que nous trouvions un nouvel appartement. Vu le marché actuel, cela ne devrait pas être long.

– Non, Drew – j'ai dit que *je* veux déménager. Seule. Je veux avoir mon propre appartement.

Il fronce les sourcils.

– Pourquoi tu voudrais faire ça ?

Vous vous demandez sans doute la même chose. J'y ai réfléchi, j'ai planifié ça dans ma tête depuis que j'ai décidé que je voulais garder le bébé, avec ou sans Drew. Car il y a différents types de dépendances. J'ai toujours voulu être financièrement à l'abri et maintenant, je le suis. Mais je n'ai jamais été indépendante du point de vue affectif. Toute seule. Et à ce stade de ma vie, c'est quelque chose que je veux.

Ne serait-ce que pour me prouver que j'en suis capable.

– Je n'ai jamais vécu seule. Tu le savais ?

Toujours déconcerté, il dit :

– Oui, et alors ?

– Lors de ma première année d'études, j'étais dans les dortoirs de la résidence universitaire. Puis Dee,

Billy et moi et un groupe d'autres personnes avons trouvé un endroit à l'extérieur du campus. Après ça, il y avait toujours moi et Billy ou moi, Dee et Billy qui partagions une maison ou un appartement. Et puis je me suis installée ici, avec toi.

Drew se penche en avant et appuie ses coudes sur ses genoux.

– Où veux-tu en venir, Kate ?

– Il y a toujours eu quelqu'un lorsque je rentrais à la maison. Je n'ai jamais décoré ou acheté un meuble sans en parler à quelqu'un. J'ai vingt-sept ans maintenant et je n'ai pour ainsi dire jamais dormi toute seule.

Il ouvre la bouche pour discuter mais je continue.

– Et… je pense que tu as marqué un bon point en disant que nous nous précipitions. Nous sommes partis d'un week-end de drague pour finir par vivre ensemble du jour au lendemain.

– Et regarde ce que cela a donné ! Je sais ce que je veux et je te veux. Il n'était pas nécessaire d'attendre parce que…

– Mais peut-être que cela *aurait été* bien d'attendre, Drew. Nous aurions peut-être eu une base plus solide pour notre relation si nous étions simplement… sortis ensemble pendant un moment avant d'emménager ensemble. Peut-être que si nous étions allés plus lentement, rien de tout cela ne serait arrivé.

Il est ennuyé et un peu paniqué. Il tente de le dissimuler, mais c'est pourtant vrai.

– Tu as dit que tu m'as pardonné.

– Oui mais… je n'ai pas oublié.

Il secoue la tête.

– C'est un vrai discours de meuf car tu vas me coller cette merde au-dessus de la tête pour le restant de nos vies !

Il a marqué un point. Je mentirais si je disais qu'il n'y avait pas une petite partie de moi qui voulait lui faire comprendre qu'il ne pouvait pas me traiter comme bon lui semble. Qu'il y a des conséquences à ses actions.

Que si jamais il recommence à merder, je peux – et je le ferai – le quitter.

Mais il ne s'agit pas *seulement* de cela.

– Tu veux redécorer ? me demande-t-il. Fais comme bon te semble. Tu veux peindre les murs en rose et mettre des putains de draps avec une licorne dessus ? Je ne dirai pas un mot.

Je secoue la tête.

– J'ai besoin de savoir que je peux le faire, Drew. Pour *moi*. Et… lorsque notre fils ou notre fille partira pour s'installer seul(e), je veux savoir ce que cela fait afin de pouvoir l'aider.

À ce stade, je m'attends que Drew consente à peu près à tout ce que je veux de lui.

Les femmes savent lorsqu'elles ont le dessus. Vous savez ce que je veux dire. Les jours qui suivent votre anniversaire que votre mari a oublié ou bien les trop nombreuses heures que votre petit ami a passées au bar avec ses copains pour regarder un match. Les jours qui suivent une dispute, lorsque la victoire est dans la colonne de la femme, sont paisibles. Aimants. Les hommes font leur possible pour être attentionnés et prévenants. Ils posent leurs chaussures dans le placard, ils sortent la poubelle sans que l'on ait besoin de leur demander et se souviennent de lever la lunette des toilettes avant d'uriner.

Même si je me rends compte que Drew ne va pas apprécier ma décision, j'imagine qu'il sera compréhensif et serviable.

– Eh bien, c'est foutrement idiot !

Pas exactement ce que j'avais imaginé.

Je croise les bras.

– Pas pour moi, ça ne l'est pas.

Il bondit sur ses pieds.

– Alors tu es folle !

Il se passe une main dans les cheveux et retrouve son sang-froid.

Lorsqu'il parle, ses mots sont calmes, raisonnables. L'homme d'affaires pondéré qui fait son discours.

– Bien, nous sommes d'accord, ces derniers jours ont été chargés en émotion. Et tu es enceinte – tu n'as pas les idées claires. Lorsque Alexandra était enceinte, elle voulait se couper les cheveux comme Miley Cyrus. Le coiffeur lui a fait changer d'idée et à la fin, elle était contente. Alors... gardons cette idée à l'esprit... et nous en reparlerons plus tard.

Je soupire.

– Ce sera bien pour nous. Nous continuerons de nous voir tous les jours, mais en nous laissant un peu de temps séparément, de l'espace.

– Tu as dit à ta mère que tu n'avais pas besoin d'espace. Que nous avions besoin de discuter pour assumer et nous en sortir.

Je réponds avec un haussement d'épaules :

– C'était hier.

Puis je reprends le vieil argument :

– Si tu aimes quelque chose, laisse-le partir. S'il revient vers toi, il est à toi.

Il se pince l'arête du nez.

– Donc… tu vas prouver que tu ne me quitteras jamais… en me quittant ?

– Non, je vais prouver que je ne te quitterai jamais… en revenant vers toi.

Drew tire la taille de son pantalon et baisse les yeux.

– Bon, toujours ma bite. Ce qui explique beaucoup de choses parce que ton raisonnement n'aurait de sens que pour une femme.

Je lève les yeux au ciel. Et Drew continue :

– Tu es enceinte, putain, Kate ! Nous allons avoir un bébé. Ce n'est pas le moment de faire un pas en arrière et de réfléchir si tu veux avoir une relation ou pas !

Je prends sa main et je le fais asseoir à côté de moi sur le canapé.

– Tu te souviens de tout ce que tu as fait avant que je m'installe ici ? Les fleurs, les ballons, l'entretien dynamique avec sœur Béatrice, la transformation de ton bureau à l'appartement – c'était de beaux gestes. Me montrant combien tu me voulais et combien tu étais disposé à changer ta vie pour moi.

Je baisse les yeux vers nos mains jointes.

– Mais tu m'as aussi fait une offre que je ne pouvais pas refuser. Aucune femme ne pourrait. Et je pense qu'une partie de toi croit que tu m'as manipulée pour que je m'installe avec toi. Que si tu ne m'avais pas harcelée et si tu n'en avais pas rajouté un peu, je ne t'aurais jamais choisi.

– Tu ne l'aurais pas fait.

– Tu vois ce que je veux dire ? Et ce n'est pas vrai. Cela aurait pu me demander du temps de te faire confiance à nouveau, de croire que tu étais prêt pour une relation mais je l'aurais fait. J'aurais toujours été amoureuse de toi et voulu vivre avec toi parce que tu es toi. Pas à cause des choses que tu as faites pour moi. Voilà qui réglera la question, Drew. Tu ne douteras jamais de la raison pour laquelle je suis avec toi.

Il retire sa main et se la frotte sur le visage.

– Alors… tu veux payer pour un appartement, emballer toutes tes affaires, acheter des meubles, prendre la peine de déménager… juste pour me prouver ainsi qu'à toi-même que tu peux le faire ? Sachant qu'à un certain moment, tu vas revenir t'installer avec moi, de toute façon ?

– Bon, lorsque tu dis cela, cela semble ridicule.

– Oui ! Merci. Oublie toutes les conneries de charabia de psy, *c'est* ridicule !

– Non, pas du tout. Parce que plus tard, lorsque nous déciderons de revivre ensemble, nous serons sur un pied d'égalité. Ce ne sera pas toi qui me fait de la place dans ta vie – il s'agira de nous qui prenons ensemble une décision. Pour les meilleures raisons.

Il détourne le regard vers la porte en réfléchissant. Puis il se retourne vers moi.

– Non, je suis désolé, Kate. Je veux te rendre heureuse, oui. Mais je ne peux pas supporter quelque chose d'aussi inutile. Je ne suis pas d'accord, non.

Il croise les bras et se met à bouder. Comme un enfant de deux ans qui refuse de bouger jusqu'à ce qu'il arrive à ses fins.

Il fut un temps, il n'y a pas si longtemps de cela, où son refus m'aurait influencée. Où j'aurais laissé son opinion devenir mienne. Où j'aurais cédé pour le bien de notre relation et de mon équilibre mental.

Mais plus maintenant.

Je me lève.

– Je fais ça, Drew, avec ou sans toi. J'espère vraiment que cela peut être avec toi.

Puis je me dirige vers la chambre à coucher.

***

Je reste debout au milieu de la pièce pendant quelques minutes, me remémorant certains des moments les plus merveilleux et les plus romantiques de ma vie qui se sont passés dans cette pièce.

Je mentirais si je prétendais que cela n'allait pas me manquer.

Mais je reste convaincue que mon déménagement nous sera profitable à tous les deux. Qu'à un moment donné cela va faire la différence entre nous, plutôt que de crouler sous le poids de notre propre passion et de notre entêtement, nous deviendrions un couple encore plus solide que ce que nous étions auparavant.

Je souhaite simplement que Drew voie les choses comme cela.

Avec un soupir, je me dirige vers le placard pour prendre mon sac. Je n'en ai pris qu'un petit lorsque je suis partie il y a une semaine, il reste donc beaucoup de vêtements à emballer.

Je repère la grande valise en cuir beige sur l'étagère du haut.

On n'a pas conçu ce genre d'étagères dans les placards en pensant aux personnes de petite taille. Je m'étire sur les pointes de pied pour essayer de saisir la poignée. J'envisage d'aller chercher une chaise dans la pièce à côté mais j'essaie d'abord en sautant.

Tandis que je plie les genoux pour une seconde tentative, j'entends Drew arriver derrière moi. Il lève le bras au-dessus de ma tête, atteint facilement la valise et la redescend.

– Tu ne devrais pas faire ça, ce n'est pas bon pour toi… ni pour le bébé.

Il sort du placard et dépose la valise sur le lit.

Tout en le suivant, je lui demande :

– Comment tu sais ça ?

Il hausse les épaules.

– Lorsque Alexandra était enceinte, j'ai lu beaucoup de choses. Je voulais être prêt au cas où le travail commence lors d'une réunion de famille ou bien pendant que nous serions coincés dans un taxi tous les deux pendant les heures de pointe.

Il ouvre la fermeture Éclair du sac et ajoute :

– J'aurais dû m'arracher les yeux après, bien sûr, mais cela aurait valu la peine.

Je souris.

Il me prend par les épaules et me fait asseoir sur le bord du lit.

– Pose tes pieds, là. Repose-toi.

Puis il se tourne vers le placard et prend une pile de mes tee-shirts pour les poser soigneusement dans la valise. Il ne me regarde pas tandis qu'il s'affaire.

– Tu m'aides à faire ma valise ?

Il hoche la tête avec raideur.

– Ouais.

– Mais tu ne veux toujours pas que je déménage ?

– Non.

– Et… tu continues de penser que c'est une idée stupide ?

– Ouais. Tu n'as pas beaucoup d'idées stupides – mais si c'était le cas, celle-ci serait la plus bête de toutes.

Il prend une autre pile dans le tiroir tandis que je lui demande :

– Alors, pourquoi tu m'aides ?

Il pose la pile dans le sac et me regarde. Et son visage exprime tout ce qu'il ressent – frustration, démission… dévouement.

– Au cours de ces deux dernières années, je t'ai probablement dit une douzaine de fois que je ferais n'importe quoi pour toi.

Il hausse les épaules.

– Assez parlé, il est temps d'agir.

Et c'est pour cela… pour cela que je l'aime. Je soupçonne que c'est pour ça aussi que vous l'aimez. Car en dépit de ses défauts, Drew est assez audacieux pour me donner tout ce qu'il a. Pour mettre son cœur sur le billot et me tendre la hache.

Il fera des choses qu'il déteste, simplement parce que je le lui demande. Il ira contre son instinct et son meilleur jugement si c'est ce dont j'ai besoin. Il place son bien-être et son bonheur après les miens.

Je me lève, je pose mes bras autour de son cou et je presse mes lèvres contre les siennes. Un moment plus tard, mes pieds se soulèvent du sol et sa main plonge dans mes cheveux. Sa bouche capture mes gémissements tandis qu'il me presse encore plus près de lui.

Je me recule et je lui dis :

– Tu es incroyable.

Il me renvoie un doux sourire.

– C'est l'avis général.

Je souris.

– Et je t'aime.

Il me repose par terre mais il garde ses bras autour de ma taille.

– Bon. Alors tu vas me laisser mettre trois serrures sur la porte de l'appartement où tu décideras de t'installer. Et une chaîne. Et un verrou.

Je souris davantage.

– D'accord.

Drew avance lentement en me soutenant vers le lit.

– Et tu ne vas pas râler lorsque je vais faire installer un système de sécurité.

– Je n'y songerai même pas.

Et nous faisons un autre pas ensemble, comme si nous étions en train de danser.

– Je pense aussi t'acheter un de ces trucs qui avertissent « Je suis tombée et je ne peux pas me lever ».

Je fronce les sourcils tandis que je fais semblant de réfléchir à l'idée.

– Nous en parlerons.

– Et… tu vas me laisser te reconduire tous les soirs après le travail.

– Oui.

L'arrière de mes jambes touche le cadre du lit.

– J'irai aussi avec toi à chacun de tes rendez-vous chez le docteur.

– Pas une seconde je n'ai pensé que tu ne le ferais pas.

Drew me prend le visage dans ses mains.

– Et un jour, je vais te demander de m'épouser. Et tu sauras que ce n'est pas parce que tu es enceinte et à cause de quelque tentative illusoire pour te garder.

Les larmes jaillissent de mes yeux tandis que nous nous regardons.

Il continue, la voix rauque :

– Tu vas savoir que je te le demande parce que rien ne me rendrait plus fier que de pouvoir dire : Voici Kate, ma femme. Et lorsque je te le demanderai, tu me répondras oui.

Lorsque je hoche la tête, une larme descend le long de ma joue. Drew l'essuie avec son pouce tandis que je promets :

– C'est une certitude.

Et puis il m'embrasse, avec toute la passion et le désir qu'il a refrénés ces deux derniers jours. Drew berce ma tête tandis que nous tombons tous les deux sur le lit. Puis je me cambre et la chaleur se propage dans mon ventre et vers mes cuisses tandis que je me frotte contre son sexe en érection.

Appuyant ses coudes sur le lit au-dessus de mes épaules, Drew lève la tête et me dit, la voix haletante :

– Alors… est-ce que c'est une partie de jambes en l'air pour se réconcilier… ou pour se séparer ? Parce que j'ai des idées vraiment fantastiques pour l'une ou l'autre.

J'ouvre plus grand les jambes, pour que Drew puisse bien s'installer.

– Il s'agit certainement de sexe pour se réconcilier, avec peut-être l'idée de faire une pause. Et aussi avec l'idée de profiter du dernier jour dans l'appartement. Cela recouvre beaucoup de choses – alors cela va prendre un très, très long moment.

Drew sourit. Et c'est son sourire de gamin, ravi – un de mes préférés – qui ne surgit qu'à des moments très particuliers.

– *J'adore* ta façon de penser.

Et nous passons le reste de la journée au lit.

ÉPILOGUE

ÉPILOGUE

Huit mois plus tard

Donc… je suis retourné à l'église. Chaque semaine. Parfois même deux fois par semaine.

Ouais – c'est moi, Drew.

Ça fait longtemps qu'on ne s'est pas vus. Je vous ai manqué ? À en juger par votre regard, du style « j'aimerais pousser ta bite dans un taille-crayon automatique »… je devine que c'est un non.

Encore furieux, hein ? Je ne peux pas dire que je vous en veuille. Il a fallu trois bonnes semaines avant que je puisse me regarder dans un miroir sans vouloir me botter le cul. En fait, un soir j'étais sorti avec les mecs pour fêter un gros contrat, et après un trop grand nombre de shots, j'ai demandé à Matthew de me frapper dans les couilles aussi fort qu'il le pouvait.

Parce que je ne pouvais pas m'arrêter de voir le regard de Kate lorsqu'elle s'est dirigée vers la porte, ce soir-là. Les images ont défilé et redéfilé sans cesse dans ma tête comme un de ces horribles films qui passent toujours sur le câble mais que personne ne regarde jamais.

Heureusement pour moi, Matthew a refusé. Encore mieux, Delores n'était pas avec lui, car je suis sûr qu'elle aurait été plus qu'heureuse de me rendre ce service. Ouais – la liste des culs que j'ai dû lécher ces derniers mois est longue. Digne d'une chaîne de montage. Kate, Delores, Carol, mon père, Alexandra…

J'ai mis du baume sur mes lèvres – je ne voulais pas m'irriter.

Vous avez raté beaucoup de choses. Je vais essayer de vous raconter.

***

Que savez-vous des années de reconstruction ? Chaque grande équipe de baseball en connaît. Les Yankees en ont une tous les deux ans. L'objectif d'une année de reconstruction n'est pas de gagner le championnat. Il s'agit de développer vos atouts, de reconnaître vos faiblesses. De rendre votre équipe solide… forte.

C'est à cela que ressemblaient ces semaines pour Kate et moi après qu'elle fut partie. Il ne lui a pas fallu longtemps pour trouver un nouveau logement. Une appartement, meublé, dans une partie convenable de la ville. C'était petit… ma sœur a dit « pittoresque ». Si j'étais objectif, je dirais que c'était assez agréable.

Mais l'objectivité n'est pas exactement mon fort alors c'était un dépotoir. Je le détestais – chaque centimètre carré.

Ce premier lundi, lorsque Kate et moi sommes retournés travailler, ne fut pas plaisant. Mon père nous a conduits dans son bureau et nous a fait asseoir tous les deux pour la Conférence.

C'est une technique de punition qu'il a développée pendant mes années d'adolescence lorsqu'il a compris que me donner la fessée lorsque je faisais des bêtises n'était plus efficace. Le vieil homme est un parleur – Wendy Davis[18] n'a rien à lui envier –, et il pouvait disserter ainsi pendant des heures. Il y avait des jours où j'aurais même préféré qu'il me gifle, cela aurait été beaucoup plus facile.

La longue flagellation verbale qu'il a utilisée ce jour-là avec Kate et moi impliquait des mots comme « déçu », « erreur de jugement », « manque de maturité » et « introspection ».

À la fin, il a expliqué qu'il y avait deux grands amours dans sa vie – sa famille et son entreprise – et qu'il ne permettrait pas à l'un de cannibaliser l'autre. Donc, si Kate ou moi laissions une nouvelle fois notre vie personnelle affecter notre rendement professionnel, l'un de nous ou tous les deux devraient se chercher un autre emploi.

Dans l'ensemble, j'ai pensé que c'était plutôt bienveillant de sa part. Si j'avais été à sa place, j'aurais viré mon cul. Après, lorsque nous lui avons dit qu'il allait être grand-père pour la troisième fois… Disons simplement que la nouvelle a grandement contribué à nous réconcilier.

Kate et moi nous sommes vus tous les jours, au bureau et après. Il n'y avait pas de soirées pyjama mais il y avait des rendez-vous – des dîners, des spectacles, des promenades dans Central Park, des heures passées au téléphone qui rivalisaient avec celles des adolescentes

---

18 Femme politique américaine.

les plus bavardes. Nous avons beaucoup parlé. Je suppose que c'était une sorte de mise au point.

Rien n'était interdit.

Tout était mis sur la table.

Nous avons parlé de nos incertitudes – les doutes sont comme les mauvaises herbes. Si vous ne vous en occupez pas tout de suite, ils se multiplient. Et avant de le comprendre, votre jardin ressemble à la jungle du Viêtnam.

Kate m'a accusé d'utiliser le sexe comme une arme et un doudou. Et je lui ai dit qu'elle m'excluait – elle se ferme, alors je n'ai aucun moyen de savoir ce qu'elle pense vraiment. Entre nous deux, il y avait suffisamment de problèmes pour remplir une saison complète de *Dr Phil*[19].

Qui l'eût cru ?

Le fait de tout mettre à plat nous a aidés.

J'ai tellement parlé de mes sentiments que c'est un miracle que je mes seins n'aient pas poussé.

Vous savez, lorsque vous nettoyez votre garage ? Vous devez le vider – vider des boîtes de merde, nettoyer les étagères – avant de pouvoir tout ranger ? C'était comme ça.

Nous avons parlé en profondeur à propos de ce que nous avions vécu pendant notre « pause ». Et laissez-moi vous dire – ces conversations étaient à peu près aussi amusantes que de passer une putain de coloscopie.

Son baiser avec Warren fut disséqué dans les moindres détails.

Est-ce que j'étais fou ?

---

19 Célèbre talkshow américain.

Est-ce que le kérosène est inflammable ?

Je voulais passer ma main à travers le mur – et son visage. Je continuais de vouloir tracer une ligne dans le sable et dire à Kate qu'elle ne parle plus jamais à ce fils de pute. Qu'elle ne le revoie jamais.

Jamais.

Mais je ne l'ai pas fait.

Même si je détestais le reconnaître, ce crétin était là pour elle lorsque je… n'étais pas là. Il l'a ramassée lorsque je l'ai mise à terre. Alors, d'une certaine façon, étrange, et du style « l'univers n'a aucun sens », il m'a rendu service. En plus, ce trou du cul signifie beaucoup pour Kate. Et même si je veux être tout pour elle, je ne peux pas me résoudre à lui refuser quelque chose – quelqu'un – qui la rende heureuse.

Donc, à la lumière de mon propre comportement, je suis prêt à donner un laissez-passer à ce branleur. Pour cette fois.

Évidemment, la prochaine fois que je le verrai, tous les paris sont ouverts. S'il me tape sur les nerfs, je me laisserai aller à lui casser toutes les dents jusqu'aux molaires. Et compte tenu de son talent pour m'énerver, c'est presque garanti.

Pourquoi vous me regardez comme ça ? Ne me dites pas que maintenant, vous aimez ce type ?

Bon… sujet suivant… vous savez que je n'ai pas baisé la strip-teaseuse. Mais ce que vous ne savez pas… c'est que ce n'est pas faute d'avoir essayé.

Avant que vous ne m'arrachiez la tête, gardons à l'esprit que Kate venait de déchirer mon cœur à mains nues. Elle disait qu'elle me quittait, que c'était fini.

Et je l'ai crue.

Ce qui me ramène à ma déclaration du début. C'est exact – l'église. Le fait est que je dois beaucoup à Dieu. Un grand moment. Et pas pour les raisons auxquelles vous pensez probablement.

Que savez-vous des troubles de l'érection ? Du syndrome de la bite molle ? De l'impuissance ? C'est une expérience à laquelle chaque pauvre enfoiré avec une queue devra faire face à un moment donné de sa vie. C'est effroyable. Et comme les météorites venues de l'espace heurtent la Terre, c'est obligé que cela finisse par arriver.

En ce qui me concerne, cela m'est arrivé seulement une fois. Vous voulez savoir quand ? C'est exact – cette terrible nuit-là. Après le départ de Kate, la strip-teaseuse a fait son petit numéro pendant environ quinze minutes. Puis elle a proposé de passer à l'étape supérieure – pour nous il s'agissait de faire plus ample connaissance sur le canapé, dans la chambre, à la lumière du lustre de la salle à manger.

Mais je savais que cela n'allait pas se produire. Cela ne pouvait pas se faire. Parce que j'étais à peu près aussi dur qu'un morceau de chewing-gum mâché.

Bon, je n'ai peut-être pas pu bander parce que j'étais dévasté à propos de Kate. C'était peut-être parce que j'avais bu suffisamment d'alcool pour tuer un cheval. Mais je préfère y penser comme étant un acte de Dieu.

Une intervention divine pour me sauver de ma propre stupidité.

Et cela a fonctionné. Parce que, aujourd'hui, Kate et moi allons mieux que jamais. Et je suis presque certain que cela ne serait pas le cas si j'avais baisé une autre femme. Je ne sais pas si Kate aurait pu me pardonner ça. Je sais que je n'aurais pas pu me le pardonner à moi-même.

***

Après tout ce qui s'est passé, nous sommes arrivés aux trucs sympas. La réalisation. La reconquête. J'ai toujours été impressionnant dans cette partie, vous vous souvenez ?

Mais je n'aime pas me répéter, cela dénote un manque d'imagination. Alors cette fois, il n'y a pas eu d'avalanche de fleurs. Pas de bureau rempli de ballons. Pas de concert avec trois musiciens.

Il y a eu cependant des SMS affectueux. Des cadeaux petits, mais significatifs. Des mots sur la porte de son appartement. Chaque fois que je pensais à elle quand elle était absente, chaque fois que cela me manquait de ne pas la sentir à côté de moi, je le lui disais. Que la poésie soit impliquée ou non.

Et Kate ne restait pas inactive non plus. Malgré sa joie évidente de vivre sa vie indépendante, elle me faisait savoir qu'elle était seule sans moi. Elle insistait pour que nous nous parlions au téléphone juste avant d'aller au lit. Le plus souvent, elle finissait par s'assoupir pendant que je restais à l'autre bout du fil, et je passais plus de temps que je ne voulais l'admettre à l'écouter respirer.

Est-ce que c'est pitoyable ?

Je suis bien au-delà de tout ça.

Kate préparait aussi le dîner pour nous dans son appartement trois soirs par semaine. Puis nous travaillions ensemble sur la table de sa cuisine, comme deux étudiants bachotant pour leurs examens.

Mais autour de la huitième semaine, j'ai senti qu'il fallait faire un grand geste. Et j'ai réalisé un coup de maître.

Avez-vous déjà vu *Un monde pour nous* ? Vous vous souvenez lorsque John Cusack tenait son Ghetto Blaster au-dessus de sa tête ? Je me suis inspiré de la scène et je suis resté sur le trottoir de Kate pour un karaoké.

Vous vous souvenez de ce que je pense du karaoké, n'est-ce pas ? Il y a beaucoup de choses que je fais bien – mais pas chanter. Mais j'ai inspiré un bon coup et j'ai entonné chaque chanson d'amour que j'ai pu trouver.

Matthew, Steven et Jack sont arrivés et se sont assis au bord du trottoir et m'ont chahuté mais je n'en avais rien à foutre. Parce que pendant tout le temps que je chantais, Kate se tenait debout à son balcon, me regardant un petit sourire sur ses lèvres parfaites.

Et l'humiliation publique fait des miracles.

Parce qu'à la moitié de *Mirrors* de Justin Timberlake, Kate est descendue, m'a pris par la main et m'a conduit dans son appartement. J'ai adressé un doigt d'honneur aux gars en passant. Et une fois arrivés, Kate me montait comme une princesse guerrière chargeant au combat.

Quoi ? Vous ne pensiez pas que nous faisions l'amour ? Moi, deux mois sans coucher avec elle ?

Pourquoi vous ne me tirez pas le cerveau par le nez avec une paire de pinces ? Je suis sûr que ce serait moins douloureux.

Nous avons fait l'amour. Mais comme je l'ai dit, il n'y avait pas de nuit complète. Ce qui était un peu comme manger un sundae sans éclats de noisettes. C'est bon, mais il manque définitivement quelque chose.

Cette nuit-là, pourtant, changea tout. Parce que lorsque j'ai ouvert les yeux, c'était le matin et Kate était déjà réveillée. Me regardant. Elle a passé ses doigts le long de mon torse et elle m'a embrassé. Et puis elle m'a dit qu'elle était prête – elle voulait que nous emménagions de nouveau ensemble.

Ce fut… le second plus beau jour de ma vie.

Nous avons trouvé un nouvel appartement assez rapidement. Je cherchais depuis un moment et il restait trois options.

Il était important pour Kate que nous ayons un endroit qui était « à nous », dans tous les sens du terme. Pour elle, il représentait un nouveau départ de notre relation. Un symbole de l'émancipation des femmes dont elle pensait manquer avant. J'ai toujours pensé que Kate était forte, indépendante – je n'avais jamais compris qu'*elle* n'en n'avait pas conscience.

L'immeuble a plus de cent ans, avec des moulures d'origine, des fenêtres allant du sol au plafond et deux balcons qui surplombent Central Park. De plus, Bon Jovi vit quelques étages en dessous de chez nous, ce qui est sympa. Kate est une grande fan de lui.

Voilà, je pense que j'ai tout dit. Est-ce que j'ai oublié quelque chose ?

J'ai bien appris ma leçon. Pour de bon, cette fois. Sérieusement. Si je rentre à la maison et que Kate est en train de baiser dans notre lit avec un type rencontré au hasard ? Je ne paniquerai pas – je ne dirai pas un mot.

Je l'enlèverai, je la jetterai sur mon épaule et je l'emmènerai jusqu'au laboratoire le plus proche pour faire un test ADN afin de m'assurer qu'il s'agit bien de Kate et non pas d'une jumelle maléfique perdue depuis longtemps qui s'acharne à ruiner nos vies.

Je ne douterai jamais plus de Kate. Ou de nous, en l'occurrence.

Vous ne me croyez toujours pas ?

Bon. Le temps nous le dira. Et d'ailleurs, Kate me croit. Et c'est tout ce qui compte vraiment, non ?

Maintenant que vous êtes à la page, je ne vais plus vous ennuyer avec d'autres récapitulatifs. Mais l'histoire n'est pas encore finie. Vous pouvez regarder le reste en direct.

***

– Je ne peux rien avaler de plus. Je pense que mon ventre va exploser.

– Mon Dieu, Matthew – une autre tranche ! Comment peux-tu encore, demande Delores.

Matthew frotte son ventre proéminent comme un grand-père le jour de Thanksgiving.

– C'est un cadeau.

Elle lève les yeux au ciel.

Toute la bande est là. Les gars sont venus pour m'aider à installer les meubles dans la chambre du bébé et les filles ont suivi pour superviser. Cerisier massif – du lourd. Suivez mon conseil : optez pour l'imitation bois. C'est tout aussi joli et diablement plus facile à bouger.

Sumo fixe Matthew tandis qu'il prend sa cinquième part de pizza.

– Sérieusement, Matthew – il faut que tu arrêtes, là.

Sumo ? C'est Alexandra, en fait c'est son surnom temporaire. Matthew et moi l'avons trouvé il y a quelques semaines lorsqu'elle a fait le choix regrettable de porter un maillot de bain de grossesse une pièce noir et blanc pour aller à la plage.

Mais ne le dites pas à Steven. Il n'a aucun sens de l'humour lorsque nous taquinons ma sœur en ce moment.

La bouche pleine, Matthew lui répond :

– Ne sois pas jalouse, Sumo – juste parce que tu es trop gonflée pour profiter de ce mets délicieux.

Ouah. Vous avez remarqué sa gaffe ?

Alexandra, oui, sûrement.

– Comment tu m'as traitée ?

– Quoi ?

– Sumo. Tu m'as appelée Sumo. Qu'est-ce que cela signifie, Matthew ?

Je n'avais jamais vu quelqu'un se préparer avant un peloton d'exécution mais maintenant je sais à quoi cela ressemble. Matthew ravale son venin comme s'il avalait une brique. Et ses grands yeux se tournent vers moi pour demander de l'aide.

Tu es tout seul, mec. J'ai un gamin en route. Ce serait bien d'avoir quatre membres en état de marche lorsqu'il naîtra.

– Je… ah…euh… Je suis en mode syndrome Gilles de la Tourette.

Delores semble perdue. Alexandra ferme à demi les yeux.

– Putainbiteconnardmerdeenfoiré. Tu vois ?

Sumo se détourne.

– Peu importe.

Euh, c'était décevant. La grossesse doit l'épuiser. Et en parlant de grossesse, Kate avance dans la pièce d'un pas hésitant.

Ses cheveux sont longs et brillants. Ils oscillent de gauche à droite lorsqu'elle bouge. La fatigue apparaît sur son front ridé par la fatigue, elle a posé une main dans le bas de son dos pour l'aider à soutenir son ventre immense.

Mon regard reste fixé sur elle sans que je puisse l'en détacher. Elle est adorablement ronde. Comme un de ces Kinder Surprise avec lesquels je jouais quand j'étais enfant. Elle se laisse tomber sur le canapé à côté de moi et pose ses pieds gonflés à la Fred Pierrafeu sur la table basse.

– Je suis si énorme.

Je souris et je pose la main sur le monticule bien ferme, le frottant comme s'il s'agissait d'un crâne chauve pour porter chance. Sachant qu'il y a un vrai bébé en chair et en os dedans, le voir bouger sous la peau de Kate est vraiment incroyable.

Lorsqu'il y a un match des Yankees, je lui parle – je fais un commentaire détaillé, comme le ferait un journaliste sportif. Et le soir, lorsque Kate est endormie, je balance la télécommande du téléviseur sur son ventre, simplement pour voir le bébé la renvoyer de l'intérieur. Sympa, non ? Dans le genre étrange comme *Alien*, mais sympa quand même.

– Tu *es* vraiment énorme. Je pense que tu as doublé de taille depuis le petit déjeuner.

Toute la pièce devient étrangement silencieuse.

Et Kate fixe ma main une seconde de trop.

– Excuse-moi… je dois… y aller…

Elle se lève et se dirige aussi vite qu'elle le peut dans le couloir.

Elle va probablement aux toilettes – elle y va beaucoup ces derniers temps.

Puis Delores me donne une tape.

Vlan.

Dans ma putain d'oreille.

– Ouah !

Je me frotte le lobe tout rouge.

Sumo laisse échapper un soupir exaspéré.

– Tu peux lui en donner une pour moi, Delores ? Je ne peux pas me lever.

Vlan

– Putain ! Mais c'est quoi ce bordel ?

Alexandra se jette sur moi.

– À quoi tu *penses* ? Tu ne dis pas à une femme qui est à trois jours d'accoucher qu'elle est énorme !

– Je ne l'ai pas dit. *Elle* l'a dit. J'ai simplement été d'accord avec elle.

– Delores.

Vlan.

– Oh mon Dieu !

Si l'épisode de l'oreille peut être une indication, alors il y a de fortes chances pour que je sois devenu sourd.

– Kate sait que je ne voulais pas le dire dans ce sens-là.

Delores se croise les bras d'un air suffisant.

– C'est sûr, petit con. C'est pour cela qu'elle est en train de pleurer toutes les larmes de son corps dans la salle de bains.

J'avale ma salive et je regarde en direction du couloir. Il est possible que Delores soit juste en train de me raconter des histoires. C'est son passe-temps préféré en ce moment, me faire sentir coupable pour toute cette merde que Kate m'a déjà pardonnée. Delores Warren est le Zinedine Zidane de la rancune tenace.

Alexandra s'extirpe du canapé.

– Et sur ce, ramène-moi à la maison, Steven. Aussi amusant que ce soit de regarder mon petit frère s'aplatir, je suis trop fatiguée pour en profiter vraiment en ce moment.

Delores et Matthew se lèvent aussi pour partir, ils pourront ainsi se partager à quatre. Je ne sais pas vraiment comment il vont y arriver – Alexandra va avoir besoin de la banquette arrière pour elle toute seule.

Mais je vais garder cette réflexion pour moi.

D'ailleurs, j'ai des choses plus importantes à gérer. Comme trouver ma petite amie.

***

Je frappe doucement à la porte de la salle de bains.

– Kate ?

J'entends du bruit derrière la porte.

– J'arrive.

Merde. Elle a la voix étouffée. Delores ne me racontait pas d'histoires. Je lève le bras et attrape la clef au-dessus de la moulure. Je déverrouille la porte et je l'ouvre lentement. Elle est là. Debout devant la glace, avec des traces de larmes sur les joues.

Kate se retourne pour me regarder et se met à hoqueter. Le ton de sa voix est pitoyable. Triste.

– Je ne veux pas être grosse.

Elle se cache le visage dans les mains et se met à sangloter. J'essaie de ne pas rire. Vraiment. Mais elle est si mignonne et si misérable que je n'y parviens pas. Je l'entoure de mes bras en me tenant derrière elle.

– Tu n'es pas grosse, Kate.

Sa voix me parvient étouffée par ses mains.

– Si, je le suis. Je n'ai pas pu mettre mes chaussures hier. Dee Dee a dû m'aider parce que je ne pouvais pas les atteindre.

Cette fois, je ne peux pas m'empêcher de rire. Je pose mon menton sur son épaule et je retire ses mains de son visage. Nos yeux se rencontrent dans la glace.

– Tu es enceinte – pas grosse.

Je réfléchis et puis j'ajoute d'un ton neutre :

– Alexandra est grosse.

Elle fronce ses yeux humides.

– Elle est enceinte.

– Pas dans ses cuisses.

Kate hoche la tête.

– Tu es si méchant.

– Je n'essaie pas de l'être. J'essaie juste de souligner le fait que tu es magnifique.

Je passe les mains le long de ses hanches étroites.

– Diablement sexy.

Et je ne lui raconte pas d'histoires. Son ventre a atteint sa capacité maximale, mais ses jambes sont minces. Toniques. Et elle arbore toujours le cul le plus doux et le plus serré de ce côté-ci de l'Hudson River.

Bien sûr, ses hormones la rendent irrationnelle la moitié du temps – mais l'autre moitié, elle est bandante.

Plus excitée que je ne l'ai jamais vue. Et puis, il y a les seins. Je ne peux pas les ignorer. Ils sont presque aussi gros que sa tête. Tellement beaux.

Non pas qu'il y ait quoi que ce soit de moche avec les seins de Kate au quotidien – mais les seins pendant la grossesse, c'est comme l'Inde. Vous n'avez pas besoin d'y rester pour toujours mais c'est assurément excitant à visiter.

Kate doute de ma sincérité.

– Sexy ? Allez. Ne me raconte pas de salades, Drew.

Je souris, l'air narquois.

– Crois-moi, mon cœur – si je pense à te raconter quelque chose ? Ce ne seront pas des salades.

Elle tourne dans mes bras, sceptique.

– Comment pourrais-tu penser ça ? Elle désigne son corps. Qu'il est sexy ?

J'hésite. Et je me frotte la nuque.

– Cela pourrait te rendre folle.

– Prends le risque.

Je hausse les épaules.

– Bien… je te l'ai fait.

Un fait, j'en suis certain, qu'elle ne manquera pas de me le rappeler une fois que nous serons dans la salle d'accouchement.

– Je t'ai rendue comme ça, j'ai laissé ma marque. C'est mon enfant que tu portes en toi. C'est comme une grande enseigne au néon qui dit PROPRIÉTÉ DE DREW EVANS. Appelle-moi un homme des cavernes mais c'est un tournant majeur pour moi.

Elle reste sans rien dire pendant une minute puis elle baisse la tête vers nos mains jointes.

– Qu'est-ce qui se passe si je ne peux pas perdre le poids après la naissance du bébé ?

– Tu le feras.

– Mais si je ne peux pas ?

Je hausse à nouveau les épaules.

– Alors, je me transformerais en chasseur potelé. Un petit coussin supplémentaire n'est pas une mauvaise chose.

Elle lève les yeux au ciel puis se met à rire. Je prends son visage dans mes mains et approche ses lèvres des miennes. Le baiser se fait doux et tendre.

Et puis il ne l'est plus.

Ses dents pincent mes lèvres. Fort et urgent. Demandant davantage. Et mes jambes tremblent du besoin de la satisfaire.

Cela me stupéfie toujours – le pouvoir qu'elle a. Ce petit bout de femme peut me mettre à genoux d'un simple regard… d'un soupir. Mais je ne voudrais pas qu'il en soit autrement. Je suis allé de l'autre côté. J'ai vu ce que la liberté pouvait offrir.

La souffrance.

Apportez les putains de chaînes, je me réduirai à l'esclavage pour toujours.

Kate se recule, les yeux fermés. Haletant.

– Drew… Drew, j'ai besoin…

Je repousse les cheveux de son visage.

– Quoi, bébé, dis-moi ? Tu as besoin de quoi ?

Elle ouvre les yeux.

– Tu as envie de moi, Drew ?

Je suce sa lèvre inférieure. Et je chuchote : Oui.

– Montre-moi. Fais-le-moi sentir. Ne pense pas au bébé… simplement… baise-moi… comme avant…

Sainte Marie Mère de Dieu.

Ok, en ce moment, Kate est… fragile. Comme un ballon d'eau qui a été trop rempli.

J'ai dû m'efforcer consciemment pour y aller mollo avec elle sur le plan sexuel. Lent et doux, en dépit de quelques positions fantastiquement créatives. Mais maintenant, ce qu'elle dit – sa voix – Dieu du ciel, je fais tout ce que je peux pour ne pas la pencher par-dessus l'évier et la baiser comme un fou.

– Plus fort… s'il te plaît Drew, comme on le faisait…

Mon Dieu, c'est ce qu'un gorille détraqué doit sentir, juste après s'être échappé du zoo.

– Ne me regarde pas, si…

Telle une brindille sèche, je me casse. Je serre ses bras plus que je ne devrais et je la fais tourner. Ma main s'enchevêtre dans ses cheveux, tirant sa tête en arrière pour pouvoir m'attaquer à son cou. Et mon érection déchaînée s'écrase contre son cul. Kate gémit. Mon autre main monte le long de son ventre, agrippant brutalement ses seins. Ils débordent dans ma paume. Et nos bouches ne font plus qu'une, nos langues s'entremêlent furieusement. Je l'a saisis sous ses genoux et je la soulève pour me diriger tout droit vers la chambre.

Kate me repousse.

– Attends, Drew – je suis trop lourde. Tu vas te faire mal.

Si je n'étais pas si excité, je me sentirais foutrement insulté. Je lui coupe la parole avec un autre baiser langoureux. Puis je la dépose sur le lit.

Je prends mon temps pour ouvrir les boutons sur le devant de sa robe, un par un. Pas pour la taquiner – mais pour lui montrer. Ne me regarde pas, mon cul ! Te regarder c'est le meilleur.

D'accord, ce n'est pas le *meilleur*. Mais c'est déjà bon.

Elle se tortille avec impatience et je décroche son soutien-gorge en dentelle noire Implicite. Elle le fait glisser sur ses bras. Je prends un moment pour admirer mon œuvre, caressant des yeux chaque centimètre de son corps nu. *Impressionnant*. Puis je plonge mon visage entre ses seins, frottant et suçant, donnant à chaque courbe généreuse ce qui lui est dû.

Kate se cambre et me tire les cheveux. Contorsions. J'enlève ma chemise par la tête.

Ses bras s'enroulent autour de mon dos – me massant – me tirant plus près d'elle. Je gémis et je me faufile jusqu'à son cou pour lui déposer un autre long baiser sur la bouche. Je ne veux pas qu'elle pense au bébé en ce moment précis mais je ne peux pas passer près de la bosse sans lui rendre hommage. Mes lèvres se pressent contre elle, avec révérence.

Puis je me lève. J'arrache ma ceinture, et mon pantalon et mon boxer tombent par terre. Kate respire vite. Ses lèvres sont entrouvertes et gonflées. Ses yeux sont en feu – sur moi.

J'attrape ses chevilles et je la tire vers le bord du lit, enveloppant ses jambes autour de mes hanches.

Je fais glisser ma bite de haut en bas entre ses lèvres, la recouvrant de son humidité.

Puis je m'arrête et nos yeux se fixent. Je sais qu'elle veut quelque chose de cahoteux et je veux lui plaire, mais d'abord :

– Si je te fais mal – si tu te sens mal –, dis-le-moi.

Elle acquiesce. Et c'est la seule assurance dont j'ai besoin avant de m'enfoncer en elle. *Putain.* Nous gémissons ensemble, longtemps, à voix basse. Je recule la tête et je pousse encore.

Elle est plus serrée maintenant. J'ignore si c'est le bébé qui appuie partout, mais sa chatte m'étreint comme un putain d'attrape-mouche savourant son dernier repas. Mes hanches appuient contre les siennes, s'écrasant et se frottant, plus brutalement que jamais.

C'est primitif, sauvage. Et si délicieusement intense, ce pourrait être illégal. Ses seins énormes rebondissent à chaque coup de rein. Elle halète et gémit, aimant chaque seconde. Kate cherche à atteindre mes hanches mais elles sont trop loin, hors de portée. Elle saisit alors les draps du lit et les froisse.

En gardant le rythme rapide et régulier, je glisse la main entre nous et je malaxe son clitoris, comme elle aime. Puis je me déplace plus haut et je pince ces magnifiques mamelons sombres. Les seins de Kate ont toujours été un point chaud, mais dernièrement, ils sont très sensibles.

Elle ouvre la bouche mais seuls de petits gémissements s'en échappent. Et c'est simplement inacceptable.

– Allez, bébé, tu peux faire mieux que ça.

J'augmente la cadence. Et elle crie :

– Drew… Drew… oui…

Beaucoup mieux.

Je pose les mains sur ses genoux et je maintiens l'effet de levier. La tirant vers moi pendant que je pousse en avant. Peau contre peau qui claquent l'une contre l'autre.

– Mon Dieu… Kate…

Je ne vais pas pouvoir tenir encore longtemps. À ce rythme-là, je ne m'y attendais pas vraiment. Je baisse le menton et j'attrape son cul. La soulevant et plongeant plus profond. Bougeant plus vite.

Les jambes de Kate se resserrent sur moi et je sais qu'elle n'est pas loin non plus. Et elle gémit… elle scande… c'est beau. Et puis elle se raidit sous moi. Se serrant autour de moi. Me prenant avec elle. J'attrape sa taille, je la tiens tout près tandis que nous jouissons tous les deux ensemble.

Plus tard, lorsque nous reprenons notre souffle, je m'écroule sur le lit à côté d'elle.

– *Putain*. C'est toujours aussi bon.

Elle rit.

– Ouais. J'en avais besoin.

Puis elle se mord la lèvre inférieure et me regarde de côté. Timidement.

– Tu veux recommencer ?

Comme si elle avait vraiment besoin de demander.

***

Quelques heures plus tard, j'émerge de mon coma post-coïtal au son de la voix de Kate.

– Mmmm… putain de pizza. Que celui qui l'a inventée aille au diable.

Je me frotte les yeux pour me réveiller et jette un coup d'œil par la fenêtre. Il fait toujours sombre dehors, quelques heures seulement après minuit. Kate fait les cent pas dans la chambre en se frottant le ventre. Sa respiration est difficile.

– Kate ? Qu'est-ce qu'il se passe ?

Elle s'arrête dans son élan et me regarde.

– Rien. Rendors-toi. Elle gémit doucement. Juste une indigestion.

Juste une indigestion ?

Des mots célèbres.

Et la prochaine chose que vous apprenez, c'est que l'oncle Morty est étendu sur une dalle à la morgue, décédé d'une bonne crise cardiaque qu'il n'a pas senti venir. Pas sous ma gouverne, mec.

En un éclair, je suis sorti du lit – le pantalon de survêtement enfilé. Je suis à côté de Kate, je pose la main sur son épaule.

– Tu veux que j'appelle le médecin ?

– Quoi ? Non… non, je suis sûre que c'est juste… euh…

Elle se plie en avant en se tenant le ventre.

– Oh… ouah…

Et un jet d'eau éclate entre ses jambes. Plusieurs dizaines de litres.

Nous restons là debout, bêtement. À regarder les gouttelettes qui tombent de sa chemise de nuit sur le tapis. Et puis, comme un serpent rampant dans l'herbe, la réalité se faufile à travers nos cerveaux.

– Oh, mon Dieu.

– Putain de merde.

Vous vous souvenez du ballon d'eau dont j'ai parlé ?

Ouais – ce connard vient juste d'éclater.

***

Inspire...
Expire...
Inspire...

Lorsque j'avais seize ans, l'équipe de basketball de mon école était à égalité pour le championnat de l'État. Pendant la finale, nous étions menés d'un but et il restait trois secondes de jeu. Devinez à qui ils ont passé le ballon ? Qui a marqué la victoire en remportant trois points ?

Ouais – c'était moi. Parce que même à l'époque, j'étais un roc. Toujours au rendez-vous. Je ne suis pas stressé. Peur ? Panique ? C'est pour les perdants.

Et je ne suis pas un perdant.

Alors pourquoi mes mains tremblent comme celles d'un malade atteint de Parkinson qui n'a pas de médicaments ?

Est-ce qu'on vous a déjà dit que vous posiez trop de putains de questions ?

Mes doigts sont livides, accrochés au volant.

Kate est assise côté passager – une serviette sous les fesses –, mettant en œuvre toutes les techniques de respiration que les instructeurs de Lamaze nous ont apprises.

Inspire...
Expire...
Inspire...

Puis à la moitié de « expire », elle hurle : Oh, non !

Je rentre presque dans un poteau téléphonique.

– Quoi ? Qu'est-ce qui se passe ?

– J'ai oublié les sucettes à la pomme acidulée !

– Les *quoi* ?

Sa voix est pleine de déception.

– Les sucettes à la pomme acidulée. Alexandra m'a dit que c'était la seule chose qui avait étanché sa soif lorsqu'elle était en travail pour Mackenzie. Je voulais en prendre cet après-midi mais j'ai oublié. On peut s'arrêter pour en acheter ?

Bon. On dirait que le bon sens de Kate s'en est allé – donc c'est à moi d'avoir la voix de la raison. Ce qui est assez effrayant, étant donné que je suis accroché par un fil quelque part.

– Non, on ne peut pas s'arrêter pour en acheter ! Tu as perdu la tête ?

Les grands yeux marron de Kate se remplissent immédiatement de larmes. Et je me sens comme le plus grand con du monde.

– S'il te plaît, Drew ! Je veux simplement que tout soit parfait… et qu'est-ce qui se passera si je veux une sucette pendant l'accouchement, que tu vas m'en chercher une et que le bébé naît pendant que tu es sorti ? Tu le manqueras.

Les larmes coulent sur ses joues comme deux petites rivières.

– Je ne le *supporterais* pas si tu le ratais.

S'il vous plaît, faites que ce ne soit pas une fille. Pour l'amour de Dieu, faites que ce ne soit pas une fille. Pendant tout ce temps-là, j'ai prié pour avoir un bébé en bonne santé, sans préciser le sexe.

Jusqu'à maintenant.

Parce que si j'ai une fille et que ses larmes me prennent de court comme celles de Kate ? Je suis complètement foutu.

– Ok, Kate. C'est bon, bébé. Ne pleure pas, je vais m'arrêter.

Elle renifle et sourit.

– Merci.

Je donne un coup de volant à droite, je fais un demi-tour interdit et je me range le long du trottoir devant la superette. Puis, plus rapide qu'un arrêt en Formule 1, je suis de retour sur la route avec les sucettes tant convoitées roulant sur la banquette arrière.

Et Kate reprend sa respiration.

Inspire…
Expire…
Inspire…

Jusqu'à ce qu'elle s'arrête.

– Tu penses que les infirmières sauront que nous avons fait l'amour ?

Je regarde ostensiblement son ventre.

– Sauf si tu prévois de revendiquer l'immaculée conception, je pense qu'elles se feront plutôt une bonne idée là-dessus.

Puis je me penche sur le klaxon.

– Eh, la vieille ! Putain, l'accélérateur, c'est la pédale de droite !

Je jure devant Dieu, si tes cheveux gris sont la seule chose qui arrive au niveau du tableau de bord ? Tu n'as rien à faire au volant.

Inspire…
Expire…
Inspire…

– Non, tu penses qu'elles sauront que nous avons fait l'amour ce soir ?

Kate est trop mignonne sur ce sujet. Timide. Même avec moi parfois. L'autre jour, je l'ai aperçue assise sur les toilettes et c'était comme la fin du monde. Personnellement, je pense que c'est ridicule. Mais je ne vais pas discuter de cela avec elle pour le moment.

– C'est une maternité, Kate, pas *Les Experts*. Ils ne vont pas être là avec une lumière noire à la recherche de traces de sperme.

Inspire…
Expire…
Inspire…

– Ouais, tu as raison. Ils ne pourront pas dire.

Elle semble calmée par l'idée. Rassurée.

Et je suis heureux pour elle. Maintenant, si je peux éviter d'avoir un arrêt cardiaque, ça serait parfait.

***

Une heure plus tard, Kate est installée dans une chambre privée au New York Presbyterian, reliée à plus d'engins qui émettent des bips comme ceux d'une personne de quatre-vingt-dix ans dont on maintiendrait les fonctions vitales. Je m'assieds sur la chaise à côté du lit.

– Est-ce que je peux t'apporter quelque chose ? Massage dans le dos ? Des morceaux de glace ? Des stupéfiants ?

Je sais que je pourrais me taper un verre de whisky en ce moment même. Ou même une bouteille entière.

Kate me prend la main et la serre, comme si nous étions à bord d'un avion sur le point de décoller.

– Non. Parle-moi.

Puis sa voix devient feutrée. Faible.

– J'ai peur, Drew.

Ma poitrine se serre douloureusement. Et je ne me suis jamais senti aussi impuissant de ma vie.

Mais je me démène pour le dissimuler.

– Écoute, tout cet accouchement est un jeu d'enfant. Tu sais, les femmes ont des bébés depuis la nuit des temps. J'ai lu une fois un article qui disait que, au temps jadis, elles avaient un gamin qui surgissait en plein milieu des champs. Elles le nettoyaient, le mettaient dans leur sac à dos et retournaient tout de suite travailler. Comment cela peut-il être difficile ?

Elle renifle.

– Facile à dire pour toi. T'as le beau rôle, toi. Les femmes se font royalement avoir dans cette affaire.

Elle n'a pas tort. Mais les femmes sont plus fortes que les hommes. Non, vraiment, je suis sérieux. Bien sûr, nous pouvons les surpasser au niveau de notre supériorité musculaire, mais pour tout le reste – psychologiquement, émotionnellement, du point de vue cardio-vasculaire et génétique –, les femmes arrivent en tête.

– C'est parce que Dieu est sagesse. Il savait que si nous devions en passer par là, la race humaine aurait disparu avec Adam.

Elle rit.

Puis une voix se fait entendre.

– Alors, comment ça va, ce soir ?

– Salut Bobbie.

– Salut Roberta.

Oui, je n'utilise que son nom. Stress post-traumatique ? Peut-être. Tout ce que je sais, c'est qu'entendre le nom de Bob, cela me donne envie de m'ouvrir les veines avec un cutter.

Roberta vérifie le tableau au pied du lit.

– Tout semble parfait. Tu en es à trois centimètres de dilatation, Kate, alors il nous reste encore du temps. Tu as des questions ?

Kate est pleine d'espoir.

– Une péridurale ?

Voici quelques conseils – ne soyez pas masochiste, demandez une péridurale.

Je vais répéter au cas où vous auriez raté :

DEMANDEZ UNE PÉRIDURALE.

D'après ma sœur, c'est un médicament miracle. Elle aurait volontiers branlé le mec qui l'a inventé – et Steven l'aurait probablement laissé faire. Voudriez-vous vous faire arracher une dent sans novocaïne ? Vous feriez-vous enlever l'appendice sans anesthésie ? Bien sûr que non.

Et ne me servez pas cette connerie d'avoir « l'expérience complète » de la naissance d'un enfant. Une douleur est une douleur – il n'y a rien de « merveilleux » à ce propos.

Cela fait simplement foutrement mal.

Roberta sourit doucement.

– Je vais préparer tout cela.

Elle prend quelques notes sur la planchette puis la raccroche au lit.

– Je reviens dans un moment pour vérifier si tout va bien. Demande aux infirmières de me biper si tu as besoin de quelque chose.

– Ok, merci Roberta.

Une fois qu'elle est sortie, je me lève et je prends mon téléphone portable.

– Je vais appeler ta mère, je ne capte pas ici. Tout ira bien jusqu'à mon retour ?

Elle fait un signe de la main.

– Bien sûr, je ne vais nulle part. Nous serons là.

Je me penche et je dépose un baiser sur son front. Puis je me penche et j'en dépose un autre sur la bosse, en disant :

– Ne commence pas sans moi.

Puis je sors en courant, pour rattraper le médecin de Kate dans le couloir.

– Eh, Roberta !

Elle s'arrête et se retourne.

– Bonjour Drew. Comment allez-vous ?

– Bien, merci. Je voulais vous demander à propos du rythme cardiaque du bébé. Est-ce que 1-50 n'est pas un peu élevé ?

La voix de Roberta est tolérante, compréhensive. Elle est habituée à ça, maintenant.

– C'est dans la moyenne. Il est fréquent d'observer des fluctuations mineures dans le rythme cardiaque du fœtus pendant le travail.

Je hoche la tête et je poursuis.

– Et la pression artérielle de Kate ? Aucun signe de pré-éclampsie ?

La connaissance, c'est le pouvoir. Plus vous en savez, plus vous avez de contrôle sur une situation. En tous les cas, c'est ce que je me suis dit au cours de ces huit derniers mois.

– Non, comme je vous l'ai dit hier au téléphone – et le jour d'avant –, la pression artérielle de Kate est parfaite. Elle a été constante pendant toute la grossesse.

Je me frotte le menton et je hoche la tête.

– Avez-vous jamais accouché un bébé avec une dystocie de l'épaule ? Parce que vous réalisez que vous ne saurez pas ce qui se passe jusqu'à ce que la tête du bébé soit déjà…

– Drew, je pensais que nous étions d'accord pour que vous arrêtiez de regarder les rediffusions d'*Urgences* ?

Urgences devrait être diffusé avec un avertissement. C'est troublant. Si vous êtes légèrement hypocondriaque ou futur parent, attendez-vous à perdre des tonnes de sommeil après seulement un épisode.

– Je sais mais…

Roberta lève la main.

– Écoutez, je sais ce que vous ressentez…

Je réponds brusquement :

– Vraiment ? Avez-vous jamais pris votre vie entière pour la mettre dans les mains de quelqu'un et lui demander de s'en charger pour vous ? De vous la ramener en une seule pièce ? Parce que c'est ce que je suis en train de faire.

Je passe une main dans mes cheveux et je détourne le regard. Et lorsque je reprends la parole, ma voix est tremblante.

– Kate et ce bébé… si jamais quelque chose…

Je ne peux même pas aller au bout de ma pensée, sans parler de la phrase.

Elle pose une main sur mon épaule :

– Drew, vous devez me faire confiance. Je sais que c'est difficile mais essayez et concentrez-vous sur tout ce qui est positif. Kate est jeune et en bonne santé – nous avons toutes les raisons de croire que cet accouchement se déroulera sans aucune complication.

Je hoche la tête et la partie logique de mon cerveau sait qu'elle a raison.

– Retournez vers Kate. Essayez de profiter du temps qu'il reste. À partir de ce soir, il ne sera plus simplement question de vous deux.

Je m'oblige à hocher de la tête.

– D'accord. Merci.

Je repars pour rejoindre Kate dans sa chambre. Je m'arrête à la porte. Vous la voyez ?

Entourée d'oreillers – enfouie sous la couette bien rembourrée qu'elle a insisté pour apporter de la maison. Elle a l'air si petite. Presque comme une petite fille qui se cacherait dans le lit de ses parents pendant un orage.

Et je dois lui dire, pour être sûr qu'elle le sache.

– Je t'aime, Kate. Tout ce qui est bien dans ma vie, tout ce qui compte vraiment, c'est uniquement grâce à toi. Si nous ne nous étions pas rencontrés ? J'aurais été malheureux et probablement trop désemparé pour le réaliser.

Elle me regarde, fixement.

– Je vais avoir un bébé, Drew – je ne suis pas en train de mourir.

Puis elle ouvre les yeux plus grands.

– Mon Dieu, je ne suis pas en train de mourir ?

Et c'est ce qu'il me faut pour évacuer ma panique.

– Non, Kate. Tu n'es pas en train de mourir.

Elle hoche la tête.

– Ok, alors. Et pour information, je t'aime aussi. J'aime que tu finances l'avenir de Mackenzie parce que tu n'arrêteras jamais de jurer. J'aime comme tu taquines ta sœur sans pitié alors que tu tuerais celui qui lui ferait du mal. Mais par-dessus tout, j'aime la façon dont tu m'aimes. Je le sens à chaque instant, tous les jours.

Je me dirige vers elle et je prends son visage dans mes mains. Puis je me penche et l'embrasse doucement sur les lèvres.

Elle me prend la main et la serre. Puis elle serre la mâchoire avec détermination.

– Maintenant, au travail.

***

Il se révèle que toute cette inquiétude n'avait pas lieu d'être. Car à 9 H 57 minutes, ce matin, Kate a donné naissance à un petit garçon bien potelé. Et j'ai été près d'elle pendant tout ce temps. Partageant sa douleur. Littéralement. Je suis presque sûr qu'elle m'a cassé la main.

Mais qui s'en souciera ? Quelques os cassés ne signifient pas grand-chose – pas lorsque vous tenez dans vos bras un petit miracle de trois kilos.

Et c'est ce que je suis en train de faire.

Je sais que chaque parent pense que son enfant est adorable, mais soyons honnête, il est beau, vous ne trouvez pas ? Une touffe de cheveux noirs au-dessus de la tête. Ses mains, son nez, ses lèvres – les regarder c'est comme me regarder dans un miroir. Mais ses yeux sont ceux de Kate.

Il est exquis. La perfection incarnée.

Je vous l'accorde, il n'est pas sorti comme ça. Il y a quelques heures, il ressemblait fort à un poulet déplumé hurlant.

Mais c'est *mon* poulet déplumé hurlant, donc il était toujours la chose la plus belle qu'on puisse voir.

C'est irréel. L'adoration. La vénération qui est si énorme, cela fait presque mal de le regarder. J'aime Kate – plus que ma propre vie. Mais cela a pris du temps. Je tombe *progressivement* amoureux d'elle.

Avec lui… ce fut instantané. Dès que j'ai posé les yeux sur lui, j'ai su que je serais heureux de sauter à poil dans une piscine d'acide sulfurique pour lui. Dément, non ? Et j'ai hâte de lui apprendre des choses. De tout lui montrer. Par exemple à changer un pneu, à parler gentiment à une fille, comment frapper une balle de baseball, donner un crochet du droit. Enfin, pas nécessairement dans cet ordre-là.

J'avais l'habitude de me moquer de ces types au parc. Les papas avec leurs poussettes et les sourires maladroits, les sacs pour hommes.

Mais maintenant… maintenant je les comprends.

La voix de Kate me tire de ma contemplation.

– Eh !

Elle semble épuisée. Je la comprends.

– Comment tu te sens ?

Elle sourit d'un air endormi.

– Bien… imagine-toi chier une pastèque.

Je tressaille.

– Aïe !

– Ouais.

Ses yeux se posent sur le paquet enveloppé de bleu pâle dans mes bras.

– Comment va notre petit garçon ?

– Bien. Nous faisons juste un tour. On parle de tout et de rien. Je lui révèle les choses importantes de la vie, les gonzesses et les voitures et… les gonzesses.

– C'est tout ?

– Ouais.

Je regarde notre fils et ma voix est émerveillée.

– Tu as vraiment fait du beau travail, Kate. Il a tes yeux. J'aime tes yeux – je ne te l'ai jamais dit ? C'est la première chose que j'ai remarquée chez toi.

Elle fronce les sourcils.

– Je croyais que c'était mon cul que tu avais vu en premier !

Je ris en me souvenant.

– Oh, ouais, c'est exact. Mais après tu t'es retournée et… tu m'as vraiment impressionné.

Le bébé laisse échapper un cri aigu, attirant notre attention.

– Je pense qu'il a faim.

Kate acquiesce et je le lui passe délicatement notre enfant.

Elle ouvre la fermeture du haut de son pyjama, exposant un sein mûr et juteux. Elle approche le bébé et il s'accroche au mamelon, comme un expert.

Vous attendiez autre chose ? Il est mon fils, après tout.

Je les observe pendant un moment. Puis je dois m'occuper d'ajuster le piquet de la tente qui a surgi dans mon pantalon.

Barjot. Oui, je sais.

Kate me lance un sourire et regarde mon entrejambe.

– Vous avez un problème, Monsieur Evans ?

Je hausse les épaules.

– Non, pas de problème. J'attends juste mon tour.

Vous savez, il y a deux types de femmes dans le monde : celles qui se figurent que si elles ne peuvent rien faire en dessous de la taille pendant six semaines après avoir accouché, leur mec ne peut rien faire non plus. Et puis, il y a les autres. Celles qui sont impatientes de se servir de leurs mains, de tailler des pipes, et quelques-unes parce qu'elles savent qu'elles auront la pareille une fois que l'interdiction sera levée.

Kate fait définitivement partie du second groupe. Je le sais et visiblement ma bite aussi.

– Après le massacre dont tu as été le témoin dans la salle d'accouchement ? Je ne pensais pas que tu aurais envie de refaire l'amour avec moi.

Je reste bouche bée, en état de choc.

– Tu me fais marcher ? Je pensais que ta chatte était magnifique, mais maintenant que j'ai vu ce dont elle était capable ! Elle a atteint le statut de super héros dans mon carnet. En fait, je pense que c'est comme ça que nous devrions l'appeler. Je lève les mains, visualisant un panneau géant. « Une chatte incroyable ».

Elle secoue la tête. Et sourit en regardant le bébé.

– En parlant de nom… nous devrions sans doute lui en trouver un, qu'en penses-tu ?

Kate et moi avions décidé d'attendre que le bébé soit né pour lui trouver un prénom – pour être sûrs que c'était un bon choix. Les prénoms sont essentiels. Ils sont la première impression que les autres ont de vous. C'est pour cela que je n'ai jamais compris pourquoi les gens jettent un sort à leurs enfants avec des prénoms comme Edmund ou Albert ou encore Rosée du Matin.

Pourquoi n'allez-vous pas simplement droit au but pour appeler l'enfant Tête de merde ?

Je me renfonce dans la chaise.

– D'accord. Tu peux commencer la première.

Ses yeux parcourent le visage du bébé.

– Connor.

Je hoche la tête.

– Connor n'est pas un prénom.

– Bien sûr que si.

– Non – c'est un nom de famille. Et en imitant la voix de Terminator, je dis : « Sarah Connor ».

Kate lève les yeux au ciel. Puis elle ajoute :

– J'ai toujours aimé le prénom Dalton.

– Je ne vais même prendre la peine de répondre.

– Ok, Colin.

Je me moque.

– Pas question. Cela ressemble trop à « colon ». Ils vont le traiter de trou du cul à la minute où il posera le pied dans la cour de récréation.

Kate me regarde, incrédule.

– Tu es sûr que tu as fréquenté une école catholique ? On dirait que tu as grandi dans une maison de correction.

La vie est une cour de récréation. N'oubliez pas.

L'homme est un loup pour l'homme. Vous devez apprendre tôt comment ne pas être le maillon le plus faible. Ce sont eux qui sont mangés. Vivants.

– Puisque tu n'approuves pas mes choix, que suggères-tu ? me demande-t-elle.

Je regarde le visage endormi de notre fils. Ses petites lèvres parfaites, ses longs cils noirs.

– Michael.

– Euh… en primaire, Michael Rollins a vomi sur mes mocassins. Dès que j'entends ce prénom-là, ça me fait penser aux hot-dogs régurgités.

D'accord. J'essaie encore.

– James. Pas Jim ou Jimmy – et certainement pas Jamie. Simplement James.

Kate hausse les sourcils. Et le teste.

– James, James – ça me plaît.

– Ouais ?

Elle regarde encore le bébé.

– Oui. Va pour James.

Je sors un morceau de papier plié de la poche arrière de mon pantalon.

– Fantastique. Maintenant son nom de famille.

Elle semble perdue.

– Son nom de famille ?

Nous avons parlé d'utiliser le nom de Brooks comme deuxième nom. Mais soyons honnête, les seules personnes qui utilisent un deuxième nom sont les tueurs en série et les parents très énervés. Alors j'ai trouvé quelque chose de bien mieux.

Je pose le morceau de papier sur les genoux de Kate.

Regardez plutôt.

BROOKS-EVANS

Elle lève la tête, les yeux écarquillés de surprise.

– Tu veux mettre un trait d'union à son nom ?

Je suis un type à l'ancienne. Je pense que les femmes devraient prendre le nom de famille de leur mari. Bien sûr, cela vient de l'idée que la femme est une propriété. Et bien non, je ne suis pas d'accord avec ça. À l'avenir, si un minable se présente et suppose qu'il est *propriétaire* de ma nièce, je vais lui acheter une pelle.

Pour qu'il puisse creuser sa propre tombe avant que je ne le mette dedans.

Mais techniquement parlant, Kate est la dernière des Brooks.

Les homonymes n'ont plus autant de signification mais j'ai le sentiment que cela compte beaucoup pour elle.

– Bon… il est à nous. Et tu as fait le plus gros du travail. Tu dois en partager le crédit.

Ses yeux s'adoucissent tandis qu'elle me rappelle :

– Tu détestes partager, Drew.

Je coince quelques cheveux capricieux derrière son oreille.

– Pour toi, je suis prêt à faire une exception.

En plus, je mise sur le fait qu'un jour le nom de famille de Kate correspondra à celui de notre fils.

Bien sûr, Kate mérite la meilleure proposition – et le meilleur nécessite du temps.

Planification.

C'est en œuvre maintenant. Je prends des leçons de montgolfière le samedi après-midi lorsqu'elle croit que je joue au ballon avec les gars. Parce que je vais emmener Kate pour une promenade privée en ballon dans la vallée de l'Hudson. Il y aura un pique-nique chic pour nous à l'atterrissage. Et c'est là que je lui demanderai sa main.

De cette façon – au cas où Kate refuse –, elle sera dans un endroit totalement isolé jusqu'à ce que je puisse la faire changer d'avis.

Génial, non ?

Une limousine nous attendra tout près – mais pas trop quand même – pour nous reconduire à la maison, de façon que nous puissions nous asseoir et nous détendre. Et faire l'amour dans la limousine, évidemment. Vous ne devriez jamais laisser passer l'occasion de faire l'amour dans une limousine – c'est toujours amusant.

Les yeux de Kate sont brillants de larmes. Des larmes de bonheur.

– Ça me plaît. James Brooks-Evans. C'est parfait. Merci.

Je me penche vers elle et j'embrasse le front de notre fils. Puis j'embrasse les lèvres de sa mère.

– Tu as tout faux, bébé. C'est moi qui suis censé te remercier.

Elle regarde tendrement James. Et avec cette voix à faire pâlir de jalousie un ange, elle commence à chanter.

« There's a song that they sing
when they take to the highway
A song that they sing when they take to the sea
A song that they sing of their home in the sky
Maybe you can believe it if it helps you to sleep

But singing works just fine for me
So good night you moonlight ladies
Rock-a-bye sweet baby James
Deep greens and blues are the colors I choose
Won't you let me go down in my dreams
And rock-a-bye sweet baby James »[20]

Il n'y a que de rares occasions dans la vie d'un mec où il peut pleurer sans ressembler à un idiot complet.

Et c'est l'une de ces occasions.

Lorsque Kate a terminé, je me racle la gorge. Et je me frotte les yeux. Puis je m'installe à côté d'elle sur le lit.

Je suis presque sûr que c'est contraire au règlement de l'hôpital et, je l'avoue, certains des infirmiers sont fichtrement intimidants.

Mais bon – ce sont des *infirmiers*.

Kate se retourne vers moi et James se retrouve entre nous deux. Je pose le bras sur lui, la main sur sa hanche, je les tiens tous les deux.

Les yeux de Kate sont pleins de douceur.

– Drew ?

– Mmm ?

– Tu crois que nous serons toujours comme ça ?

Je lui offre un petit sourire.

– Certainement pas.

Puis je touche son visage – celui que je prévois de regarder chaque matin et chaque soir, jusqu'à ce que mort s'en suive.

– Nous allons juste continuer d'aller mieux.

***

20 Paroles et musique de James Taylor © 1970.

Voilà, vous savez tout.

Que pensez-vous de cette fin heureuse ? Ou début… J'imagine que cela dépend de votre façon de voir.

Il est temps que je commence à disséminer quelques mots de sagesse.

Des conseils.

Mais eu égard aux événements de l'année dernière, il devient de plus en plus évident que je ne sais pas de quoi je parle. Je ne pense pas que vous devriez écouter tout ce que j'ai dit.

Vous voulez que je recommence ?

Ok, mais ne dites pas que je ne vous avais pas prévenu.

Allons-y :

Numéro 1 : les gens ne changent pas. Il n'y a pas de solution miracle.

Ce que vous voyez est ce que vous obtenez. Évidemment, certaines habitudes peuvent être modifiées. Freinées. Comme ma propension à émettre des jugements hâtifs. L'idée même de supposer que je sais tout – sans vérifier d'abord avec Kate – me rend maintenant malade.

Mais il y a d'autres caractéristiques qui tiennent bon.

Ma possessivité, l'entêtement de Kate, notre compétitivité – tout cela fait trop partie de nous pour disparaître complètement.

C'est un peu comme… la cellulite. Mesdames, vous pouvez passer votre journée au spa enveloppées de boue et d'algues. Vous pouvez dépenser une fortune dans ces crèmes ridicules et autres gommages. Mais à la fin de la journée, cette peau plissée et ridée sera toujours là.

Désolé d'être celui qui vous dit ça, c'est simplement comme ça que cela se passe. Mais si vous aimez quelqu'un, que vous l'aimez *vraiment*, vous le prenez tel qu'il est. Vous n'essayez pas de le changer.

Vous prenez le paquet entier – et toutes les merdes qui vont avec.

Numéro 2 : la vie n'est pas parfaite. Ni prévisible. Ne vous attendez pas qu'elle le soit.

Une minute, vous nagez dans l'océan. L'eau est douce et calme, vous êtes détendu. Et puis, une seconde plus tard, un ressac vous aspire vers les profondeurs.

C'est ce que vous faites ensuite qui compte. Vous donnez tout pour regagner la surface, ou vous renoncez et vous vous laissez sombrer ?

Votre façon de réagir face aux péripéties de la vie fait toute la différence.

Alors numéro 3 : vous devez passer à travers ces moments difficiles et imprévus. C'est le plus fondamental. Cette lumière au bout du tunnel vaut toutes les merdes dans lesquelles vous avez dû patauger pour en arriver là.

C'est une chose que je n'oublierai jamais. Je m'en souviens à chaque fois que je regarde Kate. Chaque fois que je regarde notre fils.

Lorsque tout est dit et fait ? La récompense n'a pas de prix.

À SUIVRE...

EMMA CHASE

[Tamed]
LOVE GAME 3

Extrait

Love game 3 [Tamed],
Traduit de l'anglais (États-Unis) par Robyn Bligh

À paraître au Éditions Hugo Roman
le 8 janvier 2015.

CHAPITRE 1

Ces dernières semaines, j'ai réalisé que, en vérité, parfois, les femmes aiment pleurer. Elles pleurent pour des livres, des émissions de télé, pour ces pubs horribles sur la maltraitance des animaux, et pour les films. Surtout pour les films. S'asseoir intentionnellement devant un écran tout en sachant qu'il va vous faire pleurer ? C'est absurde.

Mais ça ne fait rien ; je vais juste ajouter ça à la liste des choses que je ne comprends pas au sujet de ma petite amie. Oui, j'ai dit petite amie. Dee Warren est officiellement ma petite amie.

Une dernière fois pour les gens assis au fond : petite amie, Delores, *la mienne*.

À le répéter ainsi, je vous fais peut-être penser à une adolescente pré-pubère obsédée par les One Direction, mais je m'en fous. Parce que la victoire n'était pas facile. Si vous saviez ce que j'ai enduré pour l'obtenir, vous comprendriez.

Bref, où en étais-je ? Ah oui, les nanas aiment pleurer. Mais ce n'est pas ce genre d'histoire que je vais vous raconter. Il n'y a pas de meilleur ami agonisant, de passé torturé, de secret caché, de rupture étincelante à la *Twilight*, ni de rapports sexuels bizarres.

Enfin… si, d'accord. Il y a quelques rapports sexuels non conventionnels, mais pas le genre que vous imaginez.

Cette histoire est celle d'un don Juan qui rencontre une fille légèrement folle. Ils tombent amoureux et le don Juan change ses habitudes pour toujours. C'est une histoire que vous avez certainement entendue ailleurs, peut-être même de la bouche de mon pote, Drew Evans. Le truc, c'est que pendant que lui et Kate géraient tout leur bazar, il se passait tout une histoire entre Delores et moi dont vous n'aviez pas la moindre idée. Donc restez encore un peu, même si vous pensez déjà connaître la fin. Parce que la meilleure partie du voyage n'est pas d'arriver à destination. C'est tout ce qui se passe en cours de route.

Avant de commencer, voici quelle est la situation. Premièrement, Drew est un gars génial. Un véritable meilleur ami. Si on était membres du Rat Pack, il serait Frank Sinatra, et moi Dean Martin. Même si Drew et moi sommes super proches, on ne partage pas le même avis sur les femmes. À ce stade de l'histoire, il est persuadé qu'il restera célibataire toute sa vie. Il a tout un tas de règles concernant les filles, comme ne jamais les ramener chez lui, ne jamais sortir avec une collègue, et bien sûr la Règle Sacrée : ne jamais coucher deux fois avec la même femme.

Quant à moi, rien à voir. Je me fous de savoir où je baise : chez moi, chez elle ou depuis l'observatoire de l'Empire State Building.

Ça, c'était une soirée magique.

Je ne suis pas non plus opposé à l'idée de sortir avec quelqu'un du bureau. Cela dit, la plupart des filles de ma profession sont super stressées, fument clope sur clope, sont accro au café et sont tout simplement désagréables. Revoir la même femme plusieurs fois ne me pose aucun problème, du moment qu'on continue à s'éclater. Et, un jour, je m'imagine me poser : le mariage, les enfants et tout ce qui va avec.

Mais en attendant de trouver la femme idéale ? Je m'éclate avec toutes celles qui ne le sont pas.

Je suis un mec qui voit le verre à moitié plein. Rien ne m'abat. J'ai une vie géniale : un bon job qui me permet de m'offrir les plus beaux joujoux pour mec qui sont mis sur le marché, des amis géniaux, une famille un peu bizarre mais soudée. « Émo [1] » ne fait pas partie de mon vocabulaire, mais Yolo [2] aurait dû être mon deuxième prénom.

Et puis il y a Delores Warren, ou Dee, si vous voulez rester son ami. De nos jours, c'est un prénom peu répandu, mais ça lui va parfaitement. Elle est hors du commun, différente, de la meilleure façon qui soit. Elle est brutalement honnête, avec une emphase sur le « brutal ». Elle est forte et se moque complètement de ce que les gens pensent d'elle. Elle reste elle-même et ne s'excuse pas pour ce qu'elle veut ni qui elle est. Elle est sauvage et magnifique, comme un pur sang qui galope mieux quand il n'a pas de selle.

Et c'est là que j'ai failli commettre une erreur. J'ai voulu l'apprivoiser. J'en avais la patience, mais j'ai trop insisté et j'ai trop tiré sur les rênes. Alors elle les a rompues.

Ça vous choque que je compare la femme que j'aime à un cheval ? Eh bien remettez-vous. C'est pas le genre d'histoire à raconter aux flics.

Mais je vais trop loin, pour l'instant retenez juste que Kate Brooks est notre collègue et la meilleure amie de Delores ; c'est la Thelma de Louise. Et depuis que je connais Drew, c'est-à-dire depuis qu'il est né, je ne l'ai jamais vu réagir face à une femme comme il a réagi avec Kate. Leur attraction, même si elle était presque hostile au début, était palpable. Mais même un aveugle aurait pu voir qu'ils étaient raides dingues l'un de l'autre.

Enfin… n'importe qui, sauf eux.

Kate, comme Delores, est une femme géniale. Le genre de femme qui, pour adopter l'expression intemporelle

---

1 Émotif.

2 You Only Live Once : on n'a qu'une vie, équivalent de *Carpe Diem*.

d'Eddie Murphy dans *Un prince à New York*, est capable d'exciter l'esprit d'un homme autant que ses reins.

Vous avez pigé tout ça ? Génial. Que la fête commence.

Ma vie a changé il y a environ quatre semaines. Par un jour tout à fait normal, lorsque j'ai rencontré une femme qui n'avait absolument rien de banal.

***

Quatre semaines plus tôt

– Matthew Fisher, Jack O'Shay, Drew Evans, je vous présente Dee-Dee Warren.

L'amour dès le premier regard n'existe pas. C'est tout simplement impossible. Je suis navré d'anéantir vos rêves, mais c'est comme ça. Vous pensez peut-être qu'il vaut mieux rester dans l'ignorance, mais une fois que vous avez enlevé le sentiment de bonheur, il ne vous reste que le manque d'information.

Pour réellement aimer une personne, vous devez vraiment la connaître : ses bizarreries, ses rêves, ce qui l'agace et ce qui la fait sourire, ses forces, ses faiblesses, ses défauts. Vous avez déjà entendu ce passage de la Bible, celui qu'on lit toujours aux mariages : « l'Amour est patient, l'Amour est bon… » ? J'ai ma propre version : l'Amour, c'est l'haleine de quelqu'un qui vous manque le matin. Penser que cette personne est belle même quand elle a le nez qui coule et les cheveux en pétard. L'amour ce n'est pas rester avec quelqu'un malgré ses défauts, mais l'adorer *pour* ses défauts.

En revanche, le désir dès le premier regard, ça, ça existe. Et ça arrive bien plus souvent. La plupart du temps, quand un mec rencontre une nana, il sait en l'espace de cinq minutes si elle est plutôt dans la catégorie « baise, tue, ou épouse ». Et pour la plupart des mecs, la catégorie « baise » a des exigences plutôt basses.

J'aimerais pouvoir vous dire que ce que j'ai remarqué en premier chez Delores était quelque chose de romantique, comme ses yeux, son sourire ou le son de sa voix. Mais ce serait faux. C'était ses seins. J'ai toujours été un mec à seins, et ceux de Dee étaient juste incroyables. Ils débordaient légèrement d'un débardeur rose fuchsia, pressés juste ce qu'il fallait pour former un décolleté séduisant, parfaitement mis en valeur par un pull de laine grise.

Avant même qu'elle ne m'ait adressé la parole, j'étais conquis par la poitrine de Delores Warren.

Après avoir plaisanté avec Drew quelques minutes, j'attire son attention vers moi.

– Alors, Dee-Dee… c'est le diminutif de quelque chose ? Donna, Deborah ?

Un regard ambré et chaleureux se dirige sur moi. Mais avant qu'elle ne puisse parler, Kate vend la mèche :

– Delores. C'est un prénom familial, celui de sa grand-mère. Elle le déteste.

Delores lance à Kate un regard noir mais amusé.

Pour faire bonne impression auprès d'une fille, l'humour est toujours une bonne carte à jouer. Ça lui montre que vous êtes intelligent, réactif et sûr de vous. Vous n'avez pas de couilles ? Faites semblant.

C'est pour ça que je dis à l'amie de Kate :

– Delores est un prénom magnifique, pour une femme magnifique. Ça me fait un peu penser à « clitoris »… et je connais vraiment bien les clitos. Je suis un immense fan.

Comme prévu, la réaction est immédiate. Elle sourit timidement et passe un doigt sur sa lèvre inférieure, l'air enjoué. Lorsqu'une femme touche son corps en réponse à ce qu'un mec vient de dire ? C'est bon signe.

Puis, elle interrompt notre regard et nous dit :

– Bon. C'est pas tout, mais faut que je file au boulot. Ravie de vous avoir rencontrés les garçons.

Dee-Dee embrasse Kate et me fait un clin d'œil. *Ça aussi, c'est bon signe.*

Je la regarde partir et je ne peux pas m'empêcher de remarquer que ses fesses sont presque aussi géniales que ses seins.

Drew demande à Kate : « Elle file au boulot ? Je croyais que les clubs de strip-tease n'ouvraient pas avant 16 heures. »

Sur ce point, je suis d'accord avec lui. Lorsque vous avez fréquenté autant de clubs de strip-tease que nous, vous commencez à repérer les signes. Vous voyez des ressemblances dans les habits des femmes, même quand il n'y a presque pas de tissu. Comme si elles faisaient leur shopping dans la même boutique. Et Dee adopte parfaitement le style de la maison.

Même si ça ne restera qu'à l'état d'espoir, ce serait génial que Dee soit strip-teaseuse. En plus d'être souples, elles savent faire la fête. Elles sont complètement désinhibées. Le fait qu'elles aient bien souvent une piètre opinion de la gent masculine est également un plus. Ça signifie que la moindre galanterie donne lieu à une immense gratitude. Et une strip-teaseuse qui veut vous remercier est une strip-teaseuse qui veut bien vous sucer.

Hélas, Kate met fin à mes fantasmes.

– Dee n'est pas strip-teaseuse. Elle s'habille comme ça pour déconcerter les gens qu'elle rencontre. Pour qu'ils soient surpris lorsqu'ils apprennent quel est son véritable métier.

– Et qu'est-ce qu'elle fait ? je demande.

– Elle est ingénieur aérospatial.

Jack lit dans mes pensées.

– Tu te fous de notre gueule ?– Eh non. Delores est chimiste. La NASA fait partie de ses clients. Son laboratoire travaille sur l'amélioration de l'efficacité énergétique du carburant qu'ils utilisent pour leurs navettes spatiales.

Elle frissonne. « Dee-Dee Warren ayant accès à des substances hautement explosives… c'est une chose à laquelle j'essaie de ne pas trop penser. »

Et avec ça, ma curiosité est presque aussi grande que mon désir. J'ai toujours eu des goûts inhabituels, exotiques même, pour les femmes, la musique et les livres. Et à l'inverse de Drew, dont l'appartement est décoré de façon méticuleuse, j'ai tendance à être attiré par des objets qui ont une histoire à raconter. Même s'ils sont dépareillés, leur originalité les rend toujours intéressants.

– Brooks, il faut que tu me rencardes. Je suis un mec sympa. Laisse-moi inviter ta copine au resto, elle ne le regrettera pas.

Kate y réfléchit, puis elle dit :

– Ok. Ça marche. T'as l'air d'être son genre.

Elle me tend une carte de visite vert fluo.

– Mais faut que je te prévienne. Elle est du genre « aime-les et laisse-les tomber avec des bleus ». Si tu cherches à passer du bon temps pour une nuit ou deux, appelle-la tout de suite. Mais si tu cherches quelque chose de plus sérieux, je ne m'en approcherais pas si j'étais toi.

Et à cet instant précis, je sais exactement ce qu'a ressenti Charlie lorsqu'on lui a tendu le ticket d'or pour la Chocolaterie.

Je me lève de table et embrasse Kate sur la joue. « Toi… t'es ma nouvelle meilleure amie. »J'hésite à la serrer dans mes bras, juste pour emmerder mon pote qui tire déjà la gueule, mais je ne veux pas courir le risque de me prendre un coup de pied dans les couilles. J'ai tout un programme pour mes couilles. Et il faut qu'elles soient en pleine forme.

Kate dit à Drew d'arrêter de bouder, et il rétorque quelque chose sur ses seins ; mais je n'écoute qu'à moitié. Parce que je suis trop occupé à prévoir où je vais emmener Delores Warren pour boire un verre. Ou plusieurs verres. Et toutes les activités obscènes qui suivront à coup sûr.

***

Donc c'est comme ça que ça a commencé. Ce n'était pas censé être compliqué. Pas de coup de foudre, pas de grandes démonstrations d'amour, pas de rancœur. Un bon coup garanti, un moment sympa, une nuit et la possibilité d'une deuxième. Kate m'avait dit que c'était ce que cherchait Dee, et c'était tout ce à quoi je m'attendais. Je ne pensais pas que ça irait plus loin.

Elvis Presley avait raison. Il n'y a que les imbéciles pour se lancer les yeux fermés. Et, au cas où vous ne l'auriez pas encore remarqué, je suis un sacré imbécile.

À SUIVRE...

Retrouvez toute l'actualité de la série Love Game,
de l'auteur Emma Chase et des autres titres de la
collection New Romance, sur notre page Facebook :

Hugo New Romance
www.hugoetcie.fr

Retrouvez l'univers Implicite :
www.implicite-lingerie.fr

DÉCOUVREZ LES SÉRIES NEW ROMANCE

PARUES ET À PARAÎTRE CHEZ HUGO ROMAN

LA SAGA
Beautiful
Beautiful BASTARD
CHRISTINA LAUREN
Hugo Roman
Beautiful STRANGER
CHRISTINA LAUREN
Hugo Roman
CHRISTINA LAUREN
Beautiful PLAYER
Hugo Roman
Beautiful SEX BOMB
CHRISTINA LAUREN
Hugo Roman
Beautiful BITCH
CHRISTINA LAUREN
CHRISTINA LAUREN
Beautiful BEGINNING
Hugo Roman
N'A PAS FINI DE VOUS FAIRE CRAQUER !
www.beautifulbastard.fr
www.facebook.com/ HugoNewRomance
Hugo Roman

DE CHRISTINA LAUREN

LITTÉRATURE YOUNG ADULTS

SUBLIME

HUGO NEW ROMANCE

COFFRET : LA TRILOGIE BEAUTIFUL

PREMIER SEMESTRE 2015

NOUVELLE SÉRIE : « WILD SEASONS »

SWEET FILTHY BOY
PREMIER ROMAN DE LA SÉRIE

DIRTY ROWDY THING
DEUXIÈME ROMAN DE LA SÉRIE

Hugo Roman